FUIR OU SE BATTRE

DIRK GREYSON

FUIR OU SE BATTRE

DIRK GREYSON

Publié par
DREAMSPINNER PRESS

5032 Capital Circle SW, Suite 2, PMB# 279, Tallahassee, FL 32305-7886 USA
www.dreamspinnerpress.com

Fuir ou se battre
Copyright de l'édition française © 2017 Dreamspinner Press.
Titre original : Flight or Fight
© 2016 Dirk Greyson.
Première édition : août 2016
Traduit de l'anglais par Myriam Abbas.

Illustration de la couverture :
© 2016 L.C. Chase.
http://www.lcchase.com
Les éléments de la couverture ne sont utilisés qu'à des fins d'illustration et toute personne qui y est représentée est un modèle

Édition e-book en français : 978-1-64080-022-9
Édition imprimée en français : 978-1-64080-021-2
Première édition française : août 2017
v 1.0

Édité aux États-Unis d'Amérique.

Pour Rhys Ford. Tu es incroyable, et cette histoire n'existerait pas sans toi.

I

MACKENZIE REDFORD, surnommé « Mack », était fatigué.

— Gloria, j'ai terminé chez les Stevens, dit-il dans la radio de la voiture alors qu'il se déplaçait telle la poussière à l'intérieur d'un cyclone.

Il ralentit quand il vit à quelle vitesse il roulait et se rappela qu'il devait montrer l'exemple lorsqu'il n'était pas en intervention.

— C'était grave à quel point ? demanda Gloria.

— Tu ne veux pas savoir.

Les appels pour violences conjugales étaient les pires.

— Je pense qu'il le faut, Shérif, dit-elle, et Mack se rappela qu'Elise Stevens était la cousine de Gloria.

Bon sang, dans cette région du Centre du Dakota du Sud, tout le monde était apparenté à presque tout le monde, connaissait tous des autres et dépendait les uns des autres. Il aimait à penser que c'était la vie dans les petites villes dans ce qu'elle avait de meilleur. Mais Hartwick avait sa part de problèmes, et ce matin-là, l'un d'eux avait pointé son vilain nez.

— Tu sais que je ne peux pas sur la fréquence de la police.

Il devait rester aussi professionnel que possible, même s'il avait eu envie d'arracher la tête de Harley Stevens.

— Y a-t-il eu d'autres appels ? demanda-t-il.

— Pas pour le moment, répondit Gloria.

Puis la radio se tut, mais son téléphone portable commença à sonner, et il savait qu'il ferait mieux de répondre ou que ça lui coûterait cher. Gloria était une femme assez gentille, mais touchez à sa famille et elle devenait la plus grosse lionne de la planète.

— Tu n'es pas sur la fréquence de la police maintenant, donc dis-moi ce que la merde que ma cousine a épousée a fait cette fois.

— Il s'est soûlé et a brutalisé Elise. Elle a des contusions, mais elle ne cessait de répéter que c'était en tombant dans l'escalier. Si elle voulait porter plainte, je me lancerais après Harley de toutes mes forces, mais elle ne veut pas.

— Bon sang… jura Gloria. J'en ai discuté avec elle, je croyais qu'elle le ferait cette fois.

— Elle a plus peur de le perdre et d'être sans rien qu'elle n'a peur de lui.

Mack connaissait la peur, et elle s'était écoulée d'Elise par vagues, alors même qu'elle se tenait juste à côté de son agresseur.

— C'est sacrément dommage, continua-t-il, parce qu'elle est gentille. Gloria…

— Je sais. Je vais attendre un jour ou deux et lui parler. J'ai encore une carte à jouer, mais c'est l'explosive. Merci d'avoir fait ce que tu peux.

Gloria mit fin à l'appel, et Mack continua sa route vers le petit centre-ville.

Hartwick, dans le Dakota du Sud, était une toute petite contrée : un seul feu de signalisation et environ un pâté de maisons de commerces qui fournissaient la ville et la région environnante. Ses ressources étaient ce que pouvait produire le sol fertile du Dakota du Sud qui les entourait. L'essentiel de la région était un pays de bétail, où des hybrides robustes étaient élevés. En général, cela constituait une vie calme, mais difficile, qui menait à davantage d'abus d'alcool. L'eau-de-feu, comme son grand-père l'avait appelée pour en éloigner Mack et l'aider à se lier à ses racines, était presque un fléau dans cette ville, et il venait d'être témoin d'un de ses symptômes.

Son intention était de traverser la ville et de s'arrêter au magasin de vins et de spiritueux pour leur rendre visite. Pas que ses problèmes professionnels soient leur faute, pas exactement, mais c'était mieux qu'ils sachent que Mack surveillait à qui ils vendaient leur produit.

— Shérif.

La voix de Gloria crissa comme du papier de verre à travers la radio, et il fut sacrément heureux d'être dans sa voiture en cet instant. Elle fulminerait encore pendant des heures.

— Un appel est arrivé sur cette hotline anonyme que l'état a installée. Ils nous ont appelés. On dirait qu'il y a une sorte de tapage à l'ancien domicile des Richardson.

Mack pressa le frein et quitta la route.

— Je croyais qu'il était vide.

Merde, cela pouvait signifier que quelqu'un essayait d'utiliser la maison comme abri temporaire ou pour Dieu savait quoi.

— Cet endroit est une catastrophe.

2

— Ça avait l'air bien la dernière fois que j'y suis passé, dit Mack alors qu'il faisait demi-tour et retournait d'où il venait, prenant à droite au premier embranchement puis appuyant sur le champignon.

— Je ne veux pas dire une catastrophe physique. C'est une catastrophe immobilière, ou en tout cas ça l'a été pendant longtemps.

— OK. Merci. Je suis en route.

Il continua à rouler aussi vite qu'il se l'autorisa. Il ne voulait pas trop en faire pour l'instant. Il avait déjà reçu des appels par la hotline de l'état, et en général il s'avérait que ce n'était pour rien.

Mack ralentit en approchant du ranch. Une camionnette si brillante que le soleil se reflétant dessus était presque éblouissant se tenait près de la maison, et un homme était sous le porche, accroupi au-dessus de quelque chose. Mack s'arrêta et fut instantanément sur ses gardes.

L'homme se redressa et Mack sortit son arme, ouvrit la portière et se tint derrière elle. La chemise de l'homme était couverte de sang et un corps était allongé sous le porche. À l'allure du corps et vu la quantité de sang, il ne bougerait plus jamais.

— Reculez et gardez les mains où je peux les voir, lança Mack énergiquement.

L'homme était à genoux, il recula, mettant les mains en l'air, blanc comme un linge et légèrement vert de peur.

— Je ne l'ai pas tuée.

— Gloria, j'ai besoin de renforts au ranch Richardson, maintenant, dit Mack dans la radio.

— Bien reçu, Shérif, dit Gloria. L'Adjoint Morris est en chemin, lui dit-elle trente secondes plus tard.

— Heure estimée d'arrivée ?

— Deux minutes, répondit Gloria. Il dit qu'il vole.

Mack avait rencontré peu de gens qui conduisaient aussi vite que Zeb Morris. Il avait l'amour de la vitesse, et ça se montrait utile maintenant.

— Calmez-vous et gardez les mains où je peux les voir.

Mack observa les alentours. Le gars ne semblait pas avoir d'arme, mais cela ne voulait pas dire grand-chose. Mack fit lentement le tour de la portière.

— Face contre terre, les mains où je peux les voir en permanence.

L'homme s'exécuta et Mack se rapprocha, le cœur battant de plus en plus fort à chaque pas.

3

— Je ne lui ai pas fait de mal. Elle était là quand je suis rentré, dit faiblement l'homme. J'essayais de l'aider, et vous êtes arrivé.

Il tremblait, ce qui était une bonne chose. Une bonne dose de peur pourrait jouer en faveur de Mack.

Gardant un œil et son arme sur l'homme qui ne bougeait pas un muscle, Mack vérifia le corps pour un pouls. Il n'en trouva pas. Merde, zut et putain. Il rejoignit l'homme et lui attacha les mains derrière le dos avec ses menottes.

— Levez-vous, ordonna-t-il et il l'aida à se mettre sur pieds.

Sa main se réchauffa au contact de l'homme, et il le lâcha presque face au frisson d'intérêt qui le traversa. Il dut se rappeler qu'il n'était pas censé être attiré par les suspects. Il le fouilla, trouva un jeu de clés, un portefeuille et rien d'autre dans ses poches.

— OK. Que s'est-il passé ?

— Suis-je en état d'arrestation ? demanda l'homme d'une voix plus forte.

— Ça reste à voir, dit-il en se tournant vers la femme qui était couchée sur le côté, face à la maison.

L'homme se retourna.

— Jusqu'à ce que je le sois, et comme vous n'avez aucun droit, vous pouvez me retirer les menottes.

Son ton ressemblait à celui d'un snob de l'Est et il en avait l'air aussi, avec un jean qui était moulant de manière presque indécente et des bottes que personne ici ne porterait jamais – et pouvait encore moins se permettre. Comme sa voiture, tout chez lui avait l'air tout neuf et coûteux, jusqu'au Stetson blanc à mille dollars qui était posé sur le sol près des marches du porche.

— Bien, mais pas de mouvements brusques, et vos mains restent bien en évidence.

Mack doutait qu'il soit une menace immédiate, alors il lui retira les menottes et recula, gardant une main sur son arme.

Zeb arriva dans l'allée et s'arrêta dans un crissement de pneus, puis il monta précipitamment les marches et s'arrêta en glissant.

— Seigneur.

— Appelle le médecin légiste et fais-le venir ici. J'ai besoin que tu détermines son identité, et touche-la le moins possible. Il va avoir besoin de tout voir exactement en l'état. Une fois que tu auras fait ça, prends l'appareil et photographie tout.

Un putain de meurtre dans sa ville. C'était vraiment génial. Pile ce dont ils avaient besoin.

— Oui, Shérif, dit Zeb, et il retourna en courant à la voiture.

Mack jurerait que ce gamin ne faisait jamais rien plus lentement qu'en courant.

— Marche, lança-t-il et Zeb obéit.

Puis à l'homme, Mack dit :

— Pourquoi ne nous éloignerions-nous pas, et vous pourrez me dire qui vous êtes et ce qui s'est passé.

Il ouvrit le portefeuille qu'il avait trouvé et vit un permis de conduire new-yorkais.

— Vous êtes loin de chez vous, n'est-ce pas, M. Calderone ?

Mack souleva les sourcils.

— Je m'appelle Brantley Calderone, et je suis *ici* chez moi. J'ai officiellement acheté le ranch il y a une semaine et j'ai emménagé lundi.

Une partie de son attitude supérieure avait disparu.

Mack sortit son bloc et son stylo et commença à prendre des notes.

— Y a-t-il quelqu'un d'autre ici ? demanda-t-il, toujours sur ses gardes.

— Non. La maison est gardée fermée, et comme vous pouvez le voir, il n'y a pas eu d'activité ici depuis un moment.

— Donc vous dites que vous avez acheté cet endroit ? demanda Mack, continuant à regarder autour de lui.

Il se souvenait maintenant d'une rumeur disant la propriété Richardson avait été vendue à quelqu'un de l'Est. Malgré tout, Mack était méfiant et se plaça face à la maison afin qu'on ne puisse pas le prendre par surprise.

Brantley hocha lentement la tête, comme s'il évaluait Mack.

— Oui. Je suis allé en ville pour faire quelques courses et faire un tour. J'essaie de trouver quoi faire du terrain. J'avais l'intention de parler à quelques personnes afin de décider ce qui serait le mieux, mais personne ne veut me dire bonjour.

Vu son allure, Mack n'était pas surpris.

— Lorsque je suis rentré, j'ai vu quelqu'un sous mon porche. Quand je me suis rapproché, j'ai vu du sang et j'ai essayé de l'aider, dit Brantley en faisant un geste vers sa chemise. C'est pour ça que j'ai des taches de sang.

— Pourquoi n'avez-vous pas appelé le 911 ? dit Mack d'un ton cassant.

Les yeux de Brantley s'écarquillèrent.

— J'étais sur le point de le faire, et puis vous êtes arrivé et m'avez traité comme un criminel. Je ne faisais qu'essayer de l'aider.

Il se frotta lentement les poignets.

— Shérif, le médecin légiste est en chemin, dit Zeb avant de se mettre à prendre des photos.

— Je ne sais même pas qui c'est. Tout ce que je sais, c'est que je suis revenu d'une visite en ville très déplaisante et inamicale pour trouver quelqu'un de mort sous mon porche.

Brantley semblait en effet confus et plus qu'un peu effrayé, à en juger par ses pupilles dilatées. Mais ça pouvait être le résultat d'un bon acteur.

— Vous devez admettre que cette histoire est un peu tirée par les cheveux, dit Mack.

Il n'ajouta rien de plus jusqu'à ce qu'un autre véhicule arrive dans l'allée et se gare près de la voiture de patrouille de Zeb.

— Qu'est-ce qu'on a ? demanda le Docteur Phillips en s'approchant à grands pas. Oh.

— Exactement. Prenez votre temps, Doc. C'est une enquête pour meurtre.

La dernière chose qu'il voulait, c'était se retrouver aux infos de dix-huit heures à Sioux Falls parce que son bureau avait bâclé une enquête, comme cela s'était passé quelques mois auparavant dans l'Ouest de l'état. Cela n'allait pas arriver sous sa direction.

— Zeb, reste avec lui, dit-il lorsque son adjoint le rejoignit.

— Bien sûr, Shérif. J'ai pris beaucoup de photos.

— OK.

Mack utilisa les clés qu'il avait trouvées pour déverrouiller la porte. Il sortit son arme et fouilla la maison qui était vide, comme Brantley l'avait dit. Elle était également d'une propreté impeccable et remplie de pots de peinture, de quelques sculptures à thème western et de meubles qui coûtaient probablement plus que Mack ne gagnait en un an. Il prit quelques notes dans son carnet et retourna sous le porche, où il rejoignit le Docteur Phillips.

— Comment est-elle morte, Ray ? demanda Mack.

— Un seul tir à la poitrine. Elle n'avait aucune chance, répondit le Docteur Phillips en la retournant lentement afin que Mack puisse la voir.

— Renae Montgomery, dit Mack, et le docteur hocha la tête.

— Mon agent immobilier ? dit Brantley.

6

— Je croyais que vous aviez dit que vous ne la connaissiez pas ? demanda Mack en se levant et s'approchant de Brantley, convaincu de l'avoir surpris à mentir.

— Je ne la connais pas – pas physiquement. Je l'ai contactée et elle agissait en mon nom pour acheter ce ranch. Nous avons parlé par téléphone, mais je ne l'ai jamais rencontrée en fait. Nous étions censés nous voir ce soir afin que je puisse la remercier de tout ce qu'elle a fait pour m'aider.

Cela devenait de plus en plus difficile à croire à chaque seconde qui passait. Mack retourna à sa voiture et passa un appel.

— Gloria, appelle le bureau du greffier. Je dois savoir si la propriété Richardson a été vendue, quand, qui était l'acheteur… tout ce que tu peux trouver. Et s'ils sont fermés, appelle tous ceux qu'il faut appeler. Je dois le savoir dès que possible.

— Oui, monsieur, dit Gloria avant de raccrocher.

Mack se connecta sur son ordinateur dans la voiture, partageant son attention entre l'écran et le suspect. Il tapa le numéro du permis de conduire de Brantley et demanda une vérification de ses antécédents. Il devait savoir avec qui il traitait. L'ordinateur lui donna très peu d'informations. Il n'y avait pas de mandats en souffrance ou de contraventions impayées. Ce n'était pas surprenant, étant donné le fait que, d'après son histoire, Brantley n'était pas dans l'État depuis très longtemps. Quelque chose ne tenait pas du tout debout là-dedans. Il n'était pas prêt à croire l'histoire de Brantley ; quelque chose dans la scène ne semblait pas naturel. Mack ressortit de la voiture et retourna à l'endroit où le Docteur Phillips examinait encore le corps.

— J'ai appelé afin qu'un véhicule la transporte à la morgue, mais je pense qu'il y a certaines choses que tu dois voir. Pour ce que je peux en dire, elle est morte depuis environ une heure, peut-être deux. Le sang vient juste de commencer à s'agglomérer un peu dans les tissus. Le truc, c'est que je ne pense pas qu'on lui a tiré dessus à bout portant. Je dois retirer la balle et l'examiner, mais le calibre ne semble pas correspondre, et il n'y a pas de traces de poudre. Ma supposition initiale, c'est qu'on lui a tiré dessus avec un fusil.

Des signaux d'alarme retentirent dans la tête de Mack.

— Merci. Est-ce qu'elle a été déplacée ?

— Seulement retournée, à ce que j'ai vu, et d'après les taches de sang, elle est tombée en avant et était probablement face contre terre.

Mack hocha la tête et s'écarta afin que le Docteur Phillips puisse faire son travail.

— Merde, jura-t-il dans sa barbe.

Ça aurait été tellement simple si ce gars – un étranger, nouveau en ville – avait fait ça. Son travail aurait été plus simple, mais maintenant il allait devoir démêler un puzzle. Et la personne à qui la ville adorerait faire porter le chapeau, parce qu'il n'était pas l'un d'entre eux, ne semblait pas avoir commis le meurtre. Mack se méfiait toujours du type de la côte Est, mais pour autant qu'il aimerait que ce soit une affaire facile, il devait vérifier l'histoire de Brantley, de même que suivre un demi-million de pistes, il en était sûr. Mais bon sang, quelque chose n'allait pas.

— Laissez-moi résumer, dit-il à Brantley alors qu'il approchait à nouveau de lui. Vous avez acheté ce ranch sans jamais rencontrer votre agent immobilier ? Avez-vous examiné l'endroit ? demanda-t-il alors que la camionnette de la morgue arrivait.

— J'ai vu des photos. Renae est venue ici et a pris en détail chaque pièce et la vue par chaque fenêtre. Puis elle a fait le tour du périmètre de la propriété et en a pris aussi. Elle a dû m'envoyer deux cents photos. Donc, même si je n'avais pas vu la propriété, je connaissais les dimensions de chaque pièce parce qu'elle a aussi élaboré un plan détaillé au sol. Pour moi, Renae a fait bien plus que son travail.

Brantley se retourna et regarda le personnel de la morgue soulever le corps de Renae et le mettre dans un sac mortuaire. Puis ils le placèrent sur un brancard et le firent rouler jusqu'au véhicule noir du médecin légiste qui les attendait, qui ressemblait beaucoup à un corbillard.

— Pourquoi avez-vous acheté ce ranch en particulier, M. Calderone ?

— Au début, j'avais vu des photos en ligne et ai contacté Renae une fois après avoir décidé de déménager à l'Ouest.

Mack voyait qu'il ne lui racontait pas toute l'histoire, et s'il en avait besoin, il y reviendrait pour en savoir plus.

— J'ai jeté un œil sur quelques autres endroits, mais rien ne semblait approprié jusqu'à ce que je voie celui-ci. Il y a des arbres à l'arrière et un grand jardin. La grange est en bon état, et je peux acheter des chevaux si je veux. Il n'y a pas de bétail, mais je peux changer ça si je le décide. J'ai pensé que je pourrais vouloir des enfants un jour, et il y a une source et un ruisseau qui court le long de la colline. Renae a même pris des photos d'un lieu de baignade.

— Et vous ne l'avez jamais rencontrée ?

— Non. Pas avant de la trouver sous mon porche. J'ai essayé de l'aider. Mais je n'ai rien pu faire. Je pense qu'elle était déjà morte le temps que j'arrive à la maison, dit-il en penchant la tête. Je peux vous demander quelque chose ?

— Allez-y, dit Mack d'un air dubitatif.

— Comment avez-vous su que vous deviez venir ici ? J'étais rentré depuis peut-être trois ou quatre minutes quand vous êtes arrivé, et aucune voiture n'est passée près du ranch.

Mack s'était également interrogé là-dessus.

— Nous avons reçu un appel par la hotline de l'état. Pouvez-vous me dire où vous étiez avant de rentrer chez vous ?

— J'étais à l'épicerie en ville. La fille aux cheveux verts et au rouge à lèvres noir m'a regardé. Je suis certain qu'elle se souviendra de moi. Ah oui, dit Brantley en filant vers son pick-up, et Mack se tendit quand il ouvrit la portière. J'ai le ticket de caisse avec moi, et il y a l'heure dessus.

Il se retourna et lui fourra le papier dans la main.

— Vous verrez la carte de crédit correspondante dans mon portefeuille, et vous savez combien de temps il faut pour arriver ici depuis la ville. Je suis certain que le médecin légiste vous a donné une heure approximative de la mort, donc vous devriez avoir une assez bonne idée de la situation et comprendre que je n'ai pas tué Renae. Mais à l'évidence, quelqu'un d'autre l'a fait.

Mack vérifia le ticket de caisse et la carte de crédit, puis rendit le portefeuille et les clés à Brantley.

— Avez-vous des ennemis, M. Calderone ?

— Moi ? Ici ? J'ai emménagé il y a une semaine. Je n'ai pas eu le temps de me faire d'ennemis. Tout ce que j'ai fait, c'est essayer de défaire mes cartons et d'organiser la maison. Je suis allé en ville deux fois, et pour ce que j'en sais, je n'ai regardé personne de travers. Peu de gens m'ont parlé, donc je dois dire non.

— Qu'en est-il de New York ? demanda Mack.

L'assurance de Brantley se fissura un peu.

— J'étais dans un secteur impitoyable pendant un certain nombre d'années. Des fortunes pouvaient être faites en un jour et perdues le suivant. Heureusement, j'ai fait bien plus de fortunes que je n'en ai perdues, et ceux qui ne s'en sont pas aussi bien sortis ? Disons simplement qu'ils ne vont pas m'envoyer de fleurs.

— Donc vous avez bien des ennemis, insista Mack.

— Oui. À presque cinq mille kilomètres d'ici, et ils seraient heureux de savoir que je suis ici et que je ne suis plus impliqué dans les affaires. J'ai pris ma retraite de la gestion financière et des fonds spéculatifs quand j'ai décidé de déménager ici. Donc n'importe lequel de ces ennemis voudrait que je reste ici loin des marchés financiers de New York.

— Traitez-moi de shérif de comté, mais je ne comprends pas. Les gens qui vous détestent vont parfois déployer beaucoup d'efforts pour vous faire du mal, expliqua Mack.

Il avait vu ça plus d'une fois au cours de sa carrière.

— C'est possible, mais tuer mon agent immobilier n'est pas vraiment le moyen de le faire, dit Brantley en secouant la tête. Non. Les hommes que je considère comme mes ennemis seraient motivés par l'idée de se faire plus d'argent que moi en mon absence. Vous voyez, j'en ai plus que je ne pourrais jamais en dépenser en deux vies. Mais ça n'a pas d'importance. L'argent n'est pas une question de ce que vous pouvez acheter avec. Pour eux, et moi il y a peu encore, l'argent n'était qu'un moyen de compter les points. Plus vous en gagnez, meilleur vous êtes au jeu, et moins les autres en gagnent.

— Ça a l'air futile, dit Mack.

Tous ceux qu'il connaissait travaillaient dur afin d'essayer de garder un toit sur la tête. Une vie pareille était inimaginable.

— Ça l'était, dans une certaine mesure. C'est pour ça que je suis parti pendant que j'étais au top.

Brantley sourit légèrement tandis que Mack continuait à prendre des notes.

— Si vous pouviez me donner les noms de ces ennemis, j'aimerais essayer de les éliminer en tant que suspects.

— Très bien, dit Brantley avant d'énumérer plusieurs noms. Vous n'allez pas pouvoir les approcher. Ils travaillent tout le temps et sont entourés de gens à presque toute heure de la journée pour une raison ou une autre.

Mack était clairement dépassé.

— Je n'allais jamais chercher de café ni ne m'occupais de choses ordinaires comme la lessive, continua Brantley. J'avais des gens qui s'en occupaient, y compris plus d'un assistant personnel. Ils savaient où j'étais à tout moment pour pouvoir m'assister et m'aider à rester productif.

Cela laissait peu à poursuivre à Mack pour l'instant. Il devrait commencer par parler à la famille et les amis de Renae afin d'essayer de trouver un mobile pour son meurtre. Mais quelque chose le tracassait toujours.

— Savez-vous pourquoi Renae était là aujourd'hui ? demanda-t-il en se tournant vers une Toyota Corolla vert foncé qu'il avait vue en ville de nombreuses fois. L'avez-vous appelée ?

— Non. Je suis surpris qu'elle ait été là aussi. Je ne l'attendais pas. Elle s'était peut-être arrêtée pour me donner quelque chose, mais je me serais attendu à ce qu'elle appelle, dit Brantley en sortant son téléphone. Elle ne l'a pas fait.

Mack fit une note pour demander les relevés téléphoniques afin de voir quels appels elle avait reçus.

— Merci.

Il arrivait à court de questions. Il alla à la voiture de Renae, sortit des gants de sa poche puis ouvrit la portière. Elle était propre, avec une boîte de dossiers sur le siège arrière et un agenda journalier sur le sol côté passager. Il le souleva prudemment et vérifia ses rendez-vous du jour. Il n'y avait rien de noté pour les heures précédentes.

— Donc ce n'était pas un rendez-vous prévu, dit Mack en se retournant pour passer la tête dehors. Zeb.

Son adjoint se précipita.

— Shérif.

— Tu as trouvé son téléphone ?

— Non.

— Vérifie le porche, et assure-toi de porter des gants. Une fois que tu auras fini, élargis la recherche si tu ne le trouves pas, puis vérifie dans le champ et vois si tu peux trouver où le tireur se tenait.

Si c'était un tir au fusil, alors le tireur s'était tenu quelque part, et Mack était déterminé à trouver où.

— Est-ce que je peux décharger mes courses pour les emmener à l'intérieur ? demanda Brantley. J'aimerais aussi changer de chemise, mais je vous apporterai celle-ci si vous voulez.

— S'il vous plaît, dit Mack. Ne dérangez rien à l'extérieur.

— Oui, dit Brantley en fixant l'endroit du porche marqué par la tache de sang. Ça peut avoir l'air idiot, mais est-ce que vous nettoierez ça, ou…

— Nous le ferons une fois que nous aurons tout ce dont nous avons besoin, dit Mack.

Brantley alla à son pick-up et transporta des sacs en plastique à l'intérieur, faisant le tour de la zone où s'était trouvé le corps de Renae.

Mack vérifia prudemment sous le siège, mais ne trouva rien d'utile. Il ouvrit le coffre et regarda dedans également. Seulement quelques panneaux « À Vendre » et le matériel pour son travail. La voiture n'était pas très utile, mais il mit son agenda journalier en sac et l'étiqueta comme preuve. Lorsqu'il eut terminé, il se joignit à Zeb à la recherche du téléphone, mais ils revinrent les mains vides. Elle en avait certainement eu un.

— J'ai trouvé où se tenait le tireur, lança Zeb lorsque Mack fut sur le point d'abandonner. C'est à environ trente-cinq mètres dans le champ.

Il mena Mack à l'endroit.

— Le tireur a dû se cacher derrière ce bâtiment juste là puis s'avancer pour tirer, continua-t-il. La piste d'herbe écrasée est plutôt claire, même si elle ne le sera plus demain.

Mack suivit la piste jusqu'au bout et chercha avec soin l'herbe haute. Il avait espéré trouver une douille, mais il n'y avait rien. Le tireur avait dû l'emporter avec lui. Il fit prendre des photos de l'endroit à Zeb, de même que de la vue vers la maison.

— On a terminé ici ? demanda Zeb.

Le médecin légiste était parti avec le corps, et Mack restait avec des questions, et encore plus de questions.

Son téléphone sonna, et il le sortit de sa poche.

— Shérif, j'ai pu obtenir les informations que vous avez demandées auprès des Archives. La vente de la propriété Richardson a été faite il y a une semaine, et le nouveau propriétaire est un certain Brantley Calderone. Ils envoient des copies des documents, et je les mettrai sur votre bureau afin que vous puissiez les regarder dès que vous rentrerez.

— Merci, dit Mack en regardant la maison pendant quelques secondes. Zeb, on a terminé ici pour l'instant.

Il retira son chapeau, l'agita plusieurs fois pour se rafraîchir puis le remit.

— D'accord. Je vais remballer.

— Très bien. Envoie-moi des copies de toutes les photos, et je veux tes impressions sur tout, en partant du corps, en passant par Calderone et le ranch.

Il avait appris depuis longtemps que les autres voyaient d'autres choses que lui, et il voulait s'assurer de ne rien manquer.

— Qu'allez-vous faire ?

— Examiner ce que je peux de l'histoire de M. Calderone.

12

Il devait vérifier s'il disait la vérité. Le plus facile serait de prouver que Calderone mentait, puis il pourrait classer l'affaire. Brantley avait des réponses à tout. Malgré tout, Mack n'était pas prêt à les accepter. Pas encore. Les meilleurs mensonges et couvertures étaient ceux constitués de juste assez de vérité pour les rendre crédibles.

— Je vous reverrai au poste, dit Zeb.

Mack hocha la tête, puis retourna vers la maison et frappa à la porte. Elle s'ouvrit pour révéler Brantley qui se tenait dans le même jean moulant et un débardeur qui soulignait le haut de son torse puissant.

— J'ai mis la chemise dans un sac en plastique pour vous, dit-il en le tendant à Mack. Je suis désolé pour Renae. Elle était aimable et semblait être quelqu'un de bien. Est-ce qu'elle avait de la famille ?

— Heureusement non. Elle a divorcé de son mari il y a quelques années, et ils n'avaient pas d'enfants.

Mais Mack allait devoir annoncer la mort de son ex-femme au connard inutile. Pas que Harry Montgomery soit susceptible de se soucier d'autre chose que du fond d'une bouteille de whisky.

— Veuillez ne faire aucun projet pour quitter la ville. C'est une enquête en cours, et il est probable que nous aurons des questions supplémentaires.

— Je suis toujours suspect ? demanda Brantley, un peu surpris.

Il avait sur le bout de sa langue de répondre oui.

— Vous êtes une personne impliquée. J'en resterai là.

Mack cligna des yeux lorsque son regard se focalisa sur le corps svelte et les yeux incroyables de Brantley, se concentrant sur le genre d'implication qu'il aimerait montrer. Mais Mack repoussa ça profondément, là où était sa place.

— Je vous contacterai.

Mack se retourna et emporta la chemise à sa voiture.

II

LES JAMBES de Brantley le soutinrent jusqu'à ce qu'il ferme la porte, puis il s'écroula sur la chaise la plus proche. Durant toute cette agitation, il avait pu garder l'esprit sur ce qui se passait et avait réussi à rester distant, mais maintenant tout le frappait comme un semi-remorque lancé sur une autoroute. Quelqu'un s'était fait tirer dessus sous son porche, et il était évident que la personne qui avait fait ça essayait de lui envoyer une sorte de message ou c'était une tentative maladroite pour l'incriminer. Dans tous les cas, ça lui fichait la trouille.

Il ramassa son téléphone et passa un appel vers l'Est.

— Linda, décroche, dit-il dans sa barbe alors que ça sonnait.

— Il vaudrait mieux que ça vaille le coup, mon cœur. J'ai enfin obtenu que Jim m'invite à ce nouveau restaurant. Ça a pris trois mois pour avoir une réservation, et nous devons partir dans dix minutes.

Brantley pouvait pratiquement la voir se presser dans la chambre de son appartement de l'Upper East Side.

— Je suis rentré chez moi aujourd'hui et j'ai trouvé un cadavre sous mon porche. Quelqu'un a tiré sur mon agent immobilier, et je pense qu'on a essayé de me faire porter le chapeau, dit-il avant de se pencher en avant, essayant d'apporter de l'oxygène à son cerveau. J'ai vécu à New York pendant Dieu sait combien de temps, et j'ai passé une semaine ici, où c'est censé être accueillant et où tout le monde connaît tout le monde, et je me retrouve avec un cadavre sous mon porche.

Il était tenté de vendre la fichue baraque et de rentrer chez lui.

— Chéri, attends. Tu es sérieux ?

— Oui.

Il appuya sa main contre sa tête et se frotta le front.

— Alors, rentre à la maison. Tu nous manques, et les gens là-bas sont à l'évidence bizarres. Quoi, ils s'entre-tuent et déposent les cadavres sur le seuil des autres ? Bonjour le Comité d'Accueil, dit Linda, et Brantley sut qu'elle levait les mains au ciel d'un air dramatique.

— Je ne pense pas que ça marche comme ça. Mais je dois te dire qu'être ici tout seul commence à me faire flipper. Toutes mes portes sont fermées, et je suis assis au milieu de la pièce loin des fenêtres au cas où quelqu'un m'observerait. Est-ce que je t'ai dit que c'est anormalement silencieux ici ? Il n'y a pas un bruit en dehors des insectes et des oiseaux, et la nuit, on entend juste les insectes. Pas de voitures, rien.

— Alors, rentre.

— Je ne peux pas. Tu le sais. Tout a été vendu là-bas, et j'ai acheté cette maison ici.

Il avait déraciné sa vie pour trouver quelque chose qu'il pensait lui manquer. Il ne s'était pas attendu à un meurtre sur le pas de sa porte.

— Alors prends un chien, peut-être deux. Des gros qui aboieront quand quelqu'un s'approchera et te tiendront compagnie. Ils feront aussi du bruit, si c'est le silence qui te fait flipper.

— C'est surtout le cadavre.

— Ils n'ont pas vraiment cru que c'était toi, si ? demanda Linda.

— Je ne sais pas. Le shérif semblait assez minutieux, mais il m'a passé les menottes quand il est arrivé.

— Il a *quoi* ? demanda Linda en lui explosant pratiquement l'oreille. Tu n'es pas un criminel.

Son indignation justifiée était une des raisons pour lesquelles il l'avait appelée.

— Pourquoi diable a-t-il fait ça ? J'appellerais le journal local pour qu'on lui passe un savon. Abus de pouvoir de la police et tout ça.

— Il ne m'a pas gardé menotté longtemps, mais il pensait que j'avais peut-être tué quelqu'un. Je crois qu'il l'a fait pour sa sécurité.

Seigneur, maintenant il le défendait. Il devait se ressaisir. Toute cette affaire l'avait vraiment déstabilisé. Il devait trouver quelque chose à faire pour se sortir ces conneries de l'esprit. Il n'avait tué personne. Putain de merde, il avait à peine parlé à qui que ce soit en ville.

— C'est bon. Tout s'est bien fini, et je suis à la maison sans menottes.

— Il vaudrait mieux, ou il devra m'en répondre.

Il se mit à rire et se sentit mieux.

— Qu'est-ce que tu vas faire ? Le fouetter avec du Gucci ?

— Petit malin, dit Linda qui s'était calmée. Ne laisse pas ces gens t'intimider ou jouer au plus fin avec toi. Personne à New York ne l'a jamais fait, et tu ne peux pas les laisser faire là-bas non plus. Donc, assure-toi qu'ils sachent exactement à qui ils ont affaire. Trouve-toi un avocat et dis à ce shérif de dégager.

— Eh bien…

— Brantley… est-ce que ce gars est sexy ? demanda-t-elle sur ce même ton.

— Pas que ça ait quoi que ce soit à voir avec tout ça, mais oui. C'est un mec baraqué, peut-être à moitié amérindien, avec des yeux perçants qui te feraient saliver. C'est exactement le genre de types que tu aurais essayé de draguer avant que tu épouses Jim. Je pense qu'ils font pousser les choses en grand ici.

— Eh bien, comme je l'ai dit, ne le laisse pas t'atteindre, et défends-toi, dit-elle tout en devenant clairement distraite. Je dois te laisser. Jim est prêt, et nous ne voulons pas être en retard. Je t'appellerai absolument demain, et tu pourras me faire savoir ce qu'il en est.

Elle émit des bruits de bisous puis raccrocha.

Brantley glissa le téléphone sur la table basse et alluma la télévision. Avant de venir ici, il n'avait jamais rien regardé d'autre que les diverses chaînes d'infos financières pour surveiller les marchés. Il zappa de nombreuses fois afin d'essayer de trouver quelque chose qui n'était pas complètement nul. Il avait plus regardé la télévision durant la semaine passée qu'il ne l'avait fait depuis des années. Pas qu'il était intéressé, mais il avait besoin de bruit pour faire en sorte que la maison semble moins vide.

Ça ne fonctionnait pas très bien. Alors que la lumière faiblissait dehors, les ténèbres semblèrent se refermer sur la maison, la recouvrant d'une obscurité qu'aucune lumière ne semblait pouvoir chasser. Il tira les rideaux dans chaque pièce et essaya de se concentrer sur ce qu'il faisait.

La dernière chose dont il avait pensé avoir besoin en déménageant ici, c'était un système de sécurité, mais maintenant, cela semblait être une excellente idée, et il se sentait idiot de ne pas en avoir fait installer un. Il se promit de se pencher dessus à la première heure le lendemain. Bien sûr, son premier obstacle serait probablement de faire venir quelqu'un ici pour l'installer.

À presque minuit, Brantley était sur le sofa à regarder la télévision, sursautant à chaque bruit qui venait de l'extérieur, et cela commençait à l'agacer. Putain de merde. Il avait défié les loups de New York et l'avait remporté. Il avait bataillé avec certains des esprits financiers les plus brillants du monde et les avait battus. Il n'allait pas laisser quelques bruits lui faire peur. Il traversa la maison, éteignit les lumières ainsi que la télévision avant d'aller se coucher.

FINALEMENT, IL s'endormit et se réveilla dans une pièce sombre. Il avait délibérément pendu de lourds rideaux dans la chambre, et il cligna des yeux plusieurs fois quand il se tourna vers le réveil près du lit. Il était presque onze heures. Il avait survécu à la nuit. Il se leva et se traîna dans la cuisine, prépara du café puis jeta un coup d'œil dehors par les fenêtres de devant.

— C'est une victoire, marmonna-t-il pour lui-même lorsqu'il ne vit personne d'étendu sous le porche.

Il retourna à la cuisine, se grattant distraitement le derrière avant de se verser un mug de café et de le siroter lentement. Seigneur, il en avait besoin. Brantley prit d'autres petites gorgées, la caféine repoussant enfin le sommeil de son cerveau alors qu'il regardait par la fenêtre de la cuisine pour admirer la vue.

— C'est quoi ce bazar ? marmonna-t-il dans sa barbe, se penchant par-dessus l'évier pour mieux voir par la fenêtre.

Des formes sombres se déplaçaient à l'arrière de sa propriété. Il continua à regarder alors que d'autres passaient la crête. Il alla au salon et saisit son téléphone sur la table basse. Pas qu'il sache vraiment qui appeler. Puis il chercha le numéro du shérif et le composa.

— Bureau du Shérif du Comté de Hartwick, dit une femme à l'autre bout du téléphone.

— Oui. Hum, je ne suis pas sûr que vous soyez la personne que je dois appeler, mais il y a des animaux qui se déplacent à l'arrière de ma propriété, et ils ne sont pas censés être là.

Il retourna dans la cuisine pour regarder les créatures.

— Peut-être qu'une clôture est tombée. Pourquoi vous n'appelez pas votre voisin pour le lui demander ?

— Eh bien, je ne sais pas qui sont mes voisins. J'ai emménagé il y a une semaine, dit Brantley. J'ai besoin que quelqu'un vienne voir et puisse m'aider. Elles ne devraient pas être là.

Et il se demandait si elles allaient se rassembler et charger la maison.

— Si vous me donnez votre adresse, je ferai venir quelqu'un, dit-elle d'un ton qui donnait l'impression que Brantley avait appelé pour leur demander de sortir ses poubelles ou quelque chose comme ça, pourtant il lui donna l'adresse quand même. Oh, la maison des Richardson.

Son ton changea pour quelque chose de plus inquiétant.

— Très bien, je vais alerter le shérif. Quelqu'un va venir d'ici peu.

17

— Merci.

Brantley raccrocha et continua à regarder les groupes de taches sombres alors qu'ils se déplaçaient à travers le champ. Ils avaient l'air de se rassembler sur un côté de la propriété. Brantley suspectait que c'était le bétail de quelqu'un, mais il n'avait aucune intention de sortir le découvrir. Ils semblaient rester où ils étaient, et il ferait de même.

Le temps qu'il finisse son café, Brantley se rendit compte qu'il ne portait que son boxer, donc il se précipita dans la salle de bain afin d'enfiler des vêtements. Alors qu'il terminait juste, des crissements de pneus provinrent de l'extérieur.

— Quel est le problème ? demanda le shérif quand Brantley ouvrit la porte.

Il sortit alors que la température montait et ils firent le tour de la maison.

— Eux, dit-il en les pointant du doigt. Ils ne sont pas censés être là.

— Probablement le bétail d'Erickson, dit le shérif et il se mit à la radio. Gloria, tu peux appeler Erickson ? Il doit retirer son bétail du terrain de son voisin.

— Bien sûr.

— Pourquoi sont-ils là ? demanda Brantley.

— Probablement pour l'eau. Il fait très sec, et le bétail peut la sentir. Ils sont capables de démolir une clôture fragile pour y arriver.

Brantley hocha la tête avant de demander ce qu'il voulait vraiment savoir.

— Avez-vous découvert quelque chose pour Renae ?

— J'ai pu corroborer votre histoire et vos déplacements d'hier.

— Donc je ne suis plus suspect, dit Brantley, le shérif hocha la tête sombrement. Et maintenant, alors ?

— On creuse dans sa vie. Il doit y avoir une raison pour que quelqu'un l'ait tuée, donc on essaie de trouver laquelle. On vérifie ses appels téléphoniques et d'autres choses.

— Est-ce que vous pensez que vous trouverez celui qui a fait ça ?

Le shérif se tourna vers lui, les yeux brûlants.

— Bien sûr que oui. Parfois ces choses-là prennent du temps, mais je découvrirai qui est derrière tout ça et pourquoi.

Brantley n'était pas sûr de savoir si c'était censé être une menace ou non.

— Je ne remettais pas en question vos capacités d'investigation. Il semble juste ne pas y avoir grand-chose pour progresser.

Et il se sentirait beaucoup mieux s'il savait ce qui se passait et pourquoi quelqu'un avait pensé que c'était une bonne idée de tirer sur elle sous son porche.

— Je sais que vous ne lui avez pas tiré dessus, mais mon instinct me dit que sa mort a quelque chose à voir avec vous.

Le shérif continua à le regarder d'un œil perçant, et Brantley refusa de tressaillir ou de reculer, même s'il pouvait sentir ses tripes faiblir sous cette intensité.

— Qu'est-ce que je vous ai fait à vous ou à qui que ce soit ici ? Je n'ai jamais rencontré Renae. Je n'habite pas ici depuis assez longtemps pour m'être fait des ennemis.

— Peut-être que oui ou peut-être que non. Mais je ne crois pas aux coïncidences, et même si vous n'avez pas tué Renae Montgomery, quelqu'un s'est donné beaucoup de peine pour s'assurer de la tuer sous votre porche. Nous avons eu la confirmation qu'elle a reçu un appel d'un téléphone jetable avec un numéro en 212 – New York – avant de se faire tirer dessus. L'appel a duré moins de cinq minutes, et nous croyons que c'est celui qui a organisé cette rencontre. Je me demande si elle a pu penser qu'elle vous parlait à vous ou à quelqu'un qui agissait pour vous. Elle est venue ici pour vous retrouver et s'est fait tirer dessus.

Son ton était très pragmatique.

— Je n'ai rien à voir avec sa mort, répéta Brantley. C'était quelqu'un de gentil et très aimable.

Il cligna des yeux plusieurs fois.

— Pourquoi me dites-vous tout ça ?

— Parce que j'espère que vous pourrez m'aider. Il y a une raison pour laquelle elle a été tuée sur le pas de votre porte.

— Pourquoi quelqu'un ferait-il ça, je n'en ai aucune idée, dit Brantley. J'étais debout la moitié de la nuit à essayer de comprendre, et je ne sais toujours pas. Peut-être qu'il pensait que la maison était encore vide et que c'était un bon endroit pour l'attirer.

Le regard du shérif donnait envie à Brantley de se tortiller et de s'enfuir, mais il tint bon. Être nerveux et tendu ne l'aiderait pas à avoir l'air convaincant, et il savait que s'il avait l'air assuré et déterminé, cela pourrait l'aider. Dieu savait que le doute n'était pas permis.

— Je ne pense pas.

19

— Comment le savez-vous, Shérif ?

— La plupart des gens m'appellent Mack. Quelqu'un s'est donné du mal pour la faire venir ici, et il savait que la maison était occupée parce que nous avons reçu cet appel anonyme. Comme je l'ai dit, il y a une raison à tout ça, donc si vous pensez à quelque chose, faites-le-moi savoir.

— Je le ferai.

Brantley ne savait pas quoi dire d'autre et il recula d'un pas, se détournant de l'intensité du regard de Mack pour observer le bétail dans le champ.

Dans d'autres circonstances, être fixé ainsi, avec un tel intérêt, serait exaltant. Mack était sexy. Il n'y avait aucun doute là-dessus. Mais à un moment pareil, ce genre de pensées n'avaient pas leur place. De plus, il était au milieu de l'Amérique rurale, et lorgner le shérif était une mauvaise idée à tellement de niveaux…

— Qu'est-ce que c'est maintenant ? demanda Brantley, en entendant un crissement de pneus sur l'allée en gravier.

Il se retourna et fit le tour de la maison.

— Andy Erickson, votre voisin de derrière avec le problème de clôture, dit Mack en le rejoignant.

— C'est vous qui avez appelé le shérif parce qu'une partie de mon bétail est allé sur votre précieux terrain ?

Les yeux de l'homme mûr lançaient des éclairs alors qu'il avançait à grands pas vers Brantley.

— Andy, ça suffit, dit Mack. Il n'était pas sûr de savoir qui appeler, donc il nous a téléphoné. Éloigne juste le bétail et répare la clôture. Il est inutile d'en faire une affaire fédérale.

— Pourquoi je devrais, putain ? On est en pleine sécheresse. J'essaie de creuser un autre puits pour pouvoir abreuver le bétail, et il dispose d'eau qui n'est pas utilisée.

— Écoutez maintenant, dit Brantley en s'avançant. Je suis à fond pour être un bon voisin, mais vous ne pouvez pas simplement laisser entrer votre bétail sur mon terrain sans permission. Il n'est pas à vous et vous n'y avez aucun droit.

Brantley s'avança d'un pas vers cet Erickson.

— Alors, dégagez de mon terrain… maintenant.

Andy s'avança, gonflant le torse.

— Qu'est-ce que vous allez faire ?

— Rien. Mais moi, si, dit Mack. Andy, tu dois éloigner ton bétail de son terrain et réparer cette clôture, et tu le sais. Tu n'as aucun droit sur ce qui n'est pas à toi, et tu le sais aussi. Donc, arrête d'agir comme un con et occupe-toi de tes affaires.

— Il ne devrait même pas avoir ce terrain.

— Si tu le voulais, alors tu aurais dû l'acheter. Le ranch était à vendre depuis un moment.

— À un prix que personne ne pouvait se permettre, riposta Andy.

— Eh bien, lui il a pu, et maintenant c'est son terrain, dit Mack en s'interposant entre eux. Tu dois déplacer le bétail, alors il faut t'y mettre. À moins que tu veuilles que j'aille enquêter sur cette clôture qu'ils ont *défoncée*.

La menace était claire, et Andy blêmit, mais ne discuta pas la question.

— Bien. Je vais déplacer le bétail dès que possible.

— Tu le feras d'ici quatorze heures, ou il pourra porter plainte et je devrais t'arrêter. Et si je fais ça, je confisquerai le bétail comme preuve. Et alors que deviendras-tu ?

Mack posa les mains sur ses hanches. Il était intimidant et chaud comme la braise. Pas que Brantley était censé le remarquer. Il se détourna pour s'empêcher de ricaner. Il n'avait pas eu l'intention que ça dégénère en combat de coqs, mais il était heureux que le shérif prenne sa défense.

— Je n'arrive pas à croire que tu prennes la défense d'un nouveau venu au lieu d'un vieil ami dont le bétail s'épuise.

— Nous n'avons jamais été amis, alors n'essaie pas cette approche, et ça n'a pas d'importance de savoir qui c'est. Le bétail est sur son terrain, et il t'a demandé de le déplacer. Il est inutile de se mettre en colère. Si tu étais venu le voir pour demander à faire paître ton bétail pendant quelques semaines, il t'aurait peut-être laissé faire. Mais ça semble peu probable maintenant.

Mack le fusilla du regard, et Andy se retourna finalement en soufflant, repartit en tapant du pied vers son pick-up et claqua la portière avant de démarrer dans l'allée.

— Je suppose que j'ai vraiment fait bonne impression sur ce voisin, dit Brantley doucement.

— Erickson est un casse-couille. Il a de l'eau sur ses terres. Le ruisseau qui s'écoule de votre source passe à travers sa propriété. Il y a laissé son bétail brouter trop longtemps ce printemps et au début de l'été. Maintenant, l'herbe est épuisée et a besoin de temps pour repousser, mais comme il n'a pas d'eau ailleurs, il doit trouver une solution, et laisser *accidentellement* son bétail paître sur vos terres est plus facile que de résoudre le vrai problème.

— C'est vraiment très sec ?

— Oui. Les cours d'eau sont très bas, ainsi que les rivières qu'ils alimentent. Certains ranchers ont dû vendre leurs troupeaux en avance parce qu'ils n'ont plus l'eau nécessaire. Ce sont des moments difficiles par ici, et vous avez un des rares ranchs avec une source d'eau permanente. Chacun de vos voisins voulait acheter cet endroit, mais les héritiers voulaient beaucoup plus d'argent qu'ils ne pouvaient se le permettre. En tout cas, c'était la rumeur en ville.

— Merci pour votre aide, dit Brantley. J'apprécie que vous vous soyez déplacé. Et je vous promets que si je pense à quelque chose, j'appellerai immédiatement.

Des idées bouillonnaient déjà dans son esprit, mais il n'était pas encore sûr de ce qu'il devait en faire, donc il les garda pour lui et décida de les laisser mariner pendant un moment.

— Andy est un peu tête brûlée parfois, mais je doute qu'il vous cause des problèmes. Et l'essentiel de sa colère va être dirigé vers moi. Gardez juste l'œil ouvert et assurez-vous qu'il ramène son bétail chez lui. S'il ne le fait pas, appelez-moi et je passerai lui parler. Il ne veut pas que j'aille regarder cette clôture parce qu'il est probable qu'il savait qu'elle était fragile ou qu'il l'a fragilisée lui-même afin qu'elle lâche et que son bétail puisse affluer sur vos terres et votre herbe fraîche.

— À quoi pensait-il ?

— Que peut-être si vous n'en faisiez pas un foin, il les laisserait là pendant une semaine environ puis les récupérerait. Durant ce temps-là, ils mangeraient de l'herbe fraîche et boiraient votre eau, et s'il avait de la chance, il pleuvrait et son herbe aurait une chance de repousser.

— Donc…

L'esprit de Brantley tournait rapidement. Une des forces qui le rendait doué dans son travail et lui permettait de faire d'énormes profits pour lui et ses investisseurs, c'était sa capacité à avoir plusieurs coups d'avance très vite.

— Est-il possible qu'un de mes voisins soit derrière la mort de Renae ? Avec moi hors circuit, il pourrait racheter le ranch bon marché, l'ajouter au sien parce que peu de gens le voudraient, et ensuite il posséderait la source.

— J'y ai pensé, et nous sommes en train d'examiner ça. Ça semble être une théorie plausible, et nous n'en laisserons aucune de côté.

Mack inclina son chapeau et retourna à sa voiture.

Brantley le regarda pendant tout ce temps, incapable de détacher les yeux de la manière dont Mack remplissait le pantalon de son uniforme.

Mack monta dans sa voiture et s'éloigna, laissant Brantley debout à l'extérieur, clignant des yeux dans le soleil brillant. Il était complètement impuissant et c'était un sentiment auquel il n'était pas habitué. Il détestait ça. Donc il se dit qu'il avait besoin d'y faire quelque chose. Il avait déjà rencontré un voisin, et ça s'était vraiment bien passé, n'est-ce pas ? Peut-être qu'il était temps de sortir, de rencontrer les autres et de voir ce qui se passait. Peut-être qu'il apprendrait quelque chose qui pourrait aider. S'il était vrai qu'un de ses voisins voulait en effet l'éliminer, alors peut-être qu'il pourrait deviner qui c'était. Andy Erickson semblait perché en haut de la liste, mais allez savoir qui d'autre pourrait lui en vouloir à cause des terres qu'il avait achetées. Il n'y avait qu'un moyen de le découvrir.

Brantley se retourna et trottina vers la maison. Il attrapa son chapeau et enfila ses bottes. Il voulait avoir l'air d'être à sa place. Puis il saisit ses lunettes de soleil, verrouilla les portes et monta dans son pick-up. Il avait des visites à faire, et il était inutile de remettre au lendemain ce qu'il pouvait faire le jour même.

Au bout de l'allée, il décida d'aller d'abord à droite et de tester sa chance. Il conduisit pendant cinq minutes environ sur la route et tourna dans la première allée qu'il vit. Il dépassa des granges et des dépendances puis remonta vers un ranch immense, s'assurant de ne pas renverser les petits vélos et les divers jouets en plastique qui jonchaient la zone. Il s'arrêta et espéra ne pas être au-dessus de quoi que ce soit. Les jouets semblaient être partout. Brantley ouvrit la portière et sortit du pick-up, puis referma la portière et regarda pour voir si quelqu'un était aux alentours.

— Salut, dit une jeune voix, et Brantley se retourna brusquement.

Un garçon d'environ quatre ans portant un jean, une chemise en flanelle, un petit chapeau de cow-boy et des bottes se tenait sous le porche.

— Est-ce que ta maman ou ton papa est là ? demanda Brantley.

Le garçon pointa la grange du doigt.

— Est-ce que tous ces jouets sont à toi ?

Le garçon hocha la tête.

— J'ai mis la pagaille, dit-il en descendant précipitamment les marches, puis il courut vers la grange. Maman, il y a un monsieur ici !

Il disparut à l'intérieur, et après quelques minutes, une jeune femme portant un jean et de grosses bottes, ses cheveux blonds ramenés en arrière en une queue de cheval sous son chapeau, sortit de la grange en tenant la main du garçon.

— Que puis-je faire pour vous ? demanda-t-elle d'un air dubitatif.

— Je suis votre nouveau voisin, Brantley Calderone. J'ai emménagé à côté il y a une semaine. Je voulais m'arrêter vous dire bonjour.

Il aurait aimé avoir apporté quelque chose. Il semblait un peu stupide à se tenir là les mains vides.

— Nathan, va ramasser tes jouets et range-les comme je te l'ai dit tout à l'heure. Ton papa ne va pas être content si tu les laisses partout.

Elle attendit qu'il soit parti puis se rapprocha un peu :

— Le même voisin où Renae a été tuée hier ?

— Oui. Je suis rentré et je l'ai trouvée sous mon porche. C'est si triste. Elle était très serviable et semblait gentille.

— Renae était une garce sortie de l'enfer, siffla-t-elle. Mais elle ne méritait pas d'être tuée. Qu'elle puisse être tourmentée pour toujours.

— Je suppose que vous n'étiez pas amies, Mme… ?

— Julie Beltz, et vous avez rencontré mon fils Nathan, dit-elle en se tournant vers lui avec hésitation. Mon mari sera à la maison dans quelques minutes. Alors n'essayez rien.

— Je ne fais qu'essayer d'être un bon voisin. Je n'ai pas fait de mal à Renae, et je ne ferai certainement pas de mal à qui que ce soit d'autre. Mais je suppose que c'est un peu trop demander que vous me croyiez.

— Toute la ville sait à quel endroit Renae a été tuée, et les gens ajoutent deux et deux.

Elle le foudroya du regard.

— Je n'étais même pas chez moi quand elle a été tuée.

Seigneur, il aurait dû penser à ça.

— Peut-être que je devrais partir, continua-t-il. Je ne voulais pas vous déranger.

Il se détourna et retourna à son pick-up.

— Brantley, appela-t-elle derrière lui, il s'arrêta et se retourna pour lui faire face. Ce sera assez facile de découvrir si c'est vous.

— J'étais au magasin quand c'est arrivé, et j'ai essayé de l'aider.

Brantley savait que cela allait être impossible de convaincre qui que ce soit qu'il n'avait pas fait de mal à Renae.

— Je suis désolé de vous avoir dérangée.

Il inclina son chapeau de la manière dont Mack l'avait fait plus tôt puis ouvrit la portière de son pick-up.

24

— Merde, dit-elle. Cette ville ne peut jamais comprendre les choses, quoi qu'il arrive.

Julie s'approcha derrière lui, et Brantley se retourna lentement.

— N'importe qui peut voir que vous n'avez pas ce qu'il faut pour tirer sur qui que ce soit, dit-elle, sa bouche remontant en un léger sourire. Comment connaissiez-vous Renae, de toute manière ? Elle était après vous ?

— Après moi ? demanda Brantley.

— Cette femme courait après chaque homme en ville. Marié ou pas, ça n'avait pas d'importance. Elle ne voulait pas de mari… elle voulait juste celui de toutes les autres, dit-elle en retirant son chapeau d'un coup sec pour s'éventer. J'ai du thé glacé. Pourquoi ne pas vous asseoir sous le porche pendant que je vais vous chercher un verre ?

Elle marcha d'un pas lourd vers la maison, et Brantley referma la portière.

Il la suivit et s'assit tandis qu'elle entrait. Nathan se pressait dans le jardin, ramassant les jouets et les ramenant dans la maison, passant en courant devant lui à intervalles de quelques minutes.

— Ils vont dans la boîte à jouets. Pas sur le sol du salon, lança Julie, et Brantley sourit face au grognement de Nathan.

Ce dernier resta à l'intérieur encore quelques minutes puis surgit par la porte pour rassembler d'autres jouets. Julie sortit avec trois verres, deux thés glacés et un autre de ce qui ressemblait à de la citronnade.

— Merci, dit Brantley quand elle lui tendit un verre.

— Nathan, quand tu auras terminé avec les autres jouets, tu pourras faire du vélo dans l'allée, et j'ai de la citronnade pour toi.

Il se précipita vers elle, but le verre en partie, le rendit, puis entreprit de se précipiter pour finir ce qu'il avait commencé.

— Il ne reste jamais immobile deux minutes. Parfois, j'aimerais pouvoir mettre son énergie en bouteille.

Brantley hocha la tête.

— Pourquoi m'avez-vous invité à rester ?

— Parce que j'ai confiance en Mack, et s'il pensait que vous étiez coupable, il vous aurait arrêté. Malheureusement, il y a des gens dans cette ville qui ne sont pas si logiques. De plus, vous n'avez pas été en ville suffisamment longtemps pour pouvoir la détester comme la moitié des femmes.

— Seulement la moitié ? demanda Brantley.

— Oui. L'autre moitié est soit trop jeune, soit a des maris qui sont trop vieux. Le mari de Renae – enfin, son ex-mari – est vraiment un cas. Il buvait trop. C'est toujours le cas, à ce que j'entends dire. Quand elle l'a quitté, je suppose qu'elle a pensé qu'elle était libre et en a profité au maximum.

Julie but son verre, regarda Nathan, puis se retourna vers lui.

— Alors, pourquoi avez-vous acheté la maison Richardson ? demanda-t-elle en le regardant de la tête aux pieds. Vous ne semblez pas du genre à vouloir diriger un ranch tout seul.

Elle émit un petit rire.

— Où avez-vous eu ces bottes ? demanda-t-elle.

— À New York, avant que je parte, dit-il en baissant les yeux. Qu'est-ce qui ne va pas ?

— Elles vous donnent l'air d'aller dans un club. Elles ne tiendront jamais le coup face à aucune sorte de rude travail. Et votre chapeau est pour la frime aussi. Pas que ce soit mes affaires.

Brantley se hérissa jusqu'à ce qu'il se rende compte qu'elle n'entendait rien par là en dehors d'une observation.

— Est-ce que Papa rentre à la maison ? demanda Nathan en bondissant sous le porche avant d'avaler d'un trait le reste du verre de citronnade que Julie lui offrait.

— Pas avant un moment. Mais il serait si fier que tu aies rangé tes jouets, dit-elle en serrant Nathan contre elle alors qu'il gémissait. Je suis désolé, mon cœur. Il a appelé il y a quelques minutes.

Sa voix semblait tout aussi déçue que Nathan avait l'air de l'être.

— Il a encore une semaine, continua-t-elle, mais il a dit qu'il t'appellerait ce soir. Si tu es gentil, je t'emmènerai en promenade sur ton poney cet après-midi.

Elle jeta un coup d'œil à Brantley comme si elle s'excusait pour son mensonge d'un peu plus tôt.

Brantley but son thé à petites gorgées et regarda un véhicule du département du shérif entrer dans l'allée. Mack sortit de la voiture, et Nathan tendit son verre à sa mère et se précipita hors du porche.

— Shérif Mack.

— Nathan, dit Mack avant d'étreindre le garçon puis de le ramener au porche. On dirait que vous avez de la visite.

— Oui.

Nathan se tourna vers lui et le fixa du regard, posant un doigt sur ses lèvres en réfléchissant.

— C'est M. Brantley, dit Mack alors qu'ils montaient les marches. Je ne faisais que vérifier que vous alliez bien.

— Ça va, et tu sais que ce n'est pas nécessaire, dit Julie en se tournant vers Brantley. Mon mari est réserviste, et il était censé avoir terminé son entraînement annuel, mais ils voulaient qu'il reste une semaine de plus. Son père manque vraiment à Nathan. Mack passe pour voir comment nous allons.

— Denny et moi sommes allés à l'école ensemble, lui dit Mack.

— Brantley est passé dire bonjour et rencontrer les voisins, expliqua Julie.

— Il vient de partir de chez moi, dit Brantley en regardant Mack.

— Oui. Je me dirigeais ici quand j'ai reçu un appel, mais il a été annulé, donc j'ai décidé de vous rendre visite quand même, dit Mack en hochant la tête. Rencontrer les voisins, c'est bien.

— Lui et moi avons déjà parlé de ce qui s'est passé hier, dit Julie.

— Et il ne semble pas être du tout impliqué là-dedans, confirma Mack.

— Je ne pensais pas qu'il l'était, dit Julie. Il y a beaucoup de gens en ville qui ne l'appréciaient pas.

— Allons, Julie. Juste parce que vous n'avez jamais partagé le même point de vue, ça ne signifie pas que tout le monde en ville en avait après elle. C'était une femme d'affaires redoutable.

— Je sais. Si elle avait été un homme, aucun de nous n'y réfléchirait à deux fois, mais parce que c'était une femme… dit Julie en se levant pour aller à la porte. Je maintiens que c'était une garce, un point c'est tout.

— Maman, gros mot, la sermonna Nathan.

— Désolé, mon cœur, dit Julie juste avant que la porte-moustiquaire ne claque.

Brantley la regarda partir et se demanda si quelque chose n'allait pas. Julie revint rapidement avec un pichet de thé et un autre verre.

— Va faire du vélo, dit Julie à Nathan, et il sauta du porche puis grimpa sur le petit vélo bleu avec des petites roues. Tu avances pour trouver qui a fait la peau à Renae ?

Elle versa du thé à Mack et remplit le verre de Brantley.

— On progresse, dit-il sans rien ajouter.

— Tu sais que toute cette affaire commence à faire jaser partout en ville, dit Julie.

Brantley supposa qu'elle omettait la partie sur le fait qu'il portait le chapeau parce qu'il était assis là.

27

— Oui, je sais. J'ai répondu au pied levé à un certain nombre de gens, y compris le maire, dit Mack, l'air fatigué. Quand une chose pareille arrive, tout le monde veut des réponses, et ils se moquent de savoir si le coupable est arrêté, seulement que quelqu'un soit puni.

— Génial.

Retourner à New York devenait à chaque instant de plus en plus séduisant.

— Je suis venu ici parce que je voulais une vie différente, de grands espaces où je pourrais respirer, peut-être établir des racines. Je ne m'attendais pas à devenir d'emblée un paria. Habituellement, ça prend du temps.

Brantley essaya de détendre l'atmosphère, mais ça n'aidait pas.

— Regarde-moi, Maman, cria Nathan.

— C'est super, chéri. Ne t'approche pas de la route, dit Julie. Son père lui manque vraiment beaucoup. Ils font énormément de choses ensemble, et j'ai été si occupée, avec Denny qui n'était pas là, que je n'ai pas eu autant de temps à passer avec lui que j'aurais dû.

Elle but le reste de son thé, et Brantley termina son verre.

— Merci beaucoup pour le thé et la conversation. J'apprécie sincèrement, et c'était vraiment bien de vous rencontrer.

— Vous aussi, dit Julie en se levant.

Ils se serrèrent la main avant que Brantley n'aille à son pick-up.

— Je vous verrai plus tard.

— Nathan, viens par ici, mon cœur, pour que M. Brantley puisse partir.

Brantley regarda Nathan filer sur son vélo et s'arrêter près des marches du porche. Julie tint la bicyclette et Brantley agita la main avant de reculer dans l'allée et de retourner d'où il était venu. La visite s'était avérée quelque peu instructive. Il était clair que Julie n'appréciait pas Renae, mais Brantley doutait qu'elle lui ait tiré dessus. Tout de même, c'était agréable d'avoir rencontré Julie et peut-être débuté une amitié.

Lorsqu'il rejoignit son allée, Brantley supposa qu'il avait assez tiré sur la corde pour la journée et décida de ne pas rendre visite à d'autres voisins. Il tourna et s'arrêta près de la maison. Il sortait lorsqu'un véhicule de police se gara à côté de son pick-up.

— Vous avez besoin de quelque chose, Mack ?

— Pas particulièrement. Je voulais juste vous dire que je vais bien faire comprendre en ville que vous n'êtes pas suspect dans le meurtre de Renae. Certaines personnes le croiront et d'autres s'accrocheront à

28

leur ignorance butée, mais ça devrait baisser certaines des barrières pour apprendre à connaître les gens.

— Merci, mais je pense qu'hier a rendu ce processus doublement difficile. Ce que les gens vont se rappeler, c'est qu'elle a été assassinée chez moi, par conséquent j'ai quelque chose à y voir.

— J'attraperai le vrai tueur, puis ça mettra fin à tout ça, dit Mack en faisant le tour pour le rejoindre. Je me demandais si vous aviez des projets pour le dîner.

— Juste réchauffer quelque chose.

— Alors pourquoi ne pas venir en ville avec moi ? Nous pourrions aller au *diner*. C'est là que tout le monde se retrouve. Si les gens vous voient avec le shérif, ils sauront que vous n'êtes pas une menace, parce qu'habituellement, je ne mange pas avec des suspects.

— Vous n'avez pas besoin de vous mettre en quatre juste pour être aimable. Je trouverai un moyen de m'en sortir.

Il était New-yorkais, après tout. Il pouvait tout faire s'il s'y attelait.

— Comme vous voulez. J'ai supposé que vous auriez besoin de manger et étiez peut-être fatigué de votre cuisine.

Mack souleva un sourcil juste comme il fallait. C'était à la fois sexy et désarmant.

— J'aimerais bien dîner. Vous voulez qu'on se retrouve en ville ?

La radio de Mack crépita. Il répondit à l'appel puis reporta son attention sur Brantley.

— Ce serait super. Je vous retrouve au *diner* à dix-huit heures, dit Mack en se retournant vers sa voiture, mais il s'arrêta avant d'ouvrir la portière. Un conseil. Portez des vêtements dans lesquels vous êtes à l'aise.

— Pourquoi est-ce que tout le monde semble faire des remarques sur mes vêtements ? demanda Brantley.

Ils étaient censés être la dernière tendance.

— Parce qu'ils ne sont pas vous, répondit Mack.

Il inclina son chapeau, grimpa dans sa voiture de patrouille et commença à sortir de l'allée puis s'arrêta.

— N'oubliez pas d'appeler si le bétail n'est pas déplacé, cria-t-il par la vitre, et Brantley agita son chapeau, le gardant dans la main quand il eut terminé.

Une fois que Mack fut parti, Brantley alla à l'intérieur, lança son chapeau sur une des chaises et s'aventura jusqu'à la cuisine. Il se servit de l'eau et regarda par la fenêtre. Il ne restait que quelques-unes des formes

29

sombres vers un côté du champ, avec des hommes sur des véhicules tout-terrain autour. Andy déplaçait son bétail comme promis. Au moins, ce soupçon d'agitation était terminé.

Brantley se prépara un déjeuner léger et le mangea devant la télévision. Il se retrouva ensuite à sommeiller sur le sofa pendant un petit moment. Quand il se réveilla, il n'était pas certain de quoi faire. Il s'ennuyait ferme. Les gens dans l'Ouest semblaient toujours tellement occupés dans les films. Il y avait toujours des choses à faire et jamais assez de temps. Ça n'avait pas traversé l'esprit de Brantley qu'il n'aurait rien à faire et assez de temps devant lui pour vouloir se tordre lui-même le cou. En une semaine, il avait tout déballé et effectué les petites corvées dans la maison. Peut-être qu'il pourrait explorer et nettoyer la grange. Il espérait avoir des animaux pour la remplir à un moment ou à un autre, mais il devait trouver des gens pour l'aider pour ça. Mais les chances de trouver des personnes bien étaient probablement mortes avec Renae. Qui voudrait travailler dans un ranch où quelqu'un avait été assassiné ? Toute cette situation craignait.

IL ÉTAIT dans un bel état. Brantley avait passé l'après-midi à nettoyer la grange. Il avait pelleté de la vieille terre et Dieu savait quoi d'autre dans une brouette qu'il avait dû réparer avant de pouvoir la remplir et l'emporter. Il avait été chanceux. Lorsqu'il avait décidé de commencer cette petite corvée, il s'était rendu compte qu'il n'avait aucun outil, mais quelqu'un avait laissé certaines choses dans la vieille sellerie, donc il avait pu ramasser le bric-à-brac et balayer le loft et le premier étage. Donc pour l'instant, l'endroit était vraiment propre, mais lui était absolument dégoûtant.

Brantley rangea ses outils, vérifia sa montre et se pressa vers la maison. Il devait se doucher et s'habiller vite ou il serait en retard pour aller dîner.

Il le fut presque. Cela lui demanda beaucoup de précipitation, mais il traversa la petite ville et se gara devant le *diner* avec deux minutes d'avance. Il ne savait pas ce que Mack conduisait quand il n'était pas en service, donc il n'était pas certain qu'il soit arrivé. Brantley entra dans le *diner* et se tint près de la réception alors que le silence se faisait. Il déglutit, tous les regards fixés sur lui, mais bientôt les gens recommencèrent à discuter. Il n'avait aucun doute que lui – et la spéculation quant à savoir s'il avait tué Renae – était le sujet de conversation.

— Excusez-moi, dit un homme à forte carrure en allant d'un pas tranquille où se tenait Brantley. Comment pouvez-vous vous montrer ici ? Vous devriez être en prison.

Il entrouvrit les lèvres et afficha une dentition brisée. Brantley supposa qu'il les avait perdues dans des bagarres de bar ou quelque chose comme ça.

— Ça suffit, Cal, dit Mack derrière lui.

Brantley commençait à très bien connaître cette voix, et il n'avait jamais été aussi ravi de l'entendre de sa vie.

— Shérif... il... commença Cal.

— M. Calderone est là pour dîner avec moi, dit Mack, et Cal fut coupé dans son élan en un clin d'œil.

— Mais...

— M. Calderone était en ville à l'heure où Renae a été tuée, et il y a des témoins pour le confirmer. Alors, recule, dit Mack en se rapprochant pour tenir sa position. Les gens sont innocents jusqu'à preuve du contraire. C'est comme ça que la loi fonctionne, et tu n'as pas le droit d'utiliser le petit pois qui te sert de cerveau pour penser différemment. Maintenant, retourne à ton dîner.

Il pointa du doigt, et Cal tourna les talons et se rassit.

— Merci.

Mack hocha la tête et ouvrit la voie vers une table vide.

— C'est le genre d'endroit où l'on s'assit seul. Marlene ne fait asseoir les gens que le samedi quand il semble que la ville entière vient ici pour dîner.

— Je ne m'attendais pas à un comité d'accueil, mais... commença-t-il.

— Cal est bête à manger du foin, et il agit toujours avant de réfléchir.

Mack se tourna vers l'homme gigantesque, échangeant des regards noirs. Il attendit que Cal détourne les yeux, puis il se retourna.

— La plupart des gens veulent juste avoir à parler de quelque chose, et quelqu'un qui se fait tuer, c'est l'histoire de l'année par ici.

— Oui, je suppose. J'aimerais juste que quelqu'un d'autre soit au centre de l'histoire.

— La nouvelle que ce n'est pas vous se répandra vite, puis ils commenceront à spéculer sur qui l'a fait. C'est la nature d'une petite ville, dit Mack en se penchant par-dessus la table. Et parfois, la rumeur produit une parcelle de vérité qui peut en fait être utile.

— OK.

31

Brantley s'arrêta quand la serveuse, une lycéenne d'après son apparence, s'approcha de leur table.

— Mandy, comment vas-tu ? dit Mack. Voici Brantley Calderone. Il est nouveau en ville.

Elle se tourna vers lui avec méfiance.

— Qu'est-ce que je vous sers ? Le pain de viande est vraiment bon, ainsi que la tourte à la viande.

— Je vais prendre la tourte à la viande, dit Brantley.

— Moi aussi. Avec un café et une salade, dit Mack.

— Ça a l'air bien, ajouta Brantley, et Mandy lança un sourire à Mack avant de quitter la table. Vous connaissez tout le monde en ville ? Après ce qui s'est passé, je voulais prendre une alarme pour la maison. J'ai commandé le système de base, mais j'ai besoin d'aide pour l'installer.

— J'ai grandi ici, et je connais quelques personnes qui peuvent vous aider. Tout le monde dans cette ville est connecté d'une manière ou d'une autre. Ma mère était une Lakota Sioux, et mon père est le cousin d'Andy. La tête brûlée que vous avez rencontrée tout à l'heure. Nous étions les parents pauvres. Papa travaillait dans le bétail, et Maman, eh bien, elle n'est pas restée très longtemps après ma naissance. Papa est tombé amoureux d'elle, ils se sont mariés et m'ont eu, mais Papa a dit qu'il n'était pas ce dont elle avait besoin. J'avais deux ans quand Maman s'est fait la malle. Elle traversait une mauvaise passe et était vraiment malheureuse, dit Mack, mais il dut se rendre compte qu'il s'était éloigné du sujet. Je trouverai quelqu'un pour vous aider pour l'installation.

— Merci, dit Brantley puis il retourna au sujet précédent. Est-elle retournée à la réserve ?

— Oui, mais elle a mis fin à ses jours quelques semaines après. Son frère a appelé mon père et lui a dit. C'est pour ça que je porte mes cheveux plus longs, en son honneur.

— Votre père est encore vivant ?

— Oui, dit Mack en souriant. Il est en fauteuil roulant maintenant, mais peu de choses peuvent l'arrêter.

Brantley fit quelques calculs dans sa tête.

— Votre père ne peut pas être si vieux que ça.

— C'est vrai. Il a été projeté et s'est fait piétiner par un cheval il y a un peu plus d'un an. Ça lui a blessé le dos, donc il ne peut plus utiliser ses jambes. Papa vit avec moi, et les voisins le surveillent quand je ne suis pas là. Pour l'instant, il essaie de trouver quelque chose à faire pour gagner un peu d'argent supplémentaire. Dieu sait ce qu'il va inventer, dit Mack avec un sourire indulgent qui dit à Brantley que ces deux-là tenaient beaucoup l'un à l'autre. Je vous emmènerai le rencontrer un jour. Papa adore parler à de nouvelles personnes.

Mandy apporta leurs boissons et battit en retraite précipitamment. Brantley fit de son mieux pour l'ignorer.

— Alors pourquoi le maintien de l'ordre ? demanda-t-il en ajoutant un peu de sucre au café fort.

— Après l'université, j'ai rejoint la police à Sioux Falls, et j'avais l'intention de déménager dans une plus grande ville pour rejoindre un grand service une fois que j'aurais de l'expérience. Je suis resté à Sioux Falls pendant environ cinq ans. Mais après l'accident de mon père, j'ai déménagé ici et rejoint le département du shérif, quand ce dernier a été impliqué dans un scandale et a dû démissionner, j'ai présenté ma candidature.

Mack but son mug à petites gorgées, et Brantley le regarda, une sensation familière agitant son estomac. Il savait ce que ça signifiait. Il admirait Mack ces derniers jours, mais maintenant qu'il lui parlait, il se rendait compte que les regards que Mack lui lançait de temps à autre n'étaient pas parce qu'il attendait que Brantley lui révèle quelque chose sur l'affaire. Ils indiquaient de l'intérêt, ou en tout cas c'est ce qu'il lui semblait.

Brantley avait pensé qu'il devrait abandonner toute sorte de relation une fois qu'il aurait déménagé ici, et ça lui avait paru plus qu'acceptable. Elles finissaient toujours en désastre de toute façon, alors pourquoi se prendre la tête ? Son but avait été de se construire une nouvelle vie, plus proche de la terre. Il cligna des yeux plusieurs fois, se reprochant d'être ridicule. Il devait mal lire les signaux.

Leur repas arriva, et Brantley arrangea les assiettes, se disant qu'il allait d'abord commencer par le plat chaud. Déplacer son bol de salade fit tomber sa fourchette sur le sol, et lorsqu'il se pencha pour la ramasser, la fenêtre à côté de lui explosa.

III

— Tout le monde à terre et restez-y, lança Mack. Taisez-vous et restez baissés.

Il fallait qu'il entende et il attendit de voir s'il allait y avoir d'autres tirs. Sa principale inquiétude était de garder tout le monde en sécurité. Gardant la tête baissée, il alla vers la porte et jeta un coup d'œil de l'autre côté de la rue. Il ne vit rien.

— Mandy, dit-il en se tournant vers le comptoir, là où elle était blottie. Appelle la police et dis-leur que je suis déjà là et que je veux des renforts maintenant.

Elle se précipita derrière le comptoir, et quelques secondes plus tard, Mack l'entendit au téléphone.

— Ça a dû venir du toit de l'autre côté de la rue, dit Brantley.

Mack se retourna, jetant un regard noir à Brantley pour l'avoir suivi, mais impressionné qu'il ne se soit pas recroquevillé de peur.

— Comment le savez-vous ?

— L'angle du tir, répondit Brantley avec un tremblement dans la voix qui ne fit que réussir à énerver Mack. Est-ce qu'il est encore là ?

— J'en doute. Je suppose qu'il a tiré un coup et s'est fait la malle.

Des sirènes résonnèrent et des véhicules s'arrêtèrent devant le *diner*. Mack continua à rester baissé.

— Zeb, c'est probablement venu du toit de l'autre côté de la rue, cria-t-il quand il le vit sortir et se baisser derrière sa voiture.

Zeb remonta dans le véhicule et partit avant que Mack puisse lui dire d'être prudent. Heureusement, aucun autre tir ne résonna, et Zeb revint.

— Il n'y a personne là-bas. Qui que ce soit, il s'est enfui. Mais il a laissé des douilles cette fois.

— OK. Sortons tout le monde d'ici et ramenons-les à leurs voitures en toute sécurité. Les gens reviendront pour régler leur addition, dit Mack en se tournant vers Marlene, la propriétaire, qui avait la cinquantaine et avait pratiquement tout vu. Est-ce que tu as besoin qu'on te trouve quelqu'un pour barricader la fenêtre avec des planches ?

— Henry peut le faire, dit-elle.

34

— OK. Alors sortons tout le monde d'ici pour les mettre en sécurité, puis on pourra comprendre ce qui s'est passé. Bon sang.

Il se leva et commença à guider avec vigilance les gens pour qu'ils puissent rejoindre leurs voitures en contournant la pagaille. Cela prit un moment, mais Mack et Zeb parlèrent à chacun des clients afin de découvrir ce qu'ils avaient vu, avant de les renvoyer chez eux. Puis Mack se mit au travail pour essayer de tout reconstituer.

Laissant Brantley dans le box du fond, il récupéra la balle et l'ajouta aux preuves. Au moins cette fois, ils avaient à la fois la balle et la douille.

— On dirait que ça vient d'un fusil de chasse, dit Zeb.

— Comme s'il n'y en avait pas un million dans le comté, grommela Mack.

Au moins, s'ils trouvaient un fusil suspect, ils pourraient essayer de faire correspondre les douilles tirées.

— Marlene, continua-t-il, tu peux balayer si tu veux, et Henry peut barricader la fenêtre.

Ils avaient pris des photos de tout, et Mack avait obtenu tout ce qu'il pouvait de la scène.

— Que se passe-t-il dans cette ville ? demanda Marlene. Un meurtre et maintenant des coups de feu par ma fenêtre qui auraient pu blesser n'importe qui.

Sa frustration égalait celle de Mack.

— Je sais que ce n'est pas ta faute, mais tu dois aller au bout de cette histoire. Ça va être l'enfer de faire revenir les gens ici après ça, dit-elle avant de se retourner pour commencer à nettoyer, passant son balai sur le sol avec bien plus de force que nécessaire. Une fois que tu auras attrapé le salopard qui a fait ça, j'aimerais être la première à lui tirer dessus. Peut-être qu'une charge de chevrotine dans le cul lui donnera une leçon.

Mack n'en était pas si sûr. Ce gars était sur une sorte de mission ou avait décidé que quelqu'un dans cette ville avait mal agi avec lui et voulait essayer de se venger. Mack devait entrer dans la tête de ce gars d'une manière ou d'une autre et découvrir ce qu'il pouvait bien vouloir. C'était le seul moyen d'arriver au fond des choses.

— Pensez-vous que ces coups de feu étaient liés au meurtre de Renae ? demanda Brantley quand Mack s'approcha du box où il était tapi loin des fenêtres.

— Je ne sais pas. Mais mon instinct me dit que oui.

— Shérif, dit Zeb en revenant précipitamment dans le *diner*. Il faut que vous veniez voir ça.

Mack se retourna pour partir, et Brantley le suivit de près.

— Vous pensez que je peux rentrer à la maison maintenant ? demanda-t-il.

— Hum. C'est le problème, expliqua Zeb. Un certain nombre de gens ont dit qu'ils pensaient avoir entendu deux coups de feu, mais un seul a brisé la fenêtre.

— Tu en as trouvé une autre ? demanda Mack.

Zeb pointa du doigt l'autre côté du parking vers le nouveau pick-up rutilant de Brantley, qui avait maintenant une fenêtre arrière éclatée.

— La balle est entrée par la vitre arrière et a fait voler en éclats une partie du tableau de bord. Nous allons devoir le transporter au poste pour avoir plus de lumière afin de pouvoir l'extraire. Mais elle a bien esquinté la mécanique.

— On peut l'y conduire lentement ? demanda Mack. Ce n'est qu'à un pâté de maisons.

— Il y a suffisamment de dégâts pour que ça puisse faire court-circuiter le système électrique complet. Une dépanneuse serait le mieux pour le déplacer.

— OK. Appelle une dépanneuse et fais-le transporter au poste. Puis mets-toi au travail pour extraire la balle. Je vais ramener Brantley chez lui.

Un malheur n'arrivait jamais seul. Au moins, cette démonstration de violence ne laissait aucun doute sur qui avait été la cible de l'attaque. Mack avait eu initialement peur que cela puisse être lui, mais cela désignait clairement Brantley.

Ça allait être une longue nuit.

Mack alla à sa voiture et attendit que Brantley s'installe sur le siège passager.

— Est-ce qu'il y aura quelqu'un chez vous ?

— Il n'y a que moi, répondit Brantley doucement, l'inquiétude et la peur se faisant clairement entendre dans sa voix.

— Alors je vais vous emmener chez moi. Vous ne devez pas rester isolé, et certainement pas là-bas. Celui qui est derrière tout ça connaît vos déplacements et est conscient que vous êtes seul.

Mack démarra et sortit du parking. Il conduisit sur quelques pâtés de maisons et entra dans son allée.

36

Les lumières étaient allumées à l'intérieur, projetant des formes rectangulaires sur la pelouse.

— Vous serez en sécurité ici, avec d'autres personnes aux alentours.

Mack coupa le moteur et sortit, examinant les environs avant d'avancer vers la maison. Il ouvrit la porte, et la meute le dépassa précipitamment, tournant autour de Brantley, reniflant et glapissant.

— C'est bon. Ils ne sont intéressés que pour voir si vous avez des friandises. Le labrador c'est Leo, le beagle c'est Rex, et celle-ci c'est Lulu, dit Mack en soulevant le caniche croisé, qui se tortilla d'excitation dans ses bras. Ils sont tous en quête d'attention.

Il fit un geste vers l'intérieur.

— Entrez et ils suivront.

Brantley avait l'air dépassé.

— Je n'ai jamais eu de chiens.

— Pourquoi ? demanda Mack alors qu'il attendait que Brantley passe à côté de lui pour fermer la porte.

— Je vivais en ville. Beaucoup de gens en avaient, mais je pensais que ce n'était pas raisonnable. Les chiens ont besoin d'espace, et être coincé dans un appartement n'est pas juste. En tout cas, c'est ce que je pense.

Mack hocha la tête, puis appela :

— Papa !

La porte de la salle de bain s'ouvrit, et son père en sortit et roula dans le couloir vers le salon.

— J'ai entendu dire qu'il y avait eu de l'excitation au *diner*.

Mack remit Lulu sur ses pattes.

— Oui. Papa, voici Brantley Calderone. Il est nouveau en ville. Son pick-up s'est fait tirer dessus, de même que la fenêtre du *diner*, donc il dormira dans la chambre d'amis pour ce soir.

— Ravi de vous rencontrer, dit le père de Mack, serrant la main de Brantley. Appelez-moi Lew.

Il se retourna vers Mack.

— Tu dois retourner au poste ? demanda-t-il.

Mack hocha la tête.

— J'ai beaucoup de travail à faire pour essayer d'aller au fond de toute cette pagaille, dit Mack en se frottant la nuque. Ne m'attends pas. Je rentrerai probablement très tard.

Il se tourna vers Brantley.

— Mon père s'occupera de vous, ainsi que ces petits gars.

Chaque seconde comptait, et il devait aller au travail.

Mack se dirigea à grands pas vers la porte, s'arrêta, la main posée sur la poignée. Brantley avait l'air si seul, même avec Lulu qui sautait autour de ses jambes. Il n'avait jamais pensé à avoir un autre petit ami ou permettre à quelqu'un d'entrer dans sa vie. Pas sérieusement depuis son retour. Mais Brantley lui pinçait le cœur. Putain de merde, Mack n'arrivait pas à comprendre pourquoi. Peut-être que c'était la peur dans ses immenses yeux bleus, ou il était possible que ce soit le fait que même s'il avait peur, Brantley détenait toujours une assurance et une force intérieure que la plupart des hommes auraient perdue après toute l'excitation des derniers jours. Une chose était sûre : Mack voulait que Brantley soit en sécurité indépendamment du fait que ce soit son travail ou non. C'était important.

Pendant une brève seconde, le regard de Brantley s'accrocha au sien, et ils partagèrent un instant de connexion que Mack ressentit dans ses tripes. Son ventre le picota sous l'appel familier de l'intérêt, puis Brantley se détourna.

Mack ouvrit la porte pour se dépêcher de retourner au travail.

MACK SE traîna jusqu'à la maison des heures plus tard. Ils n'étaient arrivés nulle part dans l'enquête. La balle avait été récupérée du pick-up de Brantley, mais c'était une catastrophe. L'impact l'avait bien endommagée. Malgré tout, le tireur n'avait blessé personne… cette fois-ci.

Il ouvrit la porte et entra doucement, s'attendant à ce que la meute se rassemble autour de ses jambes. Rien ne se passa. La maison était silencieuse. Son père était assis dans son fauteuil inclinable préféré avec une couverture, la tête sur le dossier, les yeux fermés.

— Tu veux que je t'aide à te coucher ? demanda Mack.

Son père dormait souvent dans son fauteuil quand il était inquiet.

— Dans une minute. J'ai parlé à ce jeune homme pendant un moment. C'est quelque chose. Il a des tripes, celui-là.

— Comment ça ?

— Il y a des tas de genres de courage. Tu l'as sous le feu. Il a passé la soirée à me parler et à me conseiller sur quels genres d'investissements je devrais faire, élaborer tout un plan et où l'argent devrait être, puis quand je devrais le changer et vers quoi. Ce gars est vraiment intelligent. À un certain moment, une voiture est passée… tu sais cette vieille bagnole que Mme Abbott conduit ? Elle fait un bruit atroce. Il s'est tendu puis est retourné direct au travail. Les nerfs calmes comme tout. Parfois, continuer après un incident comme ça sans tomber en morceaux, c'est ça le vrai courage.

— Je l'apprécie aussi, Papa, dit Mack à sa propre surprise. Maintenant on va te mettre dans ton fauteuil puis au lit.

Mack regarda son père pour s'assurer qu'il n'avait pas besoin d'aide pour se mettre dans le fauteuil puis le fit rouler discrètement jusqu'à sa chambre. Son père entra et ferma la porte.

Mack se retourna pour aller à sa chambre, mais s'arrêta devant la porte partiellement ouverte de la chambre d'ami. Il jeta un coup d'œil à l'intérieur. Il y avait peu de lumière, mais un léger ronflement atteignit ses oreilles. Il savait que c'était Lulu. Cette petite pouvait réveiller les morts parfois. Elle était enroulée à côté des jambes de Brantley, avec Rex de l'autre côté. Ils levèrent la tête puis la reposèrent. Leo ne bougea même pas. Les chiens de Mack semblaient être tombés amoureux de Brantley, ou tout du moins, ils savaient qu'il avait besoin d'eux.

— Bonne nuit, les gars, chuchota Mack.

— Mack ? demanda Brantley d'un air endormi.

Il se déplaça, le lit couinant légèrement. Mack avait eu l'intention de réparer ça. Une des millions de choses qu'il devait faire quand il trouverait le temps.

— Je viens de rentrer. Rendormez-vous.

Brantley se redressa, et Mack recula.

— Avez-vous trouvé quelque chose ?

— Très peu. Ce gars est un fantôme. Il semble avoir laissé peu de choses derrière lui en dehors des balles. Personne n'a rien vu. Ils ont seulement entendu les tirs.

Il s'éloignait de l'embrasure de la porte pour aller vers sa chambre quand Brantley sortit du lit. Mack se força à garder son attention sur l'éclat de la poignée en cuivre. Il devait regarder partout sauf vers la peau évoquée par l'éclair doré.

— Il a simplement disparu.

— Ce n'est pas possible.

— J'ai des gens qui surveillent le bâtiment d'où il a tiré, et nous y retournerons quand il fera jour pour voir s'il y a quelque chose que nous avons raté.

Mack lâcha la poignée et se retourna.

Brantley se tenait dans l'encadrement de la porte, la lumière du couloir soulignant sa peau dorée. Il était mince, svelte et un peu pâle après des années passées à l'intérieur. Mack se retint pour ne pas pencher sa tête en avant afin de suivre la ligne de ses hanches vers le survêtement, provenant de son tiroir, que son père avait dû lui prêter. Il était un peu grand sur Brantley, et bon sang, il faisait exactement le contraire de ce qu'il avait dit… Il ne pouvait pas s'en empêcher. La chaleur monta en lui, et il déglutit péniblement pour humidifier l'intérieur de sa bouche à nouveau.

— Mais vous l'attraperez ? demanda Brantley.

Lulu sortit à pas feutrés dans le couloir, levant les yeux vers Brantley comme pour lui demander pourquoi il était assez fou pour être debout à cette heure, puis elle alla d'un pas tranquille vers le salon.

— Oui. Mais ça devient un plus grand puzzle que je ne m'y attendais.

Et il était tellement fatigué, il pouvait à peine penser. Son attention ne cessait d'être attirée vers Brantley, et ce qui propulsait la chaleur à travers lui, c'était que Brantley lui rendait son regard.

— Je suis doué pour les puzzles et ces trucs-là, dit Brantley. C'est ce qu'impliquait décoder les données financières que je gérais. Chaque société et industrie était un puzzle. Elles avaient des choses en leur centre, des parcelles d'informations qui produisaient des résultats incroyables.

— Eh bien, je ne suis qu'un représentant de la loi, et celui-là me pose une colle. Celui qui fait ça semble en avoir après vous.

Bon sang, Mack voulait en avoir après lui, mais d'une manière très différente. Il se rapprocha, et Brantley ne bougea pas. Ce n'était pas une bonne idée, et pourtant il était attiré par Brantley comme un aimant. Et même si ça faisait un bon moment qu'il n'avait pas fréquenté quelqu'un, il n'avait jamais ressenti ce genre d'attraction. Mais Brantley était impliqué dans une enquête, une affaire de police. Il était probable qu'il était la victime présumée, et Mack l'avait ramené chez lui afin de lui fournir un endroit sûr, et ça signifiait un endroit protégé *de* lui aussi.

— Vous avez besoin de quelque chose ? réussit-il à dire d'une voix rauque.

— J'allais chercher de l'eau.

— Venez, dit Mack en le menant à la cuisine. J'ai du jus de fruits et du thé si vous en voulez.

— Pas de théine, dit Brantley en s'asseyant à la table de la cuisine.

Mack prit deux verres, versa du jus d'orange dans chacun et prit place en face de Brantley.

— Je trouverai ce gars, dit Mack. Je déteste les affaires non résolues, et je n'en ai jamais eu depuis que je suis entré en fonction. Les gens d'ici ne vont pas me réélire si je ne fais pas mon travail. Et c'est aussi médiatique que ça peut l'être.

— C'est après ma vie qu'il en a.

— Je le sais. Je ne fais que dire que nous avons le même but, et je suis fier de résoudre mes affaires. Je ferai tout ce que je peux. Il faut que vous le sachiez.

Mack avait avalé son jus d'un trait comme si c'était un énorme shot de gin.

Lulu entra et Brantley se pencha pour la prendre.

— Je vois que vous vous êtes fait un certain nombre d'amis.

— Je le pense. Ils ont tous été amicaux.

— Ils adorent l'attention, et je ne suis pas assez à la maison.

Lulu se tortilla, alors Brantley la reposa. Elle avança d'un pas tranquille, et Mack la souleva. Elle s'installa sur ses genoux et y posa la tête. Il caressa sa fourrure et essaya de se détendre. C'était difficile avec Brantley assis près de lui, à moitié nu, l'attirant vers sa chaleur. Il voulait s'y abandonner, mais il résista.

— Est-ce que la ville sait... pour vous ? demanda Brantley. Je vois bien la manière dont vous me regardez.

Brantley détourna le regard que Mack n'avait même pas remarqué qu'ils partageaient, puis sa peau ondula sous un frisson face à cette perte.

— Je ne sais pas, répondit Mack. Je suis une personne honnête et je ne mens pas, donc je n'ai jamais dit à personne que j'étais... hétéro, je suppose. Mais je n'ai jamais dit le contraire à personne non plus. Dans cette ville, je n'en ai jamais eu l'occasion. Après mon retour, je me suis mis au travail, et je prends soin de Papa. Je n'ai eu d'intérêt pour personne, donc l'occasion ne s'est jamais vraiment présentée.

Mack n'avait jamais été le genre de mec qui blablatait, mais il désirait Brantley. Bon sang, pourquoi est-ce qu'il souhaitait toujours ce qu'il ne pouvait pas avoir ?

— Je ne voulais pas dénigrer votre personnalité.

Brantley but la moitié de son jus de fruit, et Mack aurait souhaité qu'une goutte, juste une, s'échappe et caresse le cou et le torse de Brantley, car il aurait eu une excuse pour la suivre du bout du doigt.

— À New York, je ne me cachais pas, mais j'étais hermétique. Mon travail prenait l'essentiel de mon temps, et je n'ai jamais eu de chance avec les hommes. Ils étaient intéressés au début, mais presque chaque fois c'était à cause de mon compte en banque, dit Brantley en soupirant. J'ai eu un petit ami, Johnny, qui après être sorti avec moi pendant un mois, voulait que j'investisse son argent pour le rendre riche. Il pensait que j'avais un toucher magique qui transformerait ses quelques milliers de dollars en millions en une nuit.

Brantley termina son jus de fruits et reposa le verre.

— Quand j'ai refusé, il m'a quitté peu de temps après, dit-il avant de se lever et d'emporter son verre à l'évier. Tout ce que je voulais quand je suis venu ici, c'était une vie plus simple. Je ne voulais pas tout le stress et l'agitation de la ville. J'espérais avoir une maison, peut-être m'acheter quelques chevaux pour pouvoir apprendre à monter. J'en rêvais quand j'étais gamin. Plus que tout, je voulais un poney, mais il n'y avait pas de place pour en mettre un dans un appartement de Manhattan. Je pensais que je développerais le ranch, sachant que je devrais engager des gens, puis qu'ensuite je pourrais peut-être monter mon entreprise.

— Et quelqu'un avec qui le partager ? demanda Mack.

— Je n'y ai pas pensé. Si je ne pouvais pas trouver quelqu'un à New York, j'ai supposé que ce genre de chose serait sans doute hors de question ici, donc je n'y ai pas accordé beaucoup de considération.

— Vous devriez, dit Mack, regardant le dos de Brantley alors qu'il prenait une profonde inspiration.

— Ce que j'ai besoin de faire, c'est d'aller au lit, dit Brantley en se détournant de l'évier pour lui faire face. C'est… tout est…

Mack se mit debout sans réfléchir, glissant vers Brantley sans lever les pieds. En tout cas, il ne les sentit pas se soulever. Tout ce qu'il sentait et voyait, c'était Brantley qui se rapprochait. Celui-ci recula contre l'évier et Mack s'arrêta, lui offrant une issue. Il ne forcerait personne, mais tout son être palpitait et le poussait à avancer.

— Vous devriez y aller maintenant, si c'est ce que vous voulez faire, souffla Mack.

— Je sais que je le devrais, mais je ne pense pas pouvoir.

Brantley leva une main, et Mack l'attrapa et les assembla dans un premier contact qui promettait davantage.

Brantley s'avança et se pencha plus près, resserrant sa prise sur la main de Mack comme s'il pensait qu'il allait filer. Leurs regards se sondaient profondément, chacun cherchant dans l'autre ce dont il avait le plus besoin. Brantley s'avança alors qu'il inspirait, et Mack l'attira encore plus près.

La lumière fluorescente au-dessus de leurs têtes bourdonnait doucement alors que Brantley refermait l'espace entre eux. Torse contre torse, il repoussa Mack jusqu'à ce que ses reins s'appuient légèrement sur le plan de travail. Son odeur musquée, lourde de sommeil et d'excitation sexuelle, tourbillonna dans le nez de Mack, s'intensifiant lorsque Brantley se rapprocha encore. Les lèvres de Mack s'entrouvrirent, et il pencha la tête sur le côté, se préparant pour ce qu'il espérait sacrément qu'il allait se passer ensuite. Il craignait de cligner des yeux, de peur que cela brise la connexion entre eux et que Brantley change d'avis et décide que c'était le bon moment pour retourner dans sa chambre.

Mack relâcha sa prise et glissa les mains autour de la taille de Brantley, l'attirant encore plus près et glissant ses doigts sous l'élastique du survêtement, la peau chaude et lisse le taquinant encore plus. Il la voulait dans son intégralité, et il voulait tout immédiatement. Son pantalon était vraiment trop serré, et il avait besoin d'être soulagé, et le plus accablant dans tout ça, c'était qu'il n'avait même pas encore goûté pour la première fois Brantley qu'il était déjà prêt à y revenir.

Mack referma l'espace entre eux, prenant les lèvres de Brantley dans un baiser brutal. Il n'avait pas eu l'intention d'être aussi fougueux dès le démarrage, mais son contrôle lui échappait. Heureusement, Brantley fit face à sa fougue avec une parfaite réciprocité, glissant sa langue contre celle de Mack dans ce qui était moins un duel que le fait qu'ils étaient poussés par le même besoin intérieur qu'aucun d'eux ne semblait pouvoir contrôler. Mack sentit la saveur piquante du jus d'orange toujours sur les lèvres de Brantley, mais ça ne dura pas longtemps. Le goût riche et terreux de Brantley transparut rapidement, et Mack devint accro et en voulut davantage.

Étourdi par le musc de Brantley, Mack l'attira plus près, la chaleur de son torse irradiant à travers son tee-shirt alors qu'il mémorisait les contours de la douceur de son dos.

— Seigneur, j'ai envie de toi, chuchota Mack lorsqu'ils se séparèrent juste assez pour qu'il sente encore la chaleur des lèvres de Brantley.

Il osa laisser ses mains s'aventurer plus bas, glissant sur le tissu pour prendre en coupe les fesses fermes et arrondies.

— Je... C'est ta maison... ton père est là... bredouilla Brantley alors même qu'il s'interrompait avec un autre baiser.

Si c'était comme ça que Brantley réagissait à la passion, Mack pourrait finir par désirer ces marmonnements incohérents.

Il sentait le pantalon de survêtement bas sur les hanches de Brantley. Ce serait si facile de le faire descendre sous le pieu d'acier qui se pressait contre sa hanche et de prendre ce qu'il voulait. Brantley était certainement

43

consentant, et si les grognements provenant du fond de sa gorge n'étaient pas une indication de ce qu'il voulait, la chaleur s'élevant de sa peau était certainement une invitation plus que suffisante.

— Mack... je...

— Putain, tu as le goût du paradis, marmonna Mack, laissant ses mains vagabonder jusqu'au torse de Brantley, sur le point de tester si ses mamelons étaient aussi sensibles que le reste de son corps semblait l'être.

Un hurlement s'éleva de la chambre d'amis, suivi d'aboiements, de pattes qui couraient avec le cliquetis de griffes sur le sol, passant la cuisine et allant vers la porte d'entrée. Leo grogna alors qu'il se tenait à l'arrêt près de la porte. Rex bondit sur le fauteuil, hurlant, la tête levée, tandis que Lulu ajoutait son propre signal d'alarme.

— Qu'y a-t-il ? demanda Mack en s'approchant de la fenêtre de devant.

Il écarta les rideaux et saisit son arme tout en déverrouillant la porte.

— Brantley, retiens les chiens à l'intérieur.

Celui-ci se précipita, souleva Lulu dans ses bras, et retint Rex par le collier.

Mack écarta Leo du chemin et sortit dans la nuit à temps pour voir une silhouette isolée avec des vêtements sombres se précipiter dans la rue. Il actionna les lumières extérieures et laissa la porte se refermer silencieusement derrière lui.

Les seuls bruits qui lui parvenaient maintenant aux oreilles étaient celui des insectes et le vrombissement du moteur de l'occasionnelle voiture provenant de la rue d'à côté. En dehors de ça, la nuit était silencieuse.

Mack pensa à poursuivre le gars, mais c'était inutile. Il retourna à l'intérieur, laissant les lumières extérieures allumées, et referma la porte. Il ne savait pas quoi penser à ce stade.

— C'est bon, les gars, vous avez fait du bon travail.

Mack caressa les trois chiens, et maintenant que tout était de nouveau silencieux, ils se calmèrent.

— Mack, appela son père.

— C'est bon, Papa. Rendors-toi.

Mack essaya d'étouffer un bâillement et échoua. Il était plus que temps de dormir un peu. Il rangea son arme et bâilla de nouveau largement.

— Je te verrai demain matin.

Brantley se retourna vers le couloir qui menait aux chambres.

Rex et Leo le regardèrent puis se détournèrent de Mack avant de trotter derrière Brantley.

Mack aurait voulu être contrarié, mais à la vérité, ce serait bien d'avoir de la place dans son lit pour une nuit, et Brantley semblait avoir besoin d'eux. Les chiens savaient toujours. Il posa Lulu, et elle s'assit, levant les yeux vers lui. Mack verrouilla toutes les portes, puis avança dans le couloir vers sa chambre.

La tentation dormait de l'autre côté du couloir, mais Brantley avait fait son choix, et Mack le respecterait. Lulu le suivit dans sa chambre, sauta sur le lit et se coucha pile au milieu. Mack alla dans sa salle de bain et se débarbouilla avant de se déshabiller et de se glisser sous les couvertures.

— Bouge-toi, espèce de morfale de lit, grogna Mack.

Lulu en fit de même avant de se déplacer, et ils s'installèrent.

LE MATIN vint bien trop tôt, mais heureusement le reste de la nuit fut calme, et il dormit quelques heures avant de se traîner hors du lit, de s'habiller et de quitter la maison. Il était à peine réveillé lorsqu'il retrouva Zeb et son autre adjoint, Ronnie Carvey, devant le bâtiment en face du *diner*.

— Déployez-vous et regardez autour de vous. Ce gars n'a pas pu partir sans laisser de trace. Il a laissé tomber ses douilles et les a laissées, il peut donc commettre une erreur, et nous devons voir ce qu'il a fait d'autre.

Mack se tenait au pied du bâtiment, levant les yeux, se demandant comment diable le gars était arrivé là-haut. Est-ce qu'il avait transporté sa propre échelle ?

— Zeb ? Comment es-tu monté là-haut hier soir ?

— La benne était pile contre le bâtiment.

— Donc elle a été déplacée. Qui a fait ça ? Découvre-le auprès des gars qui étaient là hier soir.

— Je l'ai déplacée après être redescendu. Je ne voulais pas que quelqu'un d'autre monte là-haut, expliqua Zeb. J'ai utilisé des gants, et je suis content de l'avoir fait. Cette chose est dégueulasse, et elle sent horriblement mauvais. Vous pensez que lorsque nous en aurons terminé, nous pourrons faire en sorte qu'ils la lavent au jet ou quelque chose comme ça ?

— Gardons les yeux sur l'objectif, d'accord ? Passons en revue ce que nous savons. Il est arrivé de quelque part et il est très probable qu'il avait une voiture ou une camionnette garée à l'arrière.

45

— Il y avait un espace vide juste là, dit Zeb en arpentant la zone. Les autres places étaient toutes occupées. Donc ça tombe sous le sens qu'il se soit garé ici pour monter sur le toit.

— Pourquoi ? demanda Mack, sans s'attendre à une réponse.

— Si le tireur en avait après le nouveau, alors il a dû le suivre pour savoir où il allait, dit Ronnie. Je présume qu'il n'a pas tiré au hasard.

— Ça n'en était pas, dit Mack en continuant à regarder autour de lui. Trouvez une échelle pour qu'on puisse monter voir ce qu'on a.

Il continua à passer la zone au peigne fin, essayant de visualiser ce qui s'était passé ici. Cet exercice avait peu de chances de réussir, mais ils devaient récupérer toutes les preuves possibles de la scène de crime, et Mack n'était pas content que ce gars ait pu réussir à faire tout ça sous son nez.

Zeb revint cinq minutes plus tard avec une échelle, probablement empruntée auprès d'un des commerçants. Mack grimpa sur le toit et fit signe à Zeb de le rejoindre. Il avança prudemment, trouvant facilement les marques de preuves à l'endroit où étaient tombées les douilles. Mack avait une bonne vue du *diner*.

— Il a dû utiliser une lunette. On voit le *diner*, mais si on voulait exécuter un tir de précision, on aurait besoin de davantage de visibilité.

— Vous pensez que ce gars est un sniper ? demanda Zeb.

— Pas nécessairement. Un chasseur avec un bon fusil aurait pu le faire. Mais il y a de fortes chances qu'un minimum d'entraînement soit nécessaire.

Mack savait que ce n'était qu'une simple supposition et rien d'autre. Encore une fois, tout ce qu'il avait, c'était tout un tas de rien du tout. Il retourna à l'échelle et descendit.

— Retournons au poste.

Il devait réexaminer tout ce qu'il avait et voir s'il y avait une information qu'il avait manquée.

— Tu as trouvé quelque chose ? demanda Brantley quand Mack rentra chez lui ce soir-là, et il dut lui répondre non.

La journée entière avait été presque inutile, et il n'avait pas progressé d'un iota pour découvrir qui était derrière tout ça.

— J'ai pu m'arranger pour que quelqu'un répare ton pick-up. Cela va prendre du temps parce qu'il a vraiment bousillé l'installation électrique.

— C'est bien, car j'ai appelé ma compagnie d'assurance, et ils ont dit qu'on devait s'en occuper, dit Brantley. J'espérais que quelqu'un pourrait me ramener au ranch.

— Tu ne peux pas rester là-bas, dit Mack. On te surveille, ou en tout cas c'était le cas hier soir. Autrement, comment quelqu'un aurait-il su que tu étais au *diner* ? Donc je serai ravi de t'y emmener pour chercher tout ce dont tu as besoin et voir si tout va bien, mais je veux que tu restes ici. Tu seras plus en sécurité… pas vrai, Papa ?

— Oui, mon garçon. Tu dois rester en sécurité, et le meilleur moyen de le faire c'est de laisser Mack te protéger.

— Je ne veux pas être un poids.

— Et je ne veux pas que ce connard réussisse à te tuer, dit Mack.

Brantley se tourna vers lui.

— Je ne pense pas que ce soit son but. J'ai eu des tonnes de temps pour y réfléchir aujourd'hui, et s'il avait voulu me tuer, il a eu l'opportunité de le faire. Il a tué Renae d'une distance pas beaucoup plus proche qu'il ne l'était hier soir. C'est à dire, en présumant que c'était le même gars. Et je parie que oui.

— Ça tombe sous le sens.

— Donc la vraie question est, qu'est-ce qu'il veut ? S'il ne voulait pas me tuer hier soir, alors quelle sorte de message m'envoyait-il ou qu'espérait-il accomplir ? Je suis prêt à parier qu'il essaie de m'effrayer. Il en a après moi, il n'y a aucun doute, car il a tiré sur mon pick-up et celui de personne d'autre. Le tir à travers la vitre du restaurant est passé près de ma tête. Il avait un angle de tir suffisamment dégagé pour m'atteindre, mais il ne l'a pas fait.

— OK. Si c'est vrai, alors pourquoi ? Que pourrait-il vouloir ?

— La réponse la plus facile, c'est le ranch. Le terrain. J'ai de l'eau et certains de mes voisins non, dit Brantley.

— Tu penses à Andy, n'est-ce pas ? dit Mack.

— Je sais que c'est ton cousin et que tu ne veux probablement pas penser à lui de cette manière, mais oui. C'est plutôt un con, il a besoin de mon eau, et si je partais, il pourrait laisser son bétail y brouter jusqu'à ce que quelqu'un d'autre achète la propriété, ou je peux bien l'imaginer essayant de m'en débarrasser rapidement afin que je puisse partir.

— Nous n'avons aucune preuve, lui rappela Mack.

— Non, acquiesça Brantley et il resta silencieux.

47

— Fiston, pourquoi ne l'emmènes-tu pas au ranch afin qu'il puisse aller chercher certaines de ses affaires ? Je suis certain que Brantley voudrait aussi vérifier que tout va bien là-bas. Emmène Leo et Rex. Une bonne promenade leur plaira, et tu sais qu'ils sonneront l'alarme si nécessaire.

— Très bien, répondit-il avant de prendre Lulu, de la placer sur les genoux de son père puis d'appeler les deux autres, qui foncèrent dehors dès qu'il demanda s'ils voulaient aller faire un tour. Tu veux les emmener jusqu'au pick-up ? Il faut que je me change. Je vous rejoins dans deux minutes.

Mack se pressa vers sa chambre et se changea en un temps record. Puis, il sortit en trottinant et trouva Brantley assis dans la cabine de son vieux pick-up, Leo à l'arrière et Rex perché sur ses genoux, la langue pendante, qui l'attendaient tous.

C'était une sacrée vue. Brantley était superbe dans son pick-up. Bon sang, Mack devina que Brantley serait superbe n'importe où – dans son pick-up, sur son sofa, dans son lit. Son apparence et son contact sous ses mains avaient été incroyables dans sa cuisine la nuit précédente. Mack voulait que ça se répète, bien sûr, peut-être avec l'ajout de – non, transformez plutôt ça en retrait – beaucoup plus de vêtements.

Mack éloigna ses pensées de l'apparence qu'aurait Brantley nu, monta dans le pick-up, démarra le moteur puissant et sortit de l'allée en marche arrière.

— Je ne cesse de me demander ce que je vais trouver, dit Brantley, caressant Rex alors qu'ils roulaient.

Mack dut admettre qu'il ne savait pas. Si l'incident au milieu de la nuit était une indication, alors le tireur savait que Brantley était dans sa maison. Mack allait devoir être très prudent.

— Je pense que ça ira. S'il veut le ranch, alors il est probable qu'il le veuille intact.

Brantley hocha la tête, se mordant la lèvre inférieure.

Mack avait essayé d'être rassurant, mais il n'en était pas certain non plus. Et si leur tireur s'agaçait et décidait de monter en puissance ? L'expérience de Mack lui disait que c'était le schéma habituel avec les gens qui étaient prêts à recourir à la violence afin d'obtenir ce qu'ils voulaient.

Il prit le virage pour sortir de la ville et augmenta la vitesse. Il y avait peu de circulation, et Mack accéléra le long des routes de campagne. Il ne dépassa pas trop la vitesse autorisée parce qu'il ne voulait pas montrer le mauvais exemple, mais l'anxiété de Brantley emplissait la cabine. Les chiens le sentaient. Leo plaça la tête contre son bras. Mack appuya sur la pédale de frein afin de ralentir alors qu'il approchait d'une intersection, et rien ne se passa. Il appuya plus fort, mais ils ne répondirent pas du tout.

— Merde, on a plus de freins.

Il rétrograda en seconde, et le pick-up ralentit. Mack espéra que personne n'arrivait par la rue transversale, parce qu'il n'allait pas pouvoir s'arrêter à temps.

— Accroche-toi aux chiens, dit-il et il rétrograda encore une fois.

Le moteur se rebiffa, et le pick-up tituba alors qu'il ralentissait rapidement, le moteur hurlant alors qu'il offrait de la résistance et les ralentissait encore.

Le pick-up passa l'intersection, et une voiture traversa juste derrière eux. Des freins crissèrent, et Mack réussit à se garer sur le bas-côté. Lorsque le pick-up s'arrêta, Mack mit le levier au point mort et tira le frein à main d'un coup sec avant de sauter à l'extérieur.

— Est-ce que tout le monde va bien ? cria-t-il alors qu'il se pressait vers l'autre véhicule.

— Qu'est-ce que vous faisiez, bon sang ? dit Taylor Hopper en sortant de sa voiture. Vous nous avez presque tués.

Il se tourna vers lui.

— Shérif ?

Le cœur de Mack battait dans ses oreilles, son esprit lui hurlant qu'il avait presque blessé certaines des personnes qu'il avait juré de protéger.

— Oui. Mes freins ont complètement lâché. Je voulais m'assurer que tout le monde allait bien.

— Nous allons bien. Secoués, mais bien.

Son rythme cardiaque ralentit un peu.

— Est-ce qu'Isaac est dans la voiture avec toi ?

Taylor hocha la tête.

— Anne également.

— Mais ils vont tous bien ?

— Oui. Nous ne sommes pas entrés en collision. Ça les a seulement effrayés. Je vous ai vu et j'ai réussi à ralentir assez pour vous éviter, mais ça a été plutôt éprouvant pendant quelques secondes.

— J'en suis désolé.

Mack jeta un œil par la vitre, s'excusant auprès d'Anne et agitant la main vers Isaac assis dans son siège auto, qui agita une main en retour alors que le pouce de son autre main était coincé dans sa bouche.

— Vous avez besoin d'aide ou d'un chauffeur ? demanda Taylor.

— Je vais appeler pour en avoir un. Merci. On est un peu nombreux avec les chiens.

Il recula, et Taylor remonta dans sa voiture et repartit lentement. Mack sortit son téléphone de sa poche et appela.

— Gloria, j'ai besoin d'une voiture sur la Route 21 près de Wilson. Envoie quelqu'un tout de suite avec les sirènes !

— Tout de suite, dit-elle avant de raccrocher.

Mack retourna à son pick-up, ouvrit la portière et remonta à l'intérieur. Il baissa les vitres afin d'avoir de l'air.

— Est-ce que quelqu'un est en route ? demanda Brantley.

— Tu peux en être sûr. Je parie que le salopard a coupé ma conduite de freins hier soir.

Mack frappa le volant de la main.

— Un des adjoints sera là bientôt, continua-t-il. J'espère vraiment que ce sera Zeb. Il s'y connaît en voitures beaucoup mieux que n'importe qui d'autre dans la police.

Il aurait dû le spécifier, mais ses hommes accumulaient beaucoup d'heures de travail, donc si Zeb n'était pas en service, il ne voulait pas le déranger. Mack avait le pressentiment que cette affaire allait leur accaparer beaucoup de ressources.

— Je l'espère, dit Brantley en remuant sur son siège. J'espère qu'il ne s'est rien passé au ranch.

— Sans vouloir avoir l'air insensible, si le pire arrivait, y a-t-il beaucoup de choses que tu ne pourrais pas remplacer ?

— Il y a des photos et des affaires, mais la plupart sont sur mon ordinateur, et il y a des sauvegardes, dit Brantley avant de réfléchir quelques secondes. C'est chez moi. Je sais que je n'y suis que depuis une semaine, mais c'est quand même chez moi.

— Je ne voulais pas être insensible. Je comprends les sentiments associés au foyer.

Il comprenait aussi ce que signifiait de se sentir une victime, et ce tireur faisait vraiment de son mieux pour le lui faire comprendre. Mack ne voulait certainement pas en rajouter.

— Je suis désolé.

— Ne le sois pas. Il y a des choses dans la maison que je ne veux pas perdre. Principalement les œuvres d'art, des choses comme ça. Tout est assuré, mais elles me plaisent, et ce n'est pas comme si je pouvais simplement les remplacer. À quoi penses-tu ?

— Je ne sais pas. Je veux juste que tu ne sois pas blessé.

Il s'éclaircit la voix avant de continuer :

— Jamais je ne voudrais qu'une personne innocente de mon comté soit blessée, clarifia-t-il pour cacher ses sentiments grandissants.

— Faisons en sorte d'y arriver et on verra ce qui s'est passé.

Brantley rapprocha Rex et le beagle lui lécha le visage.

Une sirène se fit entendre, devenant plus bruyante à chaque seconde qui passait. Zeb se gara derrière lui et sortit.

— Que s'est-il passé ?

— Les freins ont lâché. Je pense que la conduite de freins a été coupée. Il y avait juste assez de fluide pour que je sorte de la ville, puis ils ont lâché. Je pense que c'est arrivé hier soir. Peux-tu y jeter un coup d'œil et voir si tu peux faire une réparation de fortune afin que nous puissions retourner en ville ?

Zeb souleva le capot et scruta l'intérieur.

— C'était ça. Mais le liquide de frein a coulé. Je vais donc le faire remorquer, et ensuite je pourrai le réparer, pas de problème.

Il recula et referma le capot. Après avoir appelé une dépanneuse, ils s'entassèrent tous dans la voiture de patrouille de Zeb et roulèrent jusque chez Brantley.

Le ranch avait l'air inchangé, mais Mack était prudent.

— Laisse-moi vérifier l'intérieur d'abord. Donne-moi tes clés.

Il sortit et marcha jusqu'à la porte d'entrée, puis utilisa les clés pour la déverrouiller. Il alla de pièce en pièce et ne trouva rien ni personne. Il fit un geste vers Brantley, qui vint avec Zeb et les chiens.

Après une exploration, Leo et Rex se mirent finalement à l'aise sur le sofa de Brantley.

— Tu as besoin d'aide ? demanda Mack tout en regardant une peinture sur le mur.

— C'est bon. Donne-moi quelques minutes, dit Brantley depuis l'autre pièce, avant d'en sortir un moment plus tard. C'est ma préférée, dit-il, se tenant suffisamment près de Mack pour qu'il sente sa chaleur à côté de lui.

— Je l'ai déjà vue. Certains des gars en avaient une copie quand j'étais à l'université. J'ai toujours aimé le pop art, et Warhol était un de mes préférés, dit Mack en se rapprochant. C'est une copie signée ?

— Non. C'est un original.

Mack bafouilla en se tournant vers Brantley.

— Bon Dieu. Tu plaisantes !

— Non. Ce sont tous des originaux, lui répondit-il en faisant un geste à travers la pièce. Je ne vivais pas luxueusement, donc quand je dépensais de l'argent, c'était là-dessus.

Mack n'avait pas prêté beaucoup d'attention aux œuvres d'art dans la pièce, mais il siffla maintenant qu'il savait qu'elles n'étaient pas simplement pour la décoration.

— Elles sont… incroyables.

— J'aime le penser.

— Comment les as-tu amenées ici ? demanda Mack.

— J'ai fait faire des étuis spéciaux pour chacune d'entre elles.

— Alors si tu t'inquiètes, je te suggère de les emballer dans les étuis et nous leur trouverons un endroit sûr jusqu'à ce que ton équipement de sécurité arrive et que nous puissions le faire installer.

Il n'arrivait pas à se remettre du fait qu'il y avait une telle fortune en œuvres d'art accrochées simplement au mur. Cela le stupéfiait. Elles étaient au grand jour.

— Vas-y.

— Maintenant ?

— Si tu t'en inquiètes, alors occupe-t'en maintenant. J'ai quelques appels à passer.

Brantley posa son sac.

— Je les ai mis dans la chambre.

Il s'éloigna d'un pas rapide et revint avec ce qui ressemblait à de larges porte-documents avec des poignées. Il les posa sur le sol, fit un second voyage, puis ouvrit le premier et transféra la peinture dans un sac en soie blanche puis dans l'étui.

Mack s'écarta du chemin, le regardant travailler pendant qu'il parlait au téléphone. Il dut se retourner quand Brantley se pencha en avant, ce derrière glorieux s'agitant dans l'air comme une cape rouge devant un taureau.

Brantley répéta le processus avec chacune des autres images moins iconiques, les chiens regardant depuis leur perchoir sur le sofa.

— Maintenant, que faisons-nous ?

Mack terminait juste.

— Merci, dit-il avant de remettre son téléphone dans sa poche. Le pick-up est au garage du département du shérif. Maintenant, nous devons transférer les œuvres d'art dans le coffre.

Il espérait qu'il y avait la place.

— J'ai appelé un ami à la banque, continua-t-il. Ils ont un coffre secondaire dans le principal. À une époque, il contenait l'or venant de Black Hills en chemin vers l'est. Donc ils ont inclus une sécurité supplémentaire. Il est vide la plupart du temps maintenant. Ils te le loueront.

— Oh mon Dieu, ça me retirerait un énorme poids de l'esprit.

Brantley et Zeb emportèrent les étuis jusqu'à la voiture, et après avoir déplacé une partie de l'équipement de Zeb sur le sol du siège arrière, ils les mirent dans le coffre et le refermèrent doucement.

Brantley prit son sac, et Mack rassembla les chiens. La voiture était pleine à craquer au moment de partir. Après les avoir conduits à la banque, et que Brantley et le directeur de l'agence eurent transféré les œuvres d'art dans le coffre, Zeb les ramena à la maison. Brantley rentra avec son sac et les chiens et Mack monta dans sa voiture de patrouille pour aller au poste un moment. Il aurait voulu rester et protéger Brantley, mais le meilleur moyen de le faire était de découvrir qui était derrière tout ça, et peut-être que sans être distrait par chaque geste que faisait Brantley, il pourrait progresser un peu.

IV

BRANTLEY NE faisait qu'attendre la prochaine catastrophe. Il passa la journée suivante avec Lew, mais devenait un peu fou. Il aurait aimé avoir pensé à prendre son ordinateur portable avec lui, cela lui aurait donné quelque chose à faire, mais il l'avait oublié dans l'agitation. Emballer ses œuvres d'art et les ranger en sécurité dans le coffre l'avait distrait.

— Lew, que diriez-vous de sortir faire un tour ? J'ai besoin de mon ordinateur, nous pourrions aller au ranch. Ça ne prendra pas longtemps.

— Ça m'a l'air bien. Ces murs se referment sur moi, dit Lew en faisant rouler son fauteuil vers la porte de la cuisine. Qu'est-ce que tu attends ? J'ai mes clés et la voiture est dans le garage.

— OK.

Il ne s'était pas attendu à ce que Lew soit aussi excité.

— Mack pense que je suis sans défense et que j'ai besoin qu'on s'occupe de moi en permanence.

Lew ouvrit la porte et roula hors de la maison sur la rampe qui courait le long du mur du garage.

Après avoir verrouillé la porte, Brantley se dépêcha pour tenir le rythme. Il semblait qu'il avait mis la machine en route et maintenant elle prenait de la vitesse, et quand tous les chiens cavalèrent derrière lui, sautant à l'intérieur dès que Lew ouvrit la portière, ce fut un tohu-bohu.

Brantley se demanda s'il devait aider Lew à monter dans la voiture, mais celui-ci monta facilement, et tout ce que Brantley eut à faire fut de replier le fauteuil et de le glisser sur le siège arrière. Puis il monta côté passager et ferma la portière. Lew actionna la télécommande et la porte du garage se souleva, il fit marche arrière, utilisant les commandes manuelles.

Bon Dieu, Lew conduisait comme un fou, avec un chien à chaque fenêtre arrière et Lulu sur ses genoux, les langues pendantes, regardant tout.

— Je ne suis pas allé à la maison Richardson depuis des années, ton ranch maintenant, dit Lew en conduisant. C'était un endroit vraiment débordant d'activité avant. Clair Richardson était une des expertes en chevaux de premier plan dans l'état. Tout le monde avait l'habitude de lui amener leurs chevaux qui avaient des problèmes, et elle trouvait une solution à leurs soucis. Bart était un bouvier pur jus. Il a hérité du ranch de son père et l'a développé au cours des années. Mes parents et eux étaient des amis proches.

— Que s'est-il passé ?

— Ils ont vieilli. Clair ne pouvait plus gérer les chevaux, et Bart a fait un AVC il y a quelques années. Ils sont restés au ranch jusqu'à leur mort, mais à ce moment-là il n'y avait plus qu'eux dans un ranch vide. Ils ont loué le terrain à Erickson pendant un moment.

— Ça explique pourquoi il m'a autant malmené. J'ai rencontré Andy quand j'ai appelé la police parce qu'il y avait bizarrement du bétail sur mes terres… c'était le sien.

— Il voulait leur acheter la propriété, mais il n'a jamais eu l'argent. Ce n'est pas le meilleur homme d'affaires, et sa femme adore dépenser de l'argent. J'ai cru comprendre que leur maison est pleine de choses dont ils n'ont pas besoin qu'elle a acheté par le biais de la télévision.

Lew était clairement amusé.

Brantley poussa de nouveau un soupir de soulagement quand ils entrèrent dans la cour et que tout avait l'air identique à ce que c'était quand il était venu le soir précédent.

— Je vais me dépêcher de récupérer ce dont j'ai besoin et je reviens tout de suite.

— Aide-moi à sortir, et je roulerai dans les alentours pendant un petit moment, dit Lew. Je veux regarder l'endroit.

Brantley ouvrit la portière et laissa sortir les chiens. Ils partirent brusquement avec des glapissements et joyeux aboiements. Il sortit le fauteuil de Lew et l'aida à s'y glisser.

— Vous avez besoin d'autre chose ?

— Va chercher tes affaires, dit Lew en retournant son fauteuil et s'en allant vers la grange. Je serai dans le coin.

Brantley le regarda partir pendant quelques secondes puis se dirigea vers la maison. Les chiens couraient autour de ses jambes. Ils le suivirent à l'intérieur et détalèrent une fois qu'ils y pénétrèrent. Une fois encore, ils l'explorèrent pendant que Brantley allait dans son bureau, saisissait son sac et enfouissait l'ordinateur portable et les connectiques dedans, de même que ses notes.

— Allons, les gars, il est temps de partir.

Il siffla les chiens, puis verrouilla la porte. Il descendait du porche lorsqu'un pick-up entra dans l'allée. Brantley se tendit instantanément en

55

se demandant ce que diable Andy Erickson pouvait lui vouloir. Il fut tenté d'appeler Mack pour lui demander de venir au ranch, mais il serait peut-être en colère que Brantley y ait emmené son père, et de plus, il devait gérer ses propres problèmes.

— C'est vous qui avez fait ça, gronda Andy dès qu'il fut sorti de son pick-up.

Brantley sursauta lorsqu'il claqua la portière, avançant à grands pas vers lui, des flammes dans les yeux, le faisant reculer. Leo se tenait à côté de lui en grognant. Le bruit dut faire réfléchir Andy parce qu'il interrompit sa charge.

— Vous devez voir ce que vous avez fait, bon sang.

Il pointa du doigt son pick-up.

— J'étais en ville avec le shérif. Donc quoi que vous pensiez que j'ai fait, ce ne sont que des conneries. Maintenant, dégagez de mes terres. J'ai reçu assez de menaces et de tentatives de meurtre pour une vie entière. Alors, partez ou je vous botterai sérieusement les fesses !

Leo aboya pour accentuer l'instant, et Brantley lui tapota la tête.

— Regardez, dit Andy pointant de nouveau son doigt.

Brantley le suivit au pick-up, regarda à l'arrière et se détourna instantanément, essayant de ne pas vomir sur ses chaussures.

— Qu'est-ce que c'est que ça ?

— C'est un de mes bœufs. Il est mort de soif parce que je n'ai pas assez d'eau, et celle que vous avez, vous ne l'utilisez pas. J'ai retiré mon troupeau de vos terres, et ça a été plus que certains d'entre eux ont pu le supporter. J'en ai cinq autres dans le même état.

— Et vous m'en rendez responsable parce que vous avez agi comme un con au lieu de me demander simplement ce dont vous aviez besoin, dit Brantley en lui lançant un regard noir. Je ne sais pas ce qui se passe dans votre tête, mais ce n'est pas de ma faute. Je n'utilise pas l'eau qui traverse vos terres, donc si vous n'en avez pas assez, c'est parce que vous n'avez jamais fait le nécessaire avant que ça ne devienne aussi sec. Alors, n'allez pas m'en rendre responsable.

Brantley se retourna alors que Lew arrivait en roulant vers lui.

— Qu'est-ce que tu fais ? lança Lew en approchant.

Andy abaissa l'arrière du pick-up et Lew s'arrêta.

— Pourquoi amener ça ici ?

— C'est sa faute, répéta Andy.

— Est-ce que tu es complètement stupide ? fulmina Lew. Maintenant, ramène la pauvre bête chez toi et enterre-la, pour l'amour de Dieu.

— Mais s'il voulait m'aider… dit Andy d'un ton bien plus plaintif.

— Alors tu le lui demandes comme une personne civilisée. Arrête tes intimidations, ne prends pas ce qui n'est pas à toi, et ne livre pas de cadavres de vaches sur le seuil de sa porte. C'est dingue et stupide. Maintenant, emporte cette chose et enterre-la correctement.

Brantley commençait à penser que les gens de cette ville étaient fous.

— Que suis-je censé faire ? demanda Andy.

— Je suggère que tu pompes de l'eau depuis le ruisseau vers des citernes. Ce n'est pas grand-chose à installer, et ton bétail aura l'eau dont il a besoin.

— Je n'ai pas l'argent pour faire quoi que ce soit. J'ai essayé de faire des forages et n'ai rien trouvé. J'ai dépensé tout ce que j'avais, et si je ne trouve pas d'eau pour le troupeau, je vais perdre mon ranch et mon gagne-pain, dit Andy en fermant le hayon avant d'ouvrir sa portière et de se tourner vers Brantley. Je ne m'attends pas du tout à ce que vous compreniez. Qu'est-ce que la vie d'un gars d'ici dans le Dakota du Sud signifie pour un homme de New York ?

— Elle signifie tout autant que celle de n'importe qui d'autre. Ce que je ne comprends pas, c'est pourquoi vous pensez qu'être un connard fini va vous obtenir ce dont vous avez besoin. Si vous êtes aussi fauché, alors votre bétail peut venir brouter sur mes terres pendant un mois pour donner du repos à vos pâturages. Mais vous devez les surveiller et vous assurer que je ne rentre pas à la maison pour les trouver sous mon porche ou je ne sais quoi.

— Bien sûr que non, dit Andy en souriant pour la première fois, son regard envahi par le soulagement. Qu'est-ce que vous voulez en échange ?

— Je ne sais pas.

— Pourquoi pas du bœuf à mettre dans son congélateur quand tu les abattras pour toi, dit Lew. C'est un geste qu'un bon voisin peut faire.

Andy hocha la tête énergiquement.

— Entendu. Absolument.

Il démarra le pick-up et fit demi-tour, puis s'éloigna tandis que Brantley pensait que ses jambes allaient le lâcher.

— Je l'aurais fait transpirer beaucoup plus longtemps, dit Lew. Tu es trop gentil.

— Il aurait dû juste me demander au lieu de faire le con, mais si son bétail en souffrait ? Les animaux n'avaient pas le choix, et s'ils l'avaient eu, je suis sûr qu'ils n'auraient pas levé leurs sabots, dit-il en levant la main en l'air. S'il vous plaît, s'il vous plaît, je veux qu'un connard me ramène chez lui.

— Tu marques un point, mais d'une certaine manière, je doute que les bêtes auraient levé leurs sabots. Peut-être qu'ils auraient choisi un éleveur en lâchant des bouses.

— Dans ce cas, quelqu'un a mal compris « chier » et a interprété ça comme s'ils voulaient qu'un connard les ramène chez lui.

Brantley sourit pour la première fois depuis des jours, et Lew eut l'air d'être sur le point de tomber de son fauteuil roulant.

— Il faut que tu arrêtes, dit Lew en toussant, tellement il riait fort. Et on devrait rentrer.

Les chiens s'étaient tus et tournaient autour de leurs jambes. Un frisson remonta le long de la colonne vertébrale de Brantley, froid comme le plein hiver. Il scanna tout autour de lui, essayant de comprendre d'où ça venait, mais il n'en avait aucune idée. Tout ce qu'il savait, c'était qu'il avait une impression soudaine et écrasante d'être observé, et ça lui fichait les jetons. Ce n'était pas comme s'il y avait des tonnes d'endroits où quelqu'un pourrait se cacher – le terrain était en grande partie plat et à découvert, pourtant cela lui laissait aussi une sensation d'être exposé. Il ouvrit la portière arrière et les chiens grimpèrent dans la voiture. Une fois que Lew fut à l'intérieur, il mit le fauteuil à l'arrière et se pressa de monter sur le siège passager.

— Partons d'ici, dit Brantley. Conduisez et ramenez-nous en ville.

Lulu passa de l'arrière sur ses genoux, et il la serra comme un bouclier.

— Qu'en est-il d'inspecter la maison… ?

Il se tourna vers Lew.

— Roulez.

Brantley continua à observer, les endroits sombres se multipliant devant ses yeux.

Lew démarra et recommença son imitation de pilote de course.

Brantley garda un œil derrière eux, s'assurant qu'ils n'étaient pas suivis. Pas qu'il serait difficile d'anticiper où ils allaient, mais il pensa que c'était une chose intelligente à faire. Il ne vit personne et ne se détendit qu'une fois qu'ils furent de retour chez Mack. Même s'il ne s'avérait pas être un endroit particulièrement sûr, si l'on en croyait l'incident avec son pick-up, mais il s'y sentait plus en sécurité qu'il le serait seul, sur son ranch.

Une fois qu'ils furent entrés dans le garage et qu'il eut aidé Lew à rentrer à l'intérieur, Brantley passa le reste de la journée sur son ordinateur avec les chiens allongés autour de lui. À un certain moment, Lew fit une sieste dans son fauteuil et Brantley resta assis jusqu'à ce que Mack rentre à la maison vers l'heure du dîner. Et il n'était pas d'humeur joyeuse.

— Tu aurais dû attendre que je puisse t'emmener pour aller chercher ce que tu voulais, grogna Mack quand il découvrit où ils étaient allés.

— Ça a été, Mackenzie, dit Lew. Il fallait que je sorte, et il a récupéré ses affaires. On va très bien. Si Erickson n'était pas passé, tout ça aurait été ennuyeusement routinier. Alors, fiche-lui la paix.

— Papa, quelqu'un en a après lui. Et si c'est Erickson ? Il veut tellement l'eau sur les terres de Brantley, qui sait ce qu'il pourrait faire.

— Eh bien, il l'a maintenant, donc si c'est lui, il devrait me lâcher.

Mack se tourna brusquement vers lui.

— Comment ça ?

— Il est passé avec une vache morte à l'arrière de son pick-up. Son bétail est mourant, alors je lui ai dit qu'il pouvait les faire paître sur mes terres pendant un mois. Je me suis dit que c'était ça d'être un bon voisin, et j'espère que si c'est lui qui est derrière tout ça, maintenant il se calmera, dit Brantley, partagé au sujet d'Andy Erickson. Je n'utilise pas les terres, et elles restent désertes, donc je vais l'aider pendant un petit moment même si ce type est un connard.

— Ce sont tes terres.

— Oui, c'est vrai, et Andy Erickson sera dessus, donc elles ne seront plus aussi désertiques ou sans surveillance qu'elles l'étaient auparavant.

— Quoi ? demanda Mack, adoucissant son expression. Il y a quelque chose que tu ne me dis pas.

Brantley regarda en direction de la cuisine, et Mack hocha la tête. Il rangea son arme, et quand il s'éloigna, Brantley le suivit.

— J'aurais pu jurer pendant que j'étais là-bas que quelqu'un m'observait. Les chiens l'ont senti aussi, car ils se sont rassemblés autour de nous et sont restés à proximité. Juste avant, ils couraient aux alentours, et s'il y avait quelqu'un, ça ne peut pas être Erickson, à moins qu'il ne se déplace vraiment à toute vitesse.

— Sans vouloir minimiser ton intuition, on a souvent l'impression d'être observé quand nous ne le sommes pas. Si on se sent vulnérable ou effrayé…

— Je sais. Mais je me suis dit que je devais te le dire.

— En ce qui me concerne, Erickson n'est pas encore tiré d'affaire. Je lui ai parlé pour savoir où il était lors des deux incidents, et son alibi est pour le moins douteux. Il cache quelque chose, et je vais découvrir ce que c'est. Il a aussi une expérience militaire. Il a été dans l'armée pendant quatre ans, et en plus c'est un chasseur. Je n'ai pas assez de preuves pour obtenir un mandat pour ses armes, mais il a les critères que nous recherchons.

— Je parie qu'il y en a d'autres qui correspondent également à cette description.

— Oui, c'est vrai. Je suis en train de passer tout le monde en revue pour essayer de rétrécir le champ des suspects, mais ça prend du temps. En me basant sur la personne que j'ai vue, j'ai éliminé les femmes qui correspondent à notre profil.

— Nous faisons beaucoup de suppositions, comme si tous ces incidents étaient liés. Et s'ils ne l'étaient pas ?

— Mes freins ont été sectionnés. Ils n'ont pas lâché tout seuls. Je pense qu'on a essayé de nous faire comprendre qu'on pouvait t'atteindre n'importe où, même ici. J'ai déjà vu ce genre de personnalité. Seulement la dernière fois, le suspect n'était pas aussi bien entraîné.

— Est-ce que tu as besoin de demander de l'aide ? demanda Brantley.

— Ce n'est pas comme si je pouvais impliquer le FBI en passant un coup de fil. Dans un contexte global, c'est une petite affaire dans une petite ville. Même si pour Hartwick, c'est une énorme affaire, et que je dois la résoudre rapidement, je continue à faire du surplace. Il n'y a pas assez d'indices, et j'ai besoin d'un peu plus d'informations. Mais pour les obtenir, je dois attendre qu'il agisse à nouveau, et ça vous met, toi et d'autres personnes, en danger. Et je n'ai aucune idée de ce qu'il va faire maintenant.

— Alors, asseyons-nous pour en parler. Parfois, parler des choses fait jaillir une idée, suggéra Brantley.

Mack tira une chaise, mais s'interrompit quand son téléphone sonna.

— Qu'y a-t-il, Julie ? demanda-t-il. Oh… très bien… reste à l'intérieur et verrouille toutes les portes. Je suis en route.

Mack raccrocha et se précipita vers la porte d'entrée.

— Julie a dit qu'elle a vu un étranger sur ses terres, et il semblait se diriger vers chez toi, dit-il en marquant une pause pour prendre son arme. Où penses-tu aller ?

— Avec toi, dit Brantley, se hâtant juste derrière lui.

— Brantley, tu dois rester ici.

Il secoua la tête et suivit Mack dehors.

— On perd du temps à discuter.

Il ouvrit la portière de la voiture de patrouille et y grimpa. Mack monta sur le siège conducteur et démarra.

— La seule raison pour laquelle je ne te jette pas dehors c'est parce que ça nous ferait perdre du temps.

Mack sortit en trombe de l'allée et fonça hors de la ville à une vitesse proche d'un décollage. Brantley s'accrocha à la poignée « oh merde » tandis que Mack dépassait toutes les limitations de vitesse. Le temps qu'ils rejoignent le ranch de sa voisine, Brantley se demanda s'il ne s'était pas fait dessus.

Mack sauta à l'extérieur dès que la voiture s'immobilisa.

Alors que Brantley sortait du véhicule, Julie vint vers eux faisant un geste vers la grange.

— Il est passé derrière et a continué par là.

Julie pointa du doigt les terres de Brantley.

— Est-ce que tu l'as aperçu ? demanda Mack.

— La trentaine, peut-être, portant une sorte de camouflage. Pas sûre que c'était un chasseur.

La description d'un camouflage fit que le cœur de Brantley s'emballa et que de l'eau glacée s'accumula dans ses veines.

— Reste là ! ordonna Mack avant d'appeler des renforts. Tu m'entends ? demanda-t-il comme si Brantley était un enfant, et il acquiesça, serrant la mâchoire. Va à l'intérieur, ajouta Mack moins colérique.

Brantley rejoignit la jeune femme sous le porche tandis que Mack partait.

— J'ai du thé, dit Julie en lui faisant signe d'entrer.

Elle verrouilla la porte, traversa la maison en direction de la cuisine, où Nathan mangeait des macaronis au fromage. Elle lui fit signe de s'asseoir, ce qu'il fit.

— M. Brantley, dit Nathan joyeusement. Je fais bien du vélo maintenant. Je peux lui montrer ?

Il glissa de sa chaise.

— Tu dois finir ton dîner, et M. Mack nous a demandé de rester à l'intérieur.

Le calme de Julie était surprenant, surtout parce que Brantley tremblait comme une feuille. Dieu merci, ils ne pouvaient pas voir ses jambes tressaillir sous la table.

— Mais, Maman, pleurnicha Nathan. Tu as dit que je pourrais faire du vélo si j'étais gentil.

Il retourna à table.

— J'ai vu un autre de ces vagabonds, comme il y a quelques semaines. Mack va voir s'il peut le trouver. Nous devons rester à l'intérieur où nous sommes en sécurité.

— Et pour les dadas et le bétail ?

— Ils peuvent prendre soin d'eux-mêmes, dit Julie. Maintenant, termine ton repas.

Elle tapota la table, et Nathan retourna à son repas, agissant comme si chaque bouchée était une énorme corvée.

— Vous avez déjà eu des vagabonds ici avant ? demanda Brantley lorsque Julie plaça un verre de thé devant lui.

— Quelques fois. Des gars viennent dans l'Ouest pour fuir ou être tout seuls, et ils finissent par vivre au jour le jour. Certains s'emparent des terres et essaient d'y vivre seuls. Ça arrivait davantage il y a quelques années, durant la récession. Quand les gens sont désespérés, ils essaient pratiquement n'importe quoi pour survivre. Un homme a tiré sur notre troupeau puis a essayé d'emporter un de nos animaux en le traînant. Je pense que son idée était d'essayer de le découper, mais ce sont de grands bestiaux.

Brantley hocha la tête.

— Je pense que le gars a pensé qu'une fois qu'il l'aurait tué, quelque chose se passerait comme par magie et qu'il se transformerait en steaks et en hamburger. Mack l'a attrapé facilement et il a travaillé en ville pendant un moment pour payer pour ce qu'il avait fait, puis il a poursuivi son chemin.

Brantley n'était pas certain de pouvoir se détendre, même s'il se disait que Mack savait ce qu'il faisait. Des sirènes se firent entendre et devinrent plus stridentes, quand des voitures de patrouille passèrent comme une flèche devant le ranch et se dirigèrent vers le sien. Il se sentait mieux en sachant que Mack aurait des renforts, mais il détestait tout ça.

— Pourquoi êtes-vous venu ici ? demanda Julie.

— Je voulais du changement dans ma vie, répondit Brantley. Je sais que j'aurais pu, je ne sais pas, déménager en bord de mer ou autre chose, mais j'espérais me rapprocher de la terre.

Il but un peu de thé puis posa le verre.

— Je ne cesse de me demander si j'ai fait ce qu'il fallait.

Julie hocha la tête alors qu'elle se déplaçait dans la petite cuisine.

— Ça peut être une vie très dure, parfois avec très peu de bénéfice.

— Je suppose, acquiesça Brantley, de plus en plus inquiet.

— On peut travailler un lopin de terre, y déverser son cœur et sa sueur pendant des années, des décennies, puis tout peut vous être enlevé après quelques années de vaches maigres, dit-elle en remuant quelque chose sur la cuisinière. C'est une des réalités de la vie ici. Vous vous souvenez quand il y a quelques années on a renfloué ces banques et General Motors ? Parce qu'ils étaient trop importants pour faire faillite ou une connerie comme ça ?

— Maman, gros mot, la réprimanda Nathan.

— Personne ne vient aider les petits.

Elle continua à s'affairer en parlant.

Brantley était assis immobile, se demandant si elle parlait par expérience personnelle ou en général. Il ne voulait pas s'immiscer dans ses affaires.

— Je peux jouer avec les lego ? demanda Nathan.

— Bien sûr, chéri, dit Julie avant d'éteindre la cuisinière, de revenir à table et de ramasser son verre. Je suis sûre que Mack va régler ça et avoir ce gars.

— Moi aussi.

Julie tenait distraitement son thé glacé sans le boire.

— J'ai entendu parler de ce qui vous est arrivé au *diner*. Est-ce que quelqu'un vous a vraiment tiré dessus ?

— Il semblerait. Mack essaie encore de réunir toutes les pièces du puzzle. Toute cette affaire est vraiment perturbante. Il me fait séjourner chez lui jusqu'à ce que ce soit résolu. J'aimerais savoir combien de temps ça va prendre ou ce que cet homme manigance.

— On le veut tous, dit Julie. J'avais l'habitude de laisser Nathan sortir jouer pendant que je travaillais dans la grange. Maintenant je le garde près de moi. Ça rend mon travail plus difficile à faire, mais je veux que rien ne lui arrive. Je veux que les choses retournent à la normale tout autant que vous.

— Je parie que ça vous aidera d'avoir votre mari à la maison, dit Brantley.

— En ce moment, je fais nos deux boulots. Et même si Denny a plutôt bien préparé les choses avant de partir, il aura davantage de corvées à faire parce qu'il y a seulement un certain nombre de choses que je peux faire seule.

— Est-ce que vous avez des gens qui vous aident ?

— Pas en ce moment. Avant oui, mais les temps sont vraiment durs, dit-elle en étant sur le point de pleurer, et Brantley ne savait pas s'il devait la réconforter ou non. Mais d'une manière ou d'une autre, je sais que nous nous en sortirons.

— Je me demandais, est-ce que vous donnez des cours d'équitation ? Je voulais apprendre à monter. C'est sur ma liste de choses à faire.

— Oui, même si je ne donne pas beaucoup de cours. Beaucoup d'enfants ici savent déjà monter. C'est une des choses naturelles quand on grandit dans un ranch. Mais je serais heureuse de vous apprendre.

— Je vous paierai, bien sûr, dit Brantley.

Un coup sec résonna à l'arrière, et Nathan courut à travers la maison.

— J'y vais.

— Non, dit Julie sèchement, et Nathan s'arrêta d'une glissade dans ses chaussettes. Retourne jouer.

Il resta où il était et attendit que Julie revienne. Mack la suivait.

— Shérif Mack ! cria Nathan et il se précipita vers lui alors que Brantley se levait nerveusement.

— Hé, mon pote, dit Mack en l'étreignant. Est-ce que tu as été gentil avec ta maman ?

— Oui, répondit très rapidement Nathan.

Mack chercha dans sa poche et lui tendit quelque chose.

— Mets ça dans ta tirelire pour la prochaine fois que tu iras en ville.

Nathan hocha la tête et se précipita hors de la pièce, serrant fort ce que Mack lui avait donné.

— Nous avons rattrapé l'homme traversant tes terres. Il est comme tu l'as décrit.

— C'est le tireur ? demanda Brantley.

— On le ramène au poste, et on va l'interroger, mais je ne pense pas. Il a dit qu'il n'avait plus de travail depuis un moment et qu'il était en chemin vers ton ranch parce qu'il avait entendu dire qu'il avait été acheté par un homme de la ville, et il espérait que tu avais besoin d'aide, expliqua

Mack. Nous allons l'interroger encore un peu. Le gars est à moitié affamé, et vu son apparence, il est sur la route depuis un moment.

— Si tu es convaincu que ce n'est pas lui, alors s'il te plaît assure-toi qu'il puisse manger et être aidé d'une manière ou d'une autre, dit Brantley en se rapprochant de Mack.

— Il n'y a pas beaucoup de services sociaux par ici.

— Est-ce qu'il correspond à ce qu'on pensait ? demanda Brantley. C'est un vétéran ?

— Je parie que oui, dit Mack.

— Alors quand tu auras terminé, je veux lui parler, dit Brantley.

Mack le regarda comme s'il était fou, mais Brantley avait ses raisons.

— Si c'est ce que tu veux, je dois retourner en ville, dit Mack.

Brantley savait que c'était le signal ; il était temps pour lui aussi de partir. Il termina son thé et remercia Julie pour son hospitalité. Il dit également au revoir à Nathan et suivit Mack dehors.

— Est-ce que la visite chez Julie a été agréable ? demanda Mack une fois qu'ils furent montés dans sa voiture de patrouille.

— Elle va m'apprendre à monter à cheval.

Il se demanda s'il devait partager ses autres impressions. Ce n'était que ça et non des faits – Julie pouvait avoir fait allusion à des choses qui n'étaient pas connues de tous, et ce n'était pas à lui de dire quoi que ce soit. Il pensa le dire à Mack en se disant que celui-ci le garderait pour lui, mais finalement décida de ne pas le faire à moins que cela puisse aider à résoudre cette affaire.

— C'est très gentil de sa part, dit Mack d'une manière quelque peu distraite. Tu sais ce que je déteste ? demanda-t-il après quelques secondes. Les enquêtes comme ça affectent toujours plus de gens qu'on s'y attendrait.

— Comment ça ?

— Les gens ont des secrets, et parfois ils sont au cœur du crime. La plupart du temps, ce n'est pas le cas, mais quand on enquête sur ce genre d'affaires, les secrets de chacun se retrouvent dévoilés au grand jour.

— Je le suppose, acquiesça Brantley. Une des choses difficiles de ton travail est de comprendre comment gérer ces autres secrets.

— Essentiellement, je garde pour moi les choses qui n'appartiennent pas à l'affaire. S'ils n'ont pas violé la loi, alors ça ne me concerne pas vraiment, et personne n'est parfait.

Ils roulèrent jusqu'à la maison de Mack.

— Je rentrerai tard ce soir. J'ai beaucoup de choses à faire.

— OK, dit Brantley en tendant la main pour prendre celle de Mack. Je sais que tu essaies de m'aider.

— Je serai heureux quand ce sera terminé et que tu pourras retourner à ta vie normale.

Brantley soupira alors que la voiture tournait au ralenti.

— Si tu veux la vérité, je ne sais pas à quoi ressemblera la vie à laquelle je retournerai. Venir ici a été en quelque sorte une décision prise sous l'impulsion du moment.

— Pourquoi ? C'était une rupture difficile ?

— On pourrait dire ça. Mais elle n'était pas d'ordre amoureux. J'avais une sorte de partenaire. Car je ne pouvais pas gérer les fonds dont j'avais la charge tout seul. Il y avait juste trop de travail, et il a fait des choses condamnables et a essayé de me faire porter le chapeau. J'en ai eu vent et je l'ai arrêté avant que les choses tournent trop mal et que les gens perdent de l'argent, mais il a fini par avoir des problèmes avec le SEC [1]. L'effet secondaire a été que ma réputation a coulé au fond du trou avec la sienne. Et dans ce business, la réputation fait tout. Personne ne voulait plus avoir affaire à moi. Ça n'avait plus d'importance que j'ai gagné des milliards de dollars – littéralement – pour mes clients.

Brantley se mit à serrer sa main libre.

— Est-ce qu'on a retenu des charges contre toi ?

— Oui. Mais elles ont été rejetées parce que je pouvais prouver à quel moment les transactions avaient été effectuées, par pure chance et grâce au fait que j'étais avec une amie, ce qu'elle pouvait confirmer. Le connard a hacké mon compte et l'a utilisé pour effectuer ces transactions. Il s'en est vanté une fois qu'ils l'ont attrapé.

— Alors c'est pour ça que tu es parti ?

— Oui. Et la plupart des gens que je croyais être mes amis se sont enfuis, effrayés. Ils avaient leurs propres réputations à s'inquiéter, et la dernière chose qu'ils voulaient, c'était d'être contaminés par association. Donc je me suis retrouvé banni d'un business que j'avais autrefois dominé, dit Brantley avant de hausser les épaules et de détourner les yeux. J'avais besoin d'un endroit complètement différent et d'un changement de décor, donc j'ai commencé à chercher par ici.

1 Organisme fédéral américain qui réglemente et contrôle les marchés financiers.

66

— Et tu es entré pile au milieu de quelque chose que nous ne pouvons pas expliquer.

— Exactement. Je pense toujours qu'il s'agit du terrain. C'est la seule chose que je possède que quelqu'un ici pourrait vouloir. Je ne fais pas partie de la ville, et je n'ai pas de passé ici.

— J'ai vérifié les noms que tu m'as donné, et aucun d'eux n'est dans la région pour ce qu'on peut en dire. Donc je pense que tu as probablement raison. Mais pourquoi ? Pour l'eau ? Ce n'est pas comme si tu l'utilisais, le ruisseau qui s'en écoule est plus important que d'habitude et garde actif les ranchs en aval.

— Est-ce que tu as vérifié pour voir qui d'autres étaient intéressé par l'acquisition du ranch avant que je l'achète ? Peut-être que l'agence immobilière a des archives de ceux à qui Renae l'a montré.

— J'ai vérifié son carnet de rendez-vous, et il y avait quelques personnes, la plupart des locaux, et je les ai éliminés. C'est ce qui me laisse perplexe. Les choses habituelles ne produisent aucun résultat.

— Alors nous devons essayer quelque chose de différent. Lorsque j'essaie de déterrer un fait sur une société, je fais quelques suppositions et je vois si son comportement correspond. Ça produit parfois des résultats. Alors, présumons que quelqu'un veut le ranch pour l'eau… qui le voudrait le plus ? Nous n'avons pas à nous inquiéter des alibis ou quoi que ce soit. Fais juste une liste d'acheteurs potentiels, puis nous pourrons les éliminer.

Brantley arrêta de fixer la porte du garage et tourna son regard vers Mack et le trouva qui l'observait, tout aussi intensément. Il était sacrément tenté de se pencher et de prendre ses lèvres pleines. Brantley était en érection rien qu'à y penser. Il désirait tellement Mack. Ses mains se réchauffaient rien qu'à son contact, et la chaleur remonta le long de son bras jusqu'à son torse avant de s'étendre à travers tout son corps. Était-ce du désir ou quelque chose d'autre ? À cet instant, il n'était sûr de rien, et ça n'avait pas tellement d'importance.

— Je vais voir ce que je peux déterrer, et on en discutera quand je rentrerai. Est-ce que quelqu'un t'a approché directement ? demanda Mack.

— Pas que je vendrais, mais non. Je ne veux pas le lâcher. Ce sont de superbes terres.

— Comment le sais-tu ?

— Parce que je pense que quelqu'un les veut presque à tout prix, et si c'est vrai, alors elles doivent avoir une vraie valeur. Dans mon ancien secteur, on apprend que quelque chose n'a vraiment de valeur ou n'est précieux que lorsque quelqu'un d'autre le veut à tout prix. Il semble que quelqu'un veut tellement mon ranch qu'il est prêt à tuer. Renae m'a vendu le ranch, on l'a assassinée et on m'a tiré dessus. On a aussi coupé ta conduite de freins. Je pense que l'essentiel de cette opération, c'est de me faire peur. Si je quitte la ville et que je mets le ranch en vente, on parie que je le vendrai bon marché pour juste m'en débarrasser.

— OK, dit Mack. Mais nous ne sommes pas plus avancés.

Il soupira doucement.

— Laisse-moi assembler une liste de gens qui ont pu être intéressés et réexaminer le carnet de rendez-vous de Renae pour d'autres indices. On pourra la passer en revue quand je rentrerai.

Brantley lâcha la main de Mack et sortit de la voiture, se dirigeant droit à l'intérieur, tandis que Mack repartait au travail.

— Comment ça s'est passé avec Julie ? C'était lui ? demanda Lew.

— Mack ne le pense pas. Toute cette affaire est frustrante.

— Donne-lui du temps. Les gens commettent des erreurs, et ce gars va en commettre une aussi.

— Et avec un peu de chance, avant que je sois mort, râla Brantley regrettant tout de suite d'avoir dit ces paroles.

Mack faisait de son mieux, et cette situation n'était pas de sa faute. C'était celle du salopard qui avait tué Renae. Brantley espérait vraiment qu'il aurait la chance de regarder ce connard dans les yeux et de pouvoir lui coller une droite.

— Vous avez mangé ? demanda-t-il. Vous voulez que je vous aide à préparer quelque chose ?

— J'attendais que Mack et toi reveniez.

Lew roula vers la cuisine, et Brantley le suivit. La plupart des choses avaient été aménagées à son niveau.

— J'ai préparé du chili, donc tout ce qu'on doit faire, c'est le réchauffer.

— Merci, Lew, dit Brantley. Je sais que toute cette affaire cause du dérangement, et je suis désolé. J'espère pouvoir sortir de vos pattes dès que possible.

— Comme si tu dérangeais. La plupart du temps, je suis assis là toute la journée, pratiquement tout seul en dehors de la meute, et ils ne parlent pas beaucoup. Tu n'es pas un fardeau, dit Lew en prenant deux assiettes et deux bols, puis il les posa sur la table. Tu as eu des nouvelles de ton pick-up ?

— Ils ont dit que ça allait prendre une semaine de plus. Apparemment, ils doivent commander beaucoup de pièces détachées.

Il avait néanmoins pensé à acheter un autre pick-up et dire « Ras-le-bol ! », mais dépenser de l'argent juste pour le dépenser était du gâchis, de l'avis de Brantley. Il était bien des choses, mais jamais gaspilleur s'il pouvait l'éviter.

— Tu peux utiliser ma voiture si tu en as besoin. Tu peux la conduire normalement et ne pas utiliser les contrôles manuels, dit Lew en mettant le premier bol dans le micro-ondes.

— J'apprécie votre offre.

Il espérait que son pick-up serait bientôt réparé, mais cela lui mettait du baume au cœur que Lew lui propose son véhicule. La plupart de ses amis à New York ne l'auraient pas fait.

— Est-ce que tu as rencontré beaucoup de gens en ville ?

— Eh bien, voyons. Vous savez que j'ai rencontré Erickson, et c'est essentiellement un con.

— Oui, mais je parie que ça va changer vite fait. Tu lui sauves le cul, et il ferait bien de s'en souvenir.

— J'ai rencontré ma voisine Julie et son fils, Nathan. Ce sont des gens bien, et elle va m'apprendre à monter à cheval. Je n'ai pas rencontré les gens de l'autre côté.

— Vers le nord, c'est Cal et Martha Younger, dit Lew.

— Cal… dit Brantley, essayant de se rappeler où il avait entendu ce nom. Énorme gars, le visage qui a l'air d'avoir fait trop de combats ?

— Oh, tu l'as rencontré. Cet homme en a pris plein la gueule pour pas un rond, mais c'est un sacrément bon rancher.

Brantley déglutit.

— Il était au *diner* quand Mack m'y a emmené, dit-il en pensant qu'il n'était pas nécessaire d'entrer dans les détails de leur petite altercation. J'espère qu'une fois que les gens se rendront compte que je n'ai tué personne, ils changeront d'avis. Je suppose que me faire tirer dessus à travers la vitre du *diner* ne me rend pas infiniment populaire non plus.

— Les gens vont comprendre. Ça va juste prendre du temps. Ça aurait été quand même le cas sans toute cette vilaine affaire. Les gens par ici sont bons, et ils s'occupent de leurs voisins. Mais nous ne recevons pas beaucoup d'étrangers, et il leur faudra un peu de temps avant qu'ils deviennent chaleureux avec toi. Tu es un gars sympa, et ils vont s'en rendre compte une fois qu'ils te connaîtront.

Le micro-ondes bipa, et Lew sortit prudemment le bol fumant de chili et le posa sur le plan de travail. Il mit le deuxième à l'intérieur et le mit à chauffer.

— J'ai du café, mais si tu veux autre chose, sers-toi.

Quand le deuxième bol fut chaud, Brantley apporta des biscuits salés sur la table, avec des serviettes. Puis il posa les bols et attendit que Lew prenne place.

— Ça a l'air vraiment bon.

— Tout le monde fait le chili différemment. Dans le Wisconsin, ils ajoutent des macaronis. Je n'aime pas ça. Et les Texans te diront que le chili n'a pas de haricots dedans, mais moi je les aime bien.

— Moi aussi.

Brantley prit une seule bouchée, et la saveur explosa dans sa bouche. Le chili de Lew était épicé, avec beaucoup d'oignons, de chaleur et de viande. Il mangea beaucoup de biscuits salés et but des tonnes d'eau.

Une fois qu'ils eurent terminé, Lew sortit un bol de fruits frais du réfrigérateur, et tous deux les avalèrent pour éteindre leurs bouches en feu.

— Ce chili, c'est quelque chose.

— Trop épicé ? demanda Lew.

— Non. C'est juste que ça s'accumule.

Brantley sourit et eut l'impression d'avoir réussi une sorte de test. Ils finirent leurs cafés, puis il s'occupa de la vaisselle. Alors qu'il se tenait devant l'évier, baissé et les mains dans l'eau de vaisselle, il regardait fixement par la fenêtre alors que le vent soufflait à travers les feuilles, et il réfléchit au temps qui s'était écoulé depuis qu'il avait fait partie d'une famille, comme ça. Enfin, ce n'était pas sa famille, mais être ici temporairement était agréable.

— Où sont tes parents ? Ta famille ? demanda Lew depuis l'autre pièce.

— C'est une vraie pagaille, dit Brantley, content d'être dans l'autre pièce pour qu'il n'ait pas à voir l'expression de Lew. Mon père est professeur dans une faculté de théologie en Virginie. Il aide à produire de nouvelles générations craignant les feux de l'enfer. Ma mère est une épouse dévouée, ce qui signifie qu'elle accepte tout ce que mon père dit et agit comme une de ces poupées qui balance la tête qu'on voit dans les voitures. Ils nous ont élevés, moi et mes deux sœurs, du mieux qu'ils pouvaient, mais ils n'étaient pas préparés quand je leur ai dit que j'étais gay.

70

Il retint son souffle. Il ne savait pas si Lew était au courant pour Mack ou non.

— Tu parles d'une affaire, dit Lew. Mack me l'a dit quand il avait dix-huit ans. C'est mon fils et je suis fier de lui, quoi qu'il fasse.

Brantley interpréta cela comme si Lew l'acceptait aussi.

— Ma famille et moi nous sommes mis d'accord sur le fait qu'il serait mieux si je ne restais plus dans le coin, dans le style lancer de vaisselle, cris et « tu vas aller en enfer ». Donc je suis parti à l'université et les ai essentiellement laissés derrière moi. J'ai toujours su qu'être gay était une chose que mon père ne pourrait jamais comprendre ou accepter.

Il rinça les bols et les mit sur l'égouttoir.

— Alors ce n'était pas un véritable père, dit Lew en roulant dans la cuisine. Les parents sont censés accepter et soutenir leurs enfants. Être gay fait partie de celui que tu es, et tu ne peux pas le changer, alors te rejeter pour quelque chose d'aussi stupide est juste bête.

— Cela allait contre les convictions fondamentales de mon père, et plutôt que de les changer, il m'a rejeté. Je l'ai accepté il y a longtemps. J'ai des nouvelles de ma sœur cadette une fois de temps en temps. Elle est en troisième année à l'université, et elle commence vraiment à penser par elle-même et à sortir de l'ombre de papa. Ma mère ne le fera jamais, et ma sœur aînée est exactement comme elle.

Brantley rinça les couverts et les verres avant de laisser couler l'eau, puis il nettoya l'évier et s'essuya les mains.

— N'importe quel homme serait fier d'avoir un fils comme toi.

Lew tapota deux fois son bras puis quitta de nouveau la cuisine, laissant un Brantley éberlué. Les gens le surprenaient rarement, mais Lew venait juste d'accepter sans ciller ce que sa famille entière avait rejeté.

— Tu sais que je savais déjà pour toi, dit Lew depuis l'autre pièce. J'ai vu la manière dont tu regardes Mack.

Brantley déglutit péniblement.

— Je pense le plus grand bien de lui. Il faut être un homme fort pour admettre qu'on a tort, et Mack l'a non seulement fait, mais il a été au-delà de ce que n'importe qui d'autre aurait fait pour essayer de me garder en sécurité.

Lew revint dans la cuisine.

— Tu sais que vous vous regardez de la même manière tous les deux. Mack est seul depuis un bon moment, et c'est dommage. Il a beaucoup à offrir, et je veux qu'il soit heureux, dit Lew avant de retourner dans le salon, et quand Brantley le rejoignit, il était en train de se glisser sur son autre fauteuil. Il n'y a que lui et moi depuis tant d'années.

— Mack m'a dit que sa mère était partie quand il était jeune, dit Brantley.

Lew hocha la tête, s'installant dans son fauteuil avec un soupir.

— Sa mère était superbe. Elle s'appelait Liliana, et je l'appelais Lily parce qu'elle me faisait penser à une fleur magnifique et naturelle. Je l'ai courtisée, et après qu'on se soit marié, nous avons déménagé pour être plus proches de ma famille. Nous aurions pu vivre sur la réserve, mais je pouvais avoir du travail ici et il n'y avait pas de boulots là-bas. Je pense que ça a été ma première erreur. Éloigner Lily de son peuple et de la vie qu'elle connaissait a été trop. Mais Lily ne s'est pas plainte. Elle et moi étions heureux et amoureux. Après deux ans, elle est tombée enceinte, puis nous avions l'excitation de la naissance que nous attendions avec impatience et tout était bien. Mais après la naissance de Mack, Lily a traversé des périodes de profonde dépression. Elle restait au lit pendant des jours et avait besoin d'une aide que je ne pouvais pas lui fournir.

— La dépression postnatale peut être une chose terrible, dit Brantley.

— Je pense que ça l'a été pour Lily. Elle prenait soin de Mack et était une bonne mère, mais elle se sentait seule, et finalement elle est venue me voir et m'a dit qu'elle voulait rentrer chez elle. J'ai demandé si elle avait besoin de quelqu'un à qui parler. J'ai pris rendez-vous avec un médecin, mais elle n'est pas allée au rendez-vous et a laissé Mack chez un voisin avant de retourner à la réserve.

— Est-ce qu'elle a revu Mack après ça ?

— Non. J'ai reçu un coup de fil de son frère quelques semaines plus tard. Lily s'était ôtée la vie, dit Lew en s'essuyant les yeux sur sa manche. Donc il n'y a que Mack et moi depuis lors. Je l'ai élevé et j'ai essayé d'être à la fois une mère et un père pour lui. Ce n'était pas facile.

— Vous parlez d'elle avec Mack parfois ?

— Non. Il ne se souvient pas d'elle. Il sait ce qui s'est passé, et j'ai essayé de le garder concentré vers l'avenir, plutôt que sur le passé. J'ai quelques photos de Lily qui traînent, mais je ne les ai jamais encadrées et accrochées. C'était inutile. J'ai toujours répondu honnêtement aux questions de Mack, mais elle n'était plus là, et nous avions des vies à mener. Lily ne reviendrait pas.

Il était clair que sa femme manquait toujours à Lew.

— C'est toujours difficile pour vous, n'est-ce pas ?

— On ne le penserait pas après toutes ces années, mais ça l'est. Des amis m'ont encouragé à sortir de nouveau, et je l'ai fait quelques fois, mais ça ne me paraissait pas bien. Et j'avais des difficultés à refaire confiance, donc rien ne s'est jamais passé, dit Lew en redressant son fauteuil incliné. Parfois, quand je suis endormi, je la vois dans mes rêves.

Il sourit et alluma la télévision, signalant que la partie à cœur ouvert et déchirante de la soirée était terminée.

Brantley prit son ordinateur, alla s'asseoir et le posa sur ses genoux pendant que Lew regardait la télé et s'assoupissait dans son fauteuil. Alors que la soirée s'écoulait lentement, Lew lui souhaita bonne nuit et alla se coucher. Brantley passa le temps, attendant Mack, qui arriva finalement chez lui à presque vingt-deux heures.

— Est-ce que mon père est endormi ? demanda-t-il doucement quand il passa la porte.

— Oui, répondit Brantley en levant les yeux de son écran, entouré de tous les chiens étendus autour de lui.

Ils sautèrent sur le sol et firent des cercles autour de Mack pour qu'il les caresse et les gratte. Puis Lulu alla dans le couloir, plus probablement dans la chambre de Lew, et les autres se réinstallèrent sur le sofa.

— Quelle nuit ! Les gars et moi avons tout passé en revue, et nous ne sommes pas plus avancés. J'ai essayé de leur faire creuser quelques trucs, mais nos pistes s'essoufflent rapidement, dit-il avant de ranger son arme, de retirer sa ceinture et son chapeau, puis de desserrer les boutons de sa chemise. Je sais que nous devions examiner certaines choses, mais je suis tellement fatigué, j'arrive à peine à penser clairement.

Mack s'affala sur le sofa à côté de Brantley.

— J'ai travaillé sur quelques trucs, dit Brantley. Il y a Andy Erickson, qui veut mes terres pour l'eau. Mais tu as dit qu'il avait un alibi.

Et Brantley détestait penser qu'en fait il aidait le gars qui lui avait causé tous ces problèmes. Ce serait un ramassis de conneries.

— Tu as dit que c'était un homme que tu as vu à l'extérieur de la maison l'autre soir, continua-t-il, donc ça exclut Julie.

Mack hocha la tête.

— C'est vrai. Julie n'a pas de formation militaire, mais c'est une chasseuse. Erickson a également une formation militaire. Son alibi est un peu faible, mais il en a un. Je pourrais insister pour en savoir plus s'il faut en arriver là, mais il dit qu'il était avec sa femme, et elle ne le nie pas. Je dois faire davantage de recherches sur lui. Il y a quelque chose qui me dérange.

— Et j'ai découvert que le Néandertalien au *diner* est mon autre voisin. Est-ce que tu as fait des recherches sur Cal Younger pour voir s'il a un alibi ?

— Je l'ai fait et il n'en a pas. Cal a dit qu'il était chez lui quand Renae a été tuée, et il était à l'intérieur du *diner* quand on a tiré sur la fenêtre, donc soit les incidents ne sont pas liés, soit Cal n'est pas sur la liste.

— Donc ça résout le problème de mes voisins et de la plupart des gens que j'ai rencontrés depuis que je suis arrivé.

— La propriété des Clark est en face de la route par rapport à toi, mais ils ont de l'eau et sont suffisamment importants pour pouvoir acheter les terres s'ils les avaient voulues, ils pouvaient se le permettre purement et simplement, donc je doute que ce soit eux.

— Alors il doit y avoir quelqu'un d'autre, ou nous ratons un détail important, dit Brantley en refermant le clapet de son ordinateur. Je ne connais pas les gens d'ici assez bien pour poser un tas de questions.

— Je vais aller rendre visite à tout le monde demain. Il est temps de secouer le prunier et de voir si quelque chose en tombe.

Mack bâilla et se leva avec un grognement. Puis il quitta la pièce, traînant à moitié les pieds dans le couloir.

Brantley le regarda partir, la déception le gagnant et s'étendant comme du goudron renversé. Pendant presque toute la journée, il avait eu hâte que Mack rentre à la maison. Le simple fait de le voir suffisait à faire battre son cœur plus vite. Peut-être qu'il n'avait pas le même effet sur lui. Brantley éteignit la télévision – il l'ignorait de toute façon – et les lumières avant d'aller dans la chambre d'amis. Il s'assit sur le bord du lit, écoutant l'eau couler dans la salle de bain.

Il n'allait pas en vouloir à Mack d'être trop fatigué ou d'avoir oublié leur étreinte passionnée de la nuit précédente. Brantley devait simplement se rappeler que même si lui avait ressenti quelque chose ou pensé que c'était le cas, cela ne signifiait pas que Mack avait ressenti la même chose. Il avait commis cette erreur plus d'une fois par le passé. Johnny lui vint immédiatement à l'esprit. Brantley avait pensé qu'ils avaient une connexion, mais tout ce que Johnny avait voulu, c'était essayer de profiter de lui. Brantley ne pensait pas que c'était ce que Mack voulait, mais il s'était déjà trompé, et toute l'incertitude qu'il avait endurée après que Johnny l'ait plaqué menaçait de réapparaître. Peut-être qu'il n'était pas censé avoir un petit ami.

Brantley était si profondément dans ses pensées qu'il ne remarqua pas que l'eau s'était arrêtée ni que la porte de la salle de bain venait de s'ouvrir. Par contre, il ne put s'empêcher de remarquer les larges épaules et la peau légèrement cuivrée de Mack qui se tenait dans l'embrasure de sa porte.

— Je me sens tellement mieux, chuchota-t-il avant de faire un pas dans la pièce. Est-ce que tu pensais que je t'avais oublié ?

Brantley refusa de reconnaître que c'était en effet ce qu'il avait craint.

Leo se précipita à côté de Mack, sauta sur le lit et s'installa au pied, Rex pas loin derrière lui.

— Les gars, descendez, dit Mack, et ils sautèrent sur le sol, l'air d'avoir été privés de nourriture pendant une semaine. Allez dormir dans le salon.

Une fois qu'ils furent partis, il ferma la porte. Son regard se tourna vers Brantley, bouillonnant. Il se rapprocha d'un pas rapide, sa serviette se balançant doucement, un renflement à l'endroit le plus important.

Brantley leva les yeux, balayant la taille mince de Mack et remontant sur son abdomen solide qui ondulait légèrement à chaque respiration. Il tendit la main, passant son doigt sur une ligne rose au-dessus de la hanche de Mack.

— C'est là qu'on m'a tiré dessus la première fois. La balle m'a frôlé, mais ça m'a fait un mal de chien.

— Et ça ? demanda Brantley, passant la main sur le flanc de Mack et remontant vers une longue cicatrice sur son épaule. Une autre balle ?

— Oui. Ça va de pair avec le travail et cette vie, répondit-il en s'immobilisant. Beaucoup de gens ne peuvent pas le gérer.

Brantley hocha la tête. La profondeur de la douleur dans sa voix parlait d'une expérience personnelle.

— Je peux gérer pratiquement n'importe quoi, dit Brantley.

Les cicatrices mettaient nettement en relief à quel point le travail de Mack pouvait être dangereux, mais il semblait que, par ici, n'importe qui pouvait être en danger, et c'était son travail d'assurer la sécurité de tout le monde. Brantley se rapprocha, posant ses lèvres sur l'abdomen de Mack, l'embrassant le long d'une des ondulations.

Mack prit les joues de Brantley en coupe dans ses larges mains chaudes, relevant sa tête jusqu'à ce que leurs regards se soudent avec une intensité digne d'un laser.

— Je sais que tu le peux.

Il se pencha et joignit leurs lèvres. La chambre devint très chaude alors que Mack intensifiait son baiser, repoussant Brantley sur le doux matelas, où il s'enfonça lorsque Mack y ajouta son poids. Il sentait le savon et le shampoing mélangé au musc et au désir. Brantley serra Mack étroitement contre lui, passant ses mains sur son dos puissant jusqu'à ce qu'elles rejoignent le bord de la serviette. Il tira dessus et le tissu éponge s'éloigna avec sa main. Il la laissa tomber sur le sol et colla ses mains sur les fesses fermes de Mack.

— J'ai envie de toi, Mack.

— Et moi aussi j'ai envie de toi, répondit Mack en suçant l'oreille de Brantley. Je vais te déshabiller afin de pouvoir enfin te regarder dans toute ta gloire séduisante. Puis je vais te faire haleter et trembler pour moi.

— Je n'en ai aucun doute.

Brantley n'était déjà pas loin de trembler, et alors que Mack était nu, lui était encore complètement habillé. Même s'il avait dans l'idée que ça n'allait pas durer très longtemps.

— Enlevons cette chemise, grogna Mack, tirant le bord et la faisant passer par-dessus sa tête et ses bras.

Bon sang, la sensation était parfaite et incroyable quand le torse de Mack rencontra le sien. Peau contre peau. Il voulait se trémousser juste pour pouvoir se frotter contre lui. Et mince, de toute façon il le fit jusqu'à ce que Mack l'immobilise et ouvre sa ceinture et son pantalon, puis le tire d'un coup sec sur le bas de ses jambes.

Mack se tenait à côté du lit, le regardant attentivement. Brantley se tortilla de nouveau, espérant que Mack aimait ce qu'il voyait. Celui-ci le prit dans ses bras et lui plaça la tête sur les oreillers.

— Je me sens comme un adolescent, dit Brantley.

— Pourquoi ?

— Je te jure que je vais jouir rien qu'en te regardant.

Mack remonta sur le lit, et Brantley utilisa leur proximité pour refermer ses doigts sur son sexe – épais, chaud et long. Il le caressa, et Mack trembla au-dessus de lui. Bon sang, c'était grisant – un homme fort comme Mack qui tremblait pour lui.

— Tu dois me donner une chance de respirer, parce qu'avoir des pensées anti-sexy ne fonctionne certainement pas. Tu as tout repoussé de mes pensées en dehors de toi, dit Mack.

Il prit sa bouche dans un baiser qui vida tout de la tête de Brantley.

Les coups de feu, les freins du pick-up, les peurs, l'inquiétude – ils furent éjectés comme s'ils n'avaient jamais existé, et Brantley se cramponna à Mack. Il glissa ses jambes contre celles rugueuses de Mack, leurs torses se remplissant d'air et se pressant l'un contre l'autre. Brantley pressa les hanches de Mack contre les siennes, donnant des coups de reins vers le haut juste pour obtenir un soupçon de friction.

— Mon cœur, souffla Mack dans son oreille. Prends ton temps. Nous avons toute la nuit.

— Vraiment ? Et si quelqu'un vient et essaie de saboter ton pick-up encore une fois, ou tire à travers la fenêtre ?

— Alors nous nous arrêterons. Mais il faudra quelque chose comme ça pour m'éloigner de toi maintenant, dit-il en suivant la mâchoire de Brantley du doigt. Lâche prise là-dessus.

Il glissa son doigt sur le cou et la gorge de Brantley, et ce dernier s'étira afin de lui fournir un meilleur accès. Mack se pencha et le lécha sous la mâchoire et le long de son cou.

— Bon sang, souffla Brantley en saisissant les draps dans ses poings serrés alors que Mack suçait son torse, pinçant un mamelon entre ses lèvres avides.

Brantley poussa son torse en avant, en désirant désespérément davantage. Il avait besoin de tout, voulait tout d'un coup. Il n'était pas sûr d'où poser ses mains et finit par s'étendre sur le lit tandis que Mack faisait ce qu'il voulait de lui.

— Mon Dieu ! grogna Brantley.

Il avait peur d'être trop bruyant, mais Mack n'attendit pas plus longtemps pour glisser ses lèvres autour de sa verge, l'enfournant dans une humidité torride, faisant déferler la foudre à travers ses veines.

— C'est ça, mon cœur, dit Mack quand il reprit son souffle. Tu as le goût de la douceur du miel.

Mack lui fit un sourire puis le suça de nouveau.

Jusque-là, Brantley avait fixé le plafond en louchant, mais il leva la tête – il devait voir son sexe glisser entre les lèvres de Mack. Seigneur, ce devait être la plus fascinante des visions qu'il avait eues depuis longtemps, et la manière dont Mack étirait ses mains sur son ventre, en faisant vibrer sa gorge autour de son sexe, lui assénant de petites décharges électriques de désir à travers le corps était presque suffisante pour l'envoyer dans le précipice.

— Je ne peux pas tenir… implora-t-il, désirant désespérément serrer Mack dans ses bras et se retenir un peu plus longtemps.

Heureusement, Mack recula, et Brantley s'effondra sur le lit.

— C'était… gémit-il alors qu'il cherchait de l'air. Toi… qui a dit que… nous avions… toute la nuit.

— Totalement, mais je voulais te donner un échantillon, et je n'ai pas pu m'empêcher de te goûter.

Mack s'assit et fit rouler Brantley sur le ventre avant de s'étirer au-dessus de lui et de presser son sexe le long de ses fesses.

Brantley se plaqua contre lui, gémissant quand Mack lui suça la nuque et continua le long de son dos. Il glapit quand Mack lui mordit légèrement une de ses fesses.

— Qu'est-ce que tu fais ? demanda-t-il en souriant, presque prêt à émettre un petit rire.

Le bruit mourut dans sa gorge quand Mack lui écarta les fesses et enfouit son visage entre elles, léchant son orifice, l'envoyant en orbite.

— Mec…

— Personne ne t'a jamais léché là auparavant ? demanda Mack, puis il souffla sur sa peau humide, menaçant de faire exploser la tête de Brantley.

— Non.

Il geignit comme un bébé, en voulant davantage, mais il était effrayé de le demander. Mack sembla comprendre et lui suça les fesses. Brantley ne s'était jamais considéré comme un homme intéressé par les fesses. Il avait apprécié le sexe anal et le reste, même si ça ne l'avait jamais envoyé sur un petit nuage, mais ce que Mack lui procurait lui faisait se demander ce qu'il avait raté pendant toutes ces années.

— Je sais que je peux être un peu insistant et exigeant, dit Mack, donc si je fais quelque chose qui ne te plaît pas, dis-le-moi.

— Je… ah… je…

Brantley abandonna. La seule chose qui ne lui plaisait pas, c'était le fait qu'il regardait la taie d'oreiller au lieu de son bel étalon.

Mack disparut, et Brantley enroula ses bras sous l'oreiller, s'étirant, se demandant quelle sensation délicieuse viendrait ensuite.

— Tu as l'air tellement prêt pour moi, chuchota Mack alors que sa chaleur l'entourait, planant juste au-dessus de lui.

— Je le suis, mais est-ce raisonnable ?

Brantley se retourna lentement.

Mack se tenait sur ses bras musclés au-dessus de lui puis il se baissa, recouvrant Brantley et lui envoyant du feu irradier à travers le corps.

— Chéri, c'est plus que raisonnable, dit-il en caressant la joue de Brantley. Est-ce que tu as la moindre idée de ce que tu me fais ?

— Moi ? demanda Brantley en se cramponnant à Mack au cas où il changerait d'avis et reculerait. Ce n'est pas moi qui suis recouvert d'énormes muscles. Je suis maigre et un geek. J'ai passé ma vie à l'intérieur, donc je suis pâle et blafard.

Brantley se trémoussa et se redressa.

— C'est toi qui es tout bronzé et chaud, avec des yeux aussi profonds que la nuit et des cheveux qui me donnent l'envie d'y passer les doigts pendant que je me demande qu'est-ce que ça ferait d'avoir ces mèches soyeuses enroulées autour de ma queue.

Brantley mit sa main sur sa bouche lorsqu'il se rendit compte qu'il avait en fait prononcé ces mots à voix haute. Un vilain petit fantasme était une chose, mais le dire à voix haute, ç'en était une autre. Il rougit comme un adolescent et se détourna de Mack.

— C'est ça que tu veux vraiment ? demanda Mack. Tu as un truc pour mes cheveux ?

— Oui. Mais je ne voulais pas dire ça. C'est totalement embarrassant. Oublie ça, OK ?

Il voulait ramper sous le lit et s'y cacher pour toujours. Bon sang, peut-être que le sol s'ouvrirait pour le faire disparaître.

— Mon cœur, nous avons tous nos fantasmes. Là, tout de suite je pense à comment ce serait de glisser en toi si profondément que tu me sentirais pendant des jours, chuchota Mack juste assez fort pour que Brantley l'entende.

Cela envoya un frisson à travers lui, et ses yeux devinrent flous pendant quelques secondes.

— Mon Dieu, Mack.

— C'est bon ?

Mack lui écarta les jambes et s'installa dans l'espace vide.

— Je n'arrive pas à croire que tu aies envie de moi, souffla Brantley.

— Je ne connais pas la source de ce manque d'assurance, mais j'ai l'intention de faire de mon mieux pour l'effacer de ta mémoire, dit Mack en se rapprochant. Tu vois, tu as cette adorable petite ligne qui va de ta hanche…

Mack la suivit du doigt, et Brantley ne savait pas s'il devait glousser ou grogner.

— Je suis un geek qui passe ses journées derrière un ordinateur.

— Tu es adorable.

Brantley n'aurait jamais admis à qui que ce soit qu'être décrit comme adorable ou mignon était excitant, mais venant de Mack, ça l'était assurément. Il choisirait d'être adorable si la sensation d'être vivant et d'avoir l'impression d'être le centre de l'univers venait avec elle. Mack lui faisait certainement ressentir ça.

— Est-ce que tu t'es déjà imaginé avec un shérif de comté ? dit Mack.

— Je ne me suis imaginé avec personne depuis très longtemps, admit Brantley, et il se demanda s'il allait devoir rectifier cette image de lui-même.

Il était trop tôt pour vraiment les assembler tous les deux dans sa tête. Les choses ne fonctionnaient habituellement pas pour lui en matière de romance, et il avait peur.

— Je comprends ça.

Mack faisait des petits cercles avec son doigt autour du nombril de Brantley.

Ce dernier retint son souffle lorsque Mack se redressa lentement du lit et tendit le bras vers la table de nuit. Il ouvrit le tiroir et en sortit une bouteille et un sachet avant de le refermer d'un coup sec.

— Tu gardes toujours des préservatifs là-dedans ?

— Non. Mais je suppose que c'est le genre de choses où « l'espoir fait vivre », dit Mack en retournant son attention vers lui, utilisant rapidement ses lèvres pour lui faire oublier tout ça. J'ai envie de toi, mon cœur. Je veux être en toi, avec toi. Si c'est trop tôt, s'il te plaît dis-le-moi.

— Trop tôt ? demanda Brantley, attirant Mack dans un baiser.

C'était à son tour de prendre ses lèvres. Il ne lui était pas venu à l'esprit que Mack avait pu être blessé de la même manière que lui ou qu'il puisse y avoir une once de manque d'assurance en lui.

— Non. Ça ne l'est pas.

— On m'a dit que j'étais trop agressif… commença Mack, mais Brantley l'interrompit par un baiser exigeant.

Maintenant, ce n'était pas le moment pour les explications. Brantley comprenait l'agression. Il n'était pas devenu le manager d'un fonds spéculatif en se mettant à l'aise et en laissant les choses se passer. Il connaissait l'agression parce qu'il en avait démontré aussi, simplement concentrée d'une autre manière. Pour lui, l'agression physique – contenue et pas censée blesser, mais pour donner du plaisir – était le concept le plus sexy qu'il puisse appréhender. Donc quand Mack se prépara puis se mit en position, se pressant en lui avec une énergie contenue, Brantley croisa son regard d'acier avec le sien, identique.

— Putain… grogna Mack.

Brantley arqua le dos lorsque Mack le pénétra et glissa lentement plus profondément en lui.

L'étirement et la brûlure étaient considérables, mais s'atténuèrent rapidement. Une chaude sensation de complétude l'envahit alors qu'il voyait des étoiles et que sa peau le picotait. Elle ne dura pas longtemps, parce que la chaleur que Mack déversait était trop importante pour l'ignorer, mais il adora cette plénitude le temps qu'elle dura.

— Bon sang, gémit Brantley quand Mack s'immobilisa, comme s'il avait peur de bouger.

Lorsqu'il le fit enfin, il grogna. Ils se mouvèrent à l'unisson, lentement, délibérément. Comme Mack l'avait dit auparavant, ils avaient toute la nuit, et il semblait résolu à prendre son temps, faisant monter lentement le désir et la passion, alimentant le feu, une bûche à la fois jusqu'à ce qu'il devienne un brasier ardent, et Brantley eut peur d'être consumé entièrement.

Le temps suspendit son vol. Les heures et les minutes en dehors de leur bulle ne signifiaient rien tandis que Brantley serrait Mack contre lui, l'encourageant en avant, voulant tout ce qu'il était prêt à lui donner – jusqu'à ce qu'il ne puisse plus se retenir et crie son assouvissement contre l'épaule de Mack tandis que celui-ci le rejoignait dans la foulée.

Brantley hoqueta et se rallongea, fermant les yeux, laissant l'expérience l'imprégner. Mack se recula lentement et s'occupa du nécessaire, puis se joignit à Brantley, l'attirant près de lui. Ils étaient seuls, derrière une porte fermée, et pendant quelques secondes, Brantley put s'imaginer qu'ils étaient en sécurité et que le monde ne pouvait pas les atteindre, mais c'était, bien sûr, une illusion. Le danger qui le poursuivait réapparaîtrait, et ils devaient se tenir prêts.

V

Tard le lendemain matin, Mack partit en voiture pour rendre visite à quelques personnes. Il ignorait trop de choses et il était déterminé à obtenir des réponses. Alors qu'il roulait, il fredonnait, une chose qu'il n'avait pas faite depuis longtemps. Le bonheur était une chose géniale, mais il savait qu'il pouvait être fugace, encore plus s'il n'arrivait pas découvrir ce qui se passait. Son fredonnement mourut lorsqu'il rejoignit l'allée qu'il recherchait et qu'il s'y engagea.

— Cal, appela Mack une fois qu'il fut garé.

Il sortit de sa voiture de patrouille.

— Qu'est-ce que tu fais par ici ? Je n'ai rien fait, dit Cal rapidement alors qu'il boitait vers lui.

— Tu en es sûr ?

— Est-ce que c'est à propos de ce qui s'est passé au Relais routier de Maggie ? Van Der Veen a commencé. Je n'ai fait que me défendre.

Cal posa les mains sur ses hanches en bombant le torse pour avoir l'air menaçant. Ça ne fonctionna pas.

— Personne ne nous a rien dit, donc ce qui s'est passé a dû être réglé, dit Mack en se rapprochant. Quand vas-tu grandir ?

Il regarda autour de lui. Peut-être que Cal passait trop de temps dans les bars et pas suffisamment à la maison à s'occuper de son affaire.

— Je vais bien, prétendit-il.

— Cet endroit ne va pas bien et tu le sais. Que diable s'est-il passé ?

— Martha est partie chez sa sœur, dit Cal en se dégonflant comme un ballon. Le pire, c'est que je n'ai pas fait ce qu'elle pense que j'ai fait.

Sa voix ressemblait plus à celle d'un petit garçon blessé qu'à celle d'un homme qui lançait des sacs de quarante-cinq kilos de fourrage comme si ce n'était rien.

— Qu'est-ce qu'elle pense que tu as fait ? demanda Mack.

— Quelqu'un lui a dit que j'avais une liaison avec cet agent immobilier qui s'est fait tuer. Je n'ai jamais trompé Martha, et je sais qui lui a dit ça. Erickson essaie de pousser son tas de merde du seuil de sa porte sur le mien.

— Andy Erickson voyait Renae Montgomery ? demanda Mack, son esprit tournant rapidement.

Ça changeait tout et donnait à Erickson un mobile manifeste de meurtre.

— Oui. Je les ai vus ensemble il y a deux semaines. Ils sortaient de la ville dans son pick-up. Je me suis arrêté à côté d'eux et je l'ai vue essayer de se cacher. Mais je savais que c'était elle et Erickson avait l'air d'avoir été attrapé la main dans le pot de confiture. Marlene au *diner* les a vus ensemble aussi, et elle a dit qu'ils étaient trop proches et qu'ils riaient trop bêtement pour être là juste en tant qu'amis. Puis Erickson a dit à Martha que Renae et moi on se voyait et elle a filé chez sa sœur.

— Et tu es allé au Relais routier, tu as trop bu et tu t'es retrouvé dans une bagarre de bar ? demanda Mack en secouant la tête avant de retourner à la raison de sa venue. Je veux te parler. Où étais-tu lundi après-midi ?

— Quand cette chienne perturbatrice a été tuée ? J'étais ici à travailler. Ainsi que Art Wenzel. Il a livré les aliments pour le bétail, dit Cal en s'animant. Attends, je peux le prouver.

Il ouvrit la portière de son pick-up et farfouilla dans les papiers sur le siège passager.

— Art marque toujours l'heure de livraison sur ses reçus parce qu'il dit qu'il en a besoin pour ses dossiers. Je ne sais pas pourquoi, mais… Le voilà ! dit Cal en revenant.

Il pressa le papier dans la main de Mack et pointa du doigt l'heure écrite avec les pattes de mouche d'Art.

— On a fini de décharger le camion à seize heures, et ça a pris plus d'une heure. Art est resté pour boire du thé glacé après qu'on ait fini. Je lui ai offert une bière, mais il a dit qu'il conduisait. Tu peux vérifier avec lui, mais j'étais ici à travailler et je ne lui ai pas tiré dessus. Pourquoi je l'aurais fait ?

Mack mit le reçu dans un sac en plastique et l'étiqueta.

— Je te rendrai ça quand j'aurai terminé.

Le reçu montrait que Cal était ici, sur son ranch durant l'heure la plus probable du meurtre de Renae et bien après. Pas qu'il le suspectait de l'avoir vraiment fait, mais c'était bien de pouvoir l'éliminer officiellement, et Mack avait maintenant une autre bonne piste.

— Cal, appelle Martha et dis-lui ce qui s'est passé.

— Elle ne veut pas me parler.

— Alors, dis-lui de t'écouter. Je te suggère de nettoyer cet endroit, achète-lui quelques fleurs puis va la voir. Si tu aimes Martha, alors montre-lui.

— Mais, et si elle ne me croit pas ?

— Cal, est-ce que Renae t'avait déjà fait des avances ?

Il secoua la tête.

— Elle ne me parlait jamais sauf pour me demander l'identité de quelqu'un.

— Alors peut-être qu'il y a autre chose derrière tout ça, en dehors de Renae. Parle à Martha et découvre ce qu'il en est. Peut-être qu'elle n'est pas heureuse, et si c'est le cas, tu dois le savoir pour pouvoir arranger les choses. Tu devrais penser peut-être plus à elle qu'à aller au Relais routier tout le temps, dit Mack en tapotant Cal sur l'épaule. Elle mérite un mari à plein temps qui se soucie plus d'elle que d'une bière ou de ses potes.

Mack retourna dans sa voiture. Il recula et vit Cal se mettre au travail. Il espérait vraiment que Cal ferait quelque chose parce qu'il était impossible qu'il retrouve un jour quelqu'un d'aussi bien que Martha.

Mack quitta le ranch et passa de nouveau devant celui de Brantley, s'y engageant pour s'assurer que tout allait bien puis faisant le grand tour vers le ranch Erickson.

— Mack, dit Erickson en sortant de la maison.

— Ce n'est pas une visite de courtoisie, dit Mack laconiquement. Il faut que je te parle.

— Je suis occupé pour l'instant.

— Alors on fera ça à la dure et je t'emmènerai au poste pour interrogatoire, dit Mack, fatigué d'être pris pour un idiot. Tu m'as menti, et j'ai l'intention d'aller au fond des choses.

Il libéra son arme, prêt à s'en saisir à tout instant.

Erickson hocha la tête et marcha vers l'enclos le plus proche, et Mack le suivit, conservant une distance de sécurité entre eux.

— Pourquoi ne m'as-tu pas parlé de toi et de Renae ? Est-ce que c'était un truc d'une fois ou ça durait depuis un moment ?

— J'ai rencontré cette garce au Watering Hole une nuit quand j'avais trop bu, et j'ai fini par la baiser. C'était stupide, et elle a essayé de me faire chanter. Je lui ai dit d'y aller, j'allais le dire à Grace de toute façon, mais ensuite j'ai découvert qu'elle était morte. J'étais tellement soulagé, et j'ai supposé qu'elle avait fait à quelqu'un d'autre ce qu'elle avait essayé de me faire et qu'elle avait été tuée.

— Où étais-tu lundi après-midi ?

— Comme je te l'ai déjà dit, j'étais ici à travailler, à essayer d'amener l'eau au bétail pour qu'il ne me claque pas entre les mains, putain. Grace était à la maison, et elle sait où j'étais et que mon pick-up n'a pas bougé.

— Ça t'aurait fait une trotte, mais tu aurais pu y aller en marchant et la tuer.

— Bien. Si tu ne me crois pas, alors tu peux vérifier mes armes. Je n'ai rien à cacher. Elle ne méritait pas de nous poser tous ces problèmes, dit Erickson.

Mack eut envie de le gifler.

— C'était une personne comme tout le monde, et elle appréciait peut-être de s'amuser, mais elle ne méritait pas de mourir pour ça plus que toi. Peut-être qu'on devrait demander son opinion à Grace ?

Les secrets de ces gens étaient un ramassis de conneries – trop de secrets.

— Non. Je vais chercher les flingues.

Erickson rentra, et Mack se contracta, prêt à tout instant à le neutraliser. Andy ressortit, portant un fusil à canon long et un fusil de chasse, tous deux dans leur étui. Il les tendit à Mack, qui regarda à l'intérieur et les vérifia.

— C'est tout ?

— Oui, Grace déteste ça et ne me laisse garder que ces deux-là pour la chasse. Et ils doivent être enfermés. Elle a mortellement peur que notre garçon y mette le nez. Tu es au courant de ce qui est arrivé à son frère ?

— Une tragédie.

Mack comprenait. Le frère de Grace s'était tué quand il avait huit ans, en jouant avec une des armes de leur père. Cela avait été la leçon suprême en matière de règles de sécurité des armes à feu pour le comté entier.

— Il était dans ma classe, continua-t-il.

Mack rendit le fusil de chasse à Andy. Il était du mauvais type et calibre. L'autre, il le mit dans son coffre.

— Je vais vérifier ça, et il vaudrait mieux que ça ne corresponde pas. Et si tu décides de faire un voyage, je te poursuivrai.

Les preuves qu'il avait étaient circonstancielles, mais elles s'accumulaient.

— Je ne l'ai pas tuée, ni elle ni personne, répéta Andy vivement. Je sais que j'ai du tempérament, mais je ne me promène pas en tuant des gens.

— Espérons que non, rétorqua Mack, voulant qu'Andy reste un peu déstabilisé. Je garde le contact.

Il retourna à sa voiture et sortit de l'allée, retournant vers la ville. Il faudrait qu'il teste cette arme au tir pour voir si les balles étaient proches de celles qu'ils avaient récupérées. Ce n'était pas aussi exact que s'il avait son propre laboratoire scientifique, mais s'il le faisait lui-même, ça ne prendrait pas des semaines non plus.

D'une certaine manière, il avait l'impression de se rapprocher. Même si Andy s'avérait être innocent, il aurait éliminé un suspect de plus et pourrait passer à autre chose. C'était une des parties dans le travail de police dans laquelle il aimait penser être le meilleur – il était obstiné. Il y allait par étapes et ne cherchait pas la réponse facile ni ne s'attendait à ce que ça lui tombe simplement tout cuit dans le bec. Résoudre des affaires requerrait de la détermination, et c'était une chose qu'il avait en quantité.

De retour chez lui, il se gara dans l'allée et se précipita à l'intérieur. Son père était à son poste habituel devant la télévision, à faire la sieste, et Brantley était assis sur le sofa avec son ordinateur sur les genoux.

— Quelqu'un sourit. Est-ce que ça veut dire que tu as trouvé quelque chose ? demanda Brantley.

Mack se rapprocha, inspirant profondément juste pour prendre une bonne bouffée de l'odeur animale de Brantley. Après la nuit précédente, il lui avait été difficile de se concentrer. Son esprit ne cessait de retourner à Brantley, à ses yeux intenses et son sourire chaleureux. Sans parler des autres parties de lui qu'il devait éloigner de son esprit de peur de se rendre complètement ridicule.

— Oui. En tout cas, je l'espère. Cette affaire s'avère avoir plus de développements que je m'y attendais, dit-il en s'asseyant près de Brantley. Andy a eu une brève liaison avec Renae. C'est ce qu'il cachait. Il dit qu'il ne l'a pas tuée et que sa femme peut confirmer au moins une partie de son histoire.

— Est-ce qu'elle est au courant ?

— Andy dit que non, et c'est à lui de lui dire. J'ai tendance à le croire, mais je vais continuer à creuser davantage.

— Et pour mon autre voisin ?

— Il semble qu'Andy ait essayé de le jeter aux fauves, et je dois vérifier son alibi, mais je ne pense pas que ce soit lui non plus.

— Donc nous sommes de retour à la case départ.

— Peut-être. Si Renae a eu une brève liaison avec Andy, je me demande avec qui d'autre elle batifolait. Je vais vérifier son carnet de rendez-vous.

86

Mack marqua une pause. Il y avait autre chose qu'il voulait dire à Brantley.

— William Turner, le vagabond que nous avons récupéré et qui traversait tes terres, s'est avéré n'être qu'un homme qui est dans une mauvaise passe. Nous l'avons mis en contact avec une des églises locales, et ils le prennent sous leur aile pour essayer de le remettre sur pieds.

Cela lui obtint un sourire.

— Bien.

Brantley regarda son écran puis revint à lui.

— Tu veux de l'aide ? demanda-t-il, écartant son ordinateur. Ça me fatigue tellement de rester ici tout le temps. Pas que Lew ne soit pas de bonne compagnie.

Son père ronfla encore plus fort, comme pour prouver l'opinion de Brantley.

— OK. C'est toi qui dit aimer les puzzles, donc peut-être que tu pourras comprendre quelque chose à son carnet de rendez-vous. Elle semblait avoir un code qu'elle utilisait pour certaines des données.

— OK.

Brantley ferma son ordinateur et le remit dans son sac. Il récupéra aussi le cordon.

— Dis à ton père où nous allons, puis allons-y.

Il se dirigeait déjà vers la porte.

Mack émit un petit rire pour lui-même. Brantley devait s'ennuyer. Mack détestait réveiller son père, mais le fit quand même et expliqua où ils allaient. Son père hocha la tête et les encouragea à partir d'un signe de la main. Il était déjà à moitié reparti à ronfler quand Mack verrouilla la porte et ils prirent la route du poste.

Le poste était silencieux puisque les adjoints en service étaient sortis patrouiller. Le bâtiment avait été construit environ cinquante ans auparavant, et c'était visible. La plupart des bureaux étaient d'un vieux métal gris des années soixante, mais ils étaient utilisables et le budget ne permettait pas de remplacements. Mack aimait plaisanter en disant que s'ils les gardaient plus longtemps, ce serait des antiquités et qu'il pourrait les vendre pour acheter les remplacements.

— Assieds-toi, et je vais chercher le carnet de rendez-vous.

Mack alla dans le casier des preuves et en sortit le carnet à couverture en cuir rouge et revint au bureau. Brantley avait déjà installé son ordinateur, et Mack l'aida à se connecter à Internet.

— OK. Certaines des données sont plutôt claires, avec des noms, des adresses, et des heures. J'en ai déduit que c'était des visites, car j'ai pu les faire correspondre à des ventes récentes. Mais il y en a d'autres qui ne sont que des initiales. Je pensais que c'était les hommes qu'elle fréquentait, mais je n'en suis pas si sûr maintenant.

Brantley jeta un coup d'œil et parcourut certaines des pages.

— Peut-être que les noms des hommes n'avaient pas d'importance, suggéra-t-il. Si Renae cherchait à prendre du bon temps, peut-être que les gars n'étaient qu'un tableau de chasse. Alors peut-être que c'était certaines caractéristiques qui lui plaisaient.

Il commença à feuilleter le carnet.

— Est-ce que vous avez retrouvé son téléphone ?

— Non. Mais j'ai eu les relevés. Elle faisait beaucoup de textos, mais je n'ai pas les messages.

— Humm, fit Brantley en parcourant le carnet page par page. Ça pourrait être quelque chose qui n'avait de signification que pour elle, et si c'est le cas, on pourrait ne jamais le comprendre. Mais il y a un schéma. Tu vois, il y a seulement ces données les mercredis et les samedis. Est-ce qu'elle sortait ces soirs-là ?

— Je n'avais pas remarqué ça, dit Mack.

Il se demanda si une fois qu'il aurait mis Andy hors de cause, il pourrait lui demander quand ils avaient eu exactement leur rendez-vous galant. Il aurait dû récupérer cette information quand il lui avait parlé.

— Je pense que certains de ces trucs sont sa version des abréviations des textos. Elle ne s'était jamais attendue à ce que quelqu'un d'autre voie ça.

— Alors, quoi, ce sont des données de conquêtes ? demanda Mack.

— Pourquoi pas ? De ce que j'ai entendu, Renae était une cougar, et elle était partante pour une petite aventure sexuelle. Elle était séduisante et semblait être une femme forte et indépendante. Si elle voulait de la compagnie masculine, pourquoi n'aurait-elle pas dû l'avoir ? Si les rôles étaient inversés, on dirait que le gars est un étalon.

— Donc, que signifie T.A.L. ?

— Ça pourrait être quelque chose d'aussi simple que Tigre au Lit. Je ne sais pas, dit Brantley en continuant à examiner le carnet. En voilà un : P.M. J'aime bien Poisson Mort pour celui-là.

Il émit un petit rire.

— Malheureusement je ne sais pas vraiment, continua-t-il. Ce ne sont pas des abréviations de texto usuelles. Donc c'est quelque chose qu'elle a inventé. Ce n'est pas comme si elle avait mis un codex là-dedans.

— Pourquoi est-ce que rien dans cette affaire n'a de sens ? Les trois personnes pour qui tes terres seraient les plus précieuses ne semblent pas être celles qui essaient de te faire fuir, observa Mack. Et la victime nous dit très peu de choses. J'aimerais qu'on ait son téléphone. Il pourrait y avoir quelque chose d'important dedans.

— À moins qu'il ne soit verrouillé, alors on devrait le forcer.

Mack roula des yeux.

— OK, dit Brantley en écartant l'agenda. Ça ne nous mène nulle part. Nous avons présumé qu'on voulait me faire fuir à cause de l'eau sur mes terres. Mais, et si ce n'était pas le cas ? Et s'il y avait autre chose ?

— Comme quoi ?

— Je ne sais pas, dit Brantley.

Mack grogna.

— Je vais vérifier ces derniers alibis et examiner cette arme. Je dois aussi appeler la femme d'Andy pour confirmer le nombre d'armes qu'il a.

Il se leva et alla vers son bureau. Toute cette affaire lui donnait mal à la tête.

— As-tu une carte des parcelles de terrain de la région ?

— Bien sûr, dit Mack. Gloria peut aller te la chercher. Elle peut mettre la main sur tout et n'importe quoi.

— Merci.

Brantley se dirigea au bureau du Central où elle était assise, et Mack se mit au travail pour passer ses appels. Il entra en contact avec Grace Erickson, et elle confirma que son mari n'avait que deux armes à feu.

— De quoi s'agit-il, Mack ?

— Je n'ignore juste aucune piste.

Il essaya de la rassurer puis raccrocha. Il put confirmer la livraison d'aliments de Cal, et ça le laissa pratiquement les mains vides. La liste des suspects ne cessait de se réduire, et Mack n'était pas sûr d'où aller maintenant. L'agenda de Renae n'avait rien apporté du tout et restait tout aussi mystérieux que lorsqu'il l'avait trouvé. Après avoir passé son dernier appel, Mack raccrocha et fixa son mur de notes, espérant vraiment que quelque chose lui saute aux yeux.

— Mack, dit Brantley après avoir frappé sur le chambranle de sa porte. Tu peux jeter un œil à quelque chose pour moi ?

89

— Bien sûr.

Il pédalait dans la semoule.

Brantley posa la carte des parcelles sur son bureau.

— Regarde ça. La source naît ici, pile sur le bord Ouest de ma propriété, puis coule vers l'Est. Elle est assez conséquente, et j'imagine qu'au printemps, il y a un beau torrent qui s'y déverse.

— Oui, en effet. Parfois ça déborde, quand il y a une grosse accumulation de neige et qu'elle fond rapidement. Cette rivière gère le drainage pour toutes les terres en aval. Pourquoi ?

— Regarde les courbes. Elle s'écoule ici et fait une courbe radicale avant de quitter mes terres et fait un bref passage sur celles d'Erickson. Puis elle coule essentiellement tout droit très longtemps, au moins jusqu'au bout de cette carte de parcelles.

— Très bien. Mais je ne suis pas sûr de savoir où tu veux en venir.

— Je ne suis sûr de rien. Mais s'il n'en a pas après l'eau elle-même, c'est peut-être ce qui est dedans ? demanda Brantley en dansant d'un pied sur l'autre. Et si le ruisseau avait dévoilé ou rapporté quelque chose de plus profond de la terre que quelqu'un convoite.

Mack se rapprocha.

— Tu veux dire, genre, de l'or ?

— Peut-être. Le truc, c'est que s'il y a des minéraux dans le lit de la rivière, ils apparaîtront juste là, à l'intérieur de cette courbe. C'est là que les sédiments seraient déposés, et tout ce qui est lourd serait soulevé de l'aquifère et serait retenu juste là parce que l'eau perd de la force et laisse tomber ce qu'elle transporte.

— Donc tu dis que tu veux aller là-bas et creuser ? demanda Mack d'un air sceptique.

— Bien sûr, pourquoi pas ?

— Parce qu'il pourrait ne rien y avoir.

— Ou ça pourrait être la clé de tout. Et si quelqu'un avait découvert quelque chose là-bas ? Peut-être qu'il n'avait pas l'argent pour acheter les terres avant que je m'en empare. Mais si l'on me fait fuir, les gens pourraient y réfléchir à deux fois avant de me l'acheter, et peut-être qu'il pourrait avoir le ranch pour trois fois rien, ainsi ce qui est là-bas lui tendrait les bras. Nous avons éliminé les gens qui seraient les plus susceptibles de vouloir les terres pour l'eau. Donc ça vaut la peine d'essayer de voir si quelqu'un pourrait les vouloir pour une autre raison.

— Si tu le penses. Je suis prêt à y aller avec toi et y jeter un coup d'œil.

Bon sang, quel mal cela ferait-il ? Même s'il n'y croyait pas. Dans cette sécheresse, l'eau était la marchandise la plus précieuse qui existait, et s'il ne pleuvait pas bientôt, même les sources commenceraient à s'assécher.

— On pourra y jeter un œil demain.

— OK, dit Brantley avant de prendre la carte des parcelles. Je vais m'éclipser.

— Ça va. De toute façon, je pédale dans la semoule.

— Je sais que tu penses que c'est une chasse au dahu, dit Brantley. Et tu n'as pas à aller avec moi. Je peux faire ça tout seul.

Mack plissa les yeux.

— Sûrement pas, dit-il en se levant et en renversant presque sa chaise. Tu t'es déjà fait tirer dessus, et je suis presque certain que tu as été observé et suivi. Si tu penses que je vais te laisser aller là-bas tout seul sans aucun renfort, tu es fou. Je ne suis pas particulièrement partant pour y aller, mais il n'est pas question que tu y ailles seul. Je me demande s'il y a une armée quelque part que je peux engager.

— Mack… je…

Brantley avait l'air décontenancé par l'instinct de protection de Mack.

— Je n'aime pas particulièrement ça, mais ça pourrait valoir la peine d'y jeter un œil. Il doit y avoir une raison à tout ça, et comme tu l'as dit, nous avons essentiellement éliminé la théorie des droits sur l'eau. Et tu as aidé Erickson de toute manière. Il se passe un truc sur lequel nous ignorons trop de choses, alors nous pouvons aller voir s'il y a quoi que ce soit là-bas.

— OK. Je vais regarder ça et voir ce qu'on a trouvé dans la région par le passé. Peut-être que ça pourra nous donner un indice.

Brantley se retourna pour quitter le bureau, mais Mack l'arrêta de ses deux mains posées sur ses épaules, puis il lui fit faire volte-face et l'embrassa d'une manière possessive, prenant ce qu'il voulait.

— Je ne laisserai rien t'arriver.

Brantley frissonna lorsque Mack approfondit son baiser, l'enveloppant dans ses bras. Mack le repoussa jusqu'à ce qu'il atteigne le mur et il étouffa un sourire alors qu'une partie de son poids se pressait contre Brantley. C'était grisant de savoir qu'il pouvait faire céder les genoux de Brantley d'un baiser. Des pas résonnèrent sur le sol et quelqu'un passa près du bureau, mais il l'ignora et Brantley également. Mack était trop résolu à lui faire perdre le souffle en l'embrassant pour s'arrêter maintenant.

91

Une fois que Mack recula, Brantley cligna des yeux plusieurs fois comme si son cerveau essayait de s'assurer que cela avait été réel. Les picotements sur les lèvres de Mack renforcèrent le fait qu'il venait d'embrasser Brantley intensément, d'une manière possessive et il en était sacrément fier.

— Mack… souffla Brantley.

Mack ne s'éloigna pas, le fixant intensément dans les yeux.

— Il faut que je sache. Est-ce qu'hier soir c'était juste du sexe pour toi ?

Brantley secoua la tête.

— Bien. Bien, putain. Parce que ça ne l'était pas pour moi non plus. Donc si on va là-bas, tu le feras à ma façon et sans discuter. J'ai dit que je ferais de mon mieux pour te garder en sécurité, et tu ferais sacrément bien de faire ta part du boulot.

— Pourquoi agis-tu comme un ours avec une épine dans la patte ? demanda Brantley.

— Parce que je ne veux pas perdre ce que je viens juste de trouver, répondit Mack avant de reculer davantage, lâchant les épaules de Brantley qu'il avait retenues contre le mur.

— Quand y allons-nous ?

— Demain, lui rappela Mack. S'il y a quelque chose là-bas, il faut qu'on le sache, et s'il n'y a rien, alors on sera de retour à la case départ.

VI

BRANTLEY ÉTAIT encore un peu confus quand Mack le reconduisit chez lui.

— Tu retournes au travail ?

— Non. Je ne peux regarder le même fichu truc que pendant un certain temps, et je ne vais rien en obtenir d'autre, grogna-t-il. Je déteste que ce gars ait toujours un coup d'avance sur nous.

Les articulations de Mack devinrent blanches tant il serrait le volant.

— Calme-toi. Ce type va commettre une erreur, et alors tu l'attraperas. C'est aussi simple que ça.

— Oui. Mais et si quelqu'un d'autre se fait tuer avant qu'il le fasse ? Et si c'est toi ?

Mack lui lança un coup d'œil après s'être arrêté à un stop.

— Il veut quelque chose de moi, expliqua Brantley. Je le sens dans mes tripes. Il me veut en vie pour une certaine raison. Mais il ne veut pas non plus nous dire pourquoi.

— Ce qui t'amène à penser qu'il y a autre chose que ce que nous pensions à propos de tes terres ? Et s'il essayait de t'affaiblir pour obtenir de l'argent ?

— Non, dit Brantley, en se tournant légèrement sur son siège pour mieux voir Mack. Ce type est concentré sur son objectif. Tu pensais qu'il avait de l'entraînement, et je pense que tu as raison. Il a aussi un certain niveau de discipline. Il veut assurément quelque chose, et ça a à voir avec moi, donc il me veut vivant.

Il en était presque certain, tout comme il était convaincu que le shérif qui s'intéressait à lui et lui offrait une protection supplémentaire n'avait pas figuré dans la stratégie de ce type.

— Il a pensé que ce serait facile de me faire fuir, termina-t-il.

— Donc il ne te connaît pas très bien.

Brantley hocha la tête.

— Non, et je pense que ça pourrait être un autre indice, même s'il n'y a pas tant de gens que ça en ville qui me connaissent, donc ça ne le rend pas particulièrement instructif.

93

Mack traversa l'intersection et roula pendant le reste du chemin jusque chez lui en silence.

— Quelque chose ne va pas. Je ne laisse jamais la porte latérale ouverte, dit-il en entrant dans l'allée.

Il sortit de la voiture et passa en mode flic. Cela aurait été sexy si les oreilles de Brantley ne bourdonnaient pas sous l'afflux de sang qui le traversait.

— Reste baissé et hors de vue, dit Mack, mais Brantley l'ignora, le suivant immédiatement.

— Plutôt crever que de laisser quelqu'un me prendre par surprise, siffla Brantley et il resta près de lui.

Mack scanna le garage, arme à la main, prêt à faire feu. Personne n'apparut ou ne commença à tirer, et ils traversèrent prudemment le garage jusqu'à la porte de la maison. Elle était ouverte, le montant fendu en éclats. Mack continua à avancer, et Brantley s'attendait toujours à ce que quelqu'un surgisse et commence à tirer à tout instant. Aucun chien ne se précipita vers eux, et ça en soi, c'était mauvais signe. La meute les accueillait toujours quand ils entraient dans la maison.

— Papa, grinça Mack entre ses dents, et Brantley étouffa un hoquet.

S'il arrivait quoi que ce soit à Lew à cause de lui, il ne pourrait jamais se le pardonner. Mack ouvrit davantage la porte et avança prudemment à l'intérieur. La cuisine avait l'air normale.

— Mack ! appela Lew.

— C'est moi, répondit Mack. Tu es blessé ?

— Non, lança Lew alors qu'ils continuaient à traverser la maison. Je suis dans la salle de bain.

— Reste là, dit Mack à Brantley. Je veux vérifier le reste de la maison.

Il s'éloigna rapidement, et Brantley écouta chaque porte s'ouvrir et se refermer.

— C'est dégagé, dit Mack finalement, et Brantley le rejoignit à la porte de la salle de bain.

Lew était assis sur le sol, le dos contre la baignoire, son fauteuil renversé sur le côté. Un pistolet reposait sur ses genoux.

— Tu aides Papa. Je vais vérifier derrière, dit Mack avant de s'éloigner.

— Vous emportez toujours une arme dans la salle de bain avec vous ? demanda Brantley en redressant le fauteuil sur ses roues.

— Avec toute l'agitation qui se passe, j'ai pris l'habitude d'en porter une quand je suis seul. Si des gens te tirent dessus et coupent les freins de mon fils, j'ai bien l'intention de pouvoir me défendre.

Brantley souleva Lew et le remit dans son fauteuil.

— Que s'est-il passé ?

— J'arrivais ici quand j'ai entendu quelqu'un enfoncer la porte. Je me suis enfermé, et quand je l'ai entendu approcher, j'ai dit que j'avais une arme et que je lui ferais sauter la cervelle à la première occasion. Je m'attendais à ce que le connard tire à travers la porte ou quelque chose comme ça, mais après un moment, j'ai à nouveau entendu des bruits de pas puis le silence jusqu'à ce que vous rentriez. Bien sûr, j'étais coincé sur le sol parce que j'étais tellement pressé que j'ai renversé le satané fauteuil.

— Qu'est-ce que vous croyez qu'il voulait ? demanda Brantley, alors que les chiens se précipitaient à l'intérieur.

— Ils étaient derrière et ne sont pas blessés, dit Mack en entrant dans la salle de bain.

Les chiens eurent droit à de l'attention et à du réconfort avant de ressortir tranquillement, probablement pour vérifier le contenu de leurs bols.

— Je pense que c'est moi qu'il voulait. Ce connard a vu un gars dans un fauteuil roulant et a pensé que j'étais une cible facile. Il m'aurait probablement kidnappé pour obtenir ce qu'il veut.

— Peut-être que c'est une autre de ses tactiques pour faire peur, dit Brantley. Ou il devient plus désespéré et il est dans l'escalade pour essayer d'accroître la pression.

Il s'appuya sur la table de toilette pour s'empêcher de tomber.

— Non pas que cela ait d'importance. Tout ça, c'est à cause de moi, il est entré ici et aurait pu blesser Lew par ma faute, continua-t-il en se tournant vers Mack. Je ne peux pas le supporter. S'il veut le ranch et ce qui s'y trouve, il peut l'avoir. Je quitterai la ville, et il pourra prendre ce qu'il veut. Si c'est de l'eau, de l'or, des minéraux, peu importe, il peut l'avoir.

Le bras de Brantley trembla.

— Je suis venu ici pour essayer de construire une nouvelle vie, avec la paix et le calme, quelque chose de plus proche de la terre et loin des politiques et des médisances de la ville.

— Brantley, dit Mack. Je vais trouver ce gars.

— Tu ferais mieux de le croire, ajouta Lew, en frappant du poing sur l'accoudoir de son fauteuil. C'est un endroit où il fait bon vivre, et les gens d'ici sont meilleurs que ça.

— Vraiment ? J'ai été insulté par deux de mes voisins, et en dehors de vous, Mack et Julie, pas une seule personne n'a été un minimum amicale. Je comprends New York. Oui, je ne peux pas faire ce que je faisais avant, mais qui s'en soucie. Je peux retourner à ce que je connais. Au moins là-bas, je sais d'où viennent les couteaux, et ils n'ont pas tendance à en utiliser des vrais.

Il se retourna et quitta la salle de bain, allant dans la chambre d'amis qu'il utilisait. Il s'assit au bord du lit, tremblant. Brantley s'attendait à moitié à ce que Mack entre pour essayer de l'en dissuader. Mais personne ne se joignit à lui, pas avant un bon moment.

— C'est ce que tu veux vraiment faire ? demanda Mack, après avoir frappé sur le chambranle. J'ai un ami qui fait de la menuiserie… il va réparer la porte. Et j'ai vérifié toute la maison. En dehors de ça, on n'aurait jamais su que quelqu'un était venu là.

— Donc, dit Brantley en levant les yeux de ses chaussures. Je dois m'en aller.

— Non, tu ne dois pas, riposta Mack. Tu es plus fort que ça, et tu ne peux pas le laisser gagner.

— C'est tout ? demanda Brantley. Je devrais rester à cause d'une affaire d'ego masculin sur une question de victoire.

— Non ! dit Mack plus fort. Tu devrais rester parce que tu me plais et que je veux apprendre à te connaître. Je pensais que je serais seul et puis je t'ai trouvé… avec un cadavre, c'est un comble. À quel point est-ce romantique ?

Il leva les bras au ciel.

— Je voulais dire que j'ai trouvé quelqu'un à qui je tiens avec un cadavre. Ce doit être une des choses les plus improbables de l'histoire du monde. Mais c'est le cas, et tu as apporté du soleil dans ma vie.

— C'est un vrai casse-couille depuis des années, interrompit Lew depuis le couloir.

— Papa, j'essaie de dire à Brantley qu'il est spécial pour moi.

— Eh bien, tu t'y prends comme un manche, fiston. Dis simplement ce que tu as dans le cœur, et pas cette merde poétique. Ça ne te va pas.

Mack vibrait de rire réprimé, et Brantley dut s'empêcher de rire.

— Ton père me manquerait s'il lui arrivait quelque chose, dit Brantley.

— Moi aussi, mais… dit-il en se tournant vers la porte. Pour l'instant, je me dis que c'est un véritable casse-couille.

Un grognement bruyant émana du couloir, puis, après quelques secondes, la télévision dans le salon s'alluma.

Mack se retourna vers lui, cette fois avec chaleur et même une touche d'inquiétude dans ses yeux sombres.

— Je ne veux pas que tu partes. Je viens juste de te trouver et je ne veux plus être seul.

— Mais ton père… tu aurais pu perdre ta famille à cause de moi. Bon sang, j'aurais pu… Lew est un gars génial, et il aurait pu être blessé… dit Brantley avant de déglutir péniblement. Ou pire, purée, à cause de moi.

Il s'essuya les yeux.

— Je me suis dit que je ne voulais pas de toute cette merde, termina-t-il.

Mack se rapprocha et le serra fort contre lui, lui frottant le dos.

— Je pense qu'on pourrait avoir quelque chose de spécial, chuchota-t-il.

— Oh mon Dieu, souffla Brantley et il lui rendit son étreinte.

Il n'était pas venu ici pour trouver un homme, et pourtant même avec toute cette pagaille, voilà où il en était. Mack était fort, viril, sexy en diable, il pouvait être attentionné et même compréhensif. Mais il craignait qu'à cause de lui, Mack puisse perdre non seulement sa vie, mais son père aussi.

— Je sais. Ça m'a frappé d'un coup, dit Mack en reculant. Si nous voulons vraiment mettre fin à tout ça et être à nouveau en sécurité, alors nous devons arrêter de fuir sous la peur et essayer d'attraper ce salaud.

Il glissa sa main chaude sur la nuque de Brantley.

— Mais ça pourrait te mettre en danger, et c'est la seule chose que j'ai essayé de ne pas faire, termina-t-il.

— Tu veux dire m'utiliser comme appât d'une manière ou d'une autre ?

— Oui, c'est ce que je voulais dire, et non, je ne vais pas le faire, dit Mack avec une intensité qui envoya une chaleur à travers Brantley. Je ne sais pas encore comment nous allons faire, mais nous attraperons cet homme. Je sais que je rate quelque chose, et je dois regarder ce problème différemment, mais bon sang, ça ne cesse de m'échapper.

Il frissonna, et Brantley espéra qu'il allait bien.

— Je ne montre pas très bien ma faiblesse, continua-t-il. On s'attend à ce que je sois fort, mais j'ai presque perdu mon père aujourd'hui.

— Bien sûr que tu as peur. Ça suffirait à perturber n'importe qui.

— C'est vrai, mais je suis censé garder le contrôle. C'est mon travail de maintenir tout le monde en sécurité dans cette ville, et je n'ai même pas pu faire ça pour mon père, dans ma propre maison, dit Mack en se levant pour faire les cent pas dans la pièce. Peut-être que je devrais me joindre à toi à New York.

— Conneries.

La crise d'auto-apitoiement de Brantley semblait être arrivée à son terme.

— Si tu ne veux pas me laisser m'enfuir, alors tu ne le peux pas non plus. Si ce mec doit être attrapé, alors nous devons le faire ensemble. Comme tu l'as dit, nous ratons quelque chose, et peut-être que nous en trouverons une partie au ruisseau demain.

— Mack !

— J'arrive tout de suite, Zeb. Je l'ai appelé afin qu'il jette un œil à la maison. Je deviens trop impliqué émotionnellement pour être impartial, et je pourrais avoir raté quelque chose.

— Alors allons voir, dit Brantley.

Mack s'était confié à lui, et Brantley supposa que c'était pour lui ce qui s'approchait le plus d'une déclaration d'amour. Pas qu'il avait été expansif dans ses sentiments, mais ça avait été agréable. Même après ce qui s'était passé, cela donnait quand même à Brantley l'impression qu'il pourrait avoir une place ici, qu'il pourrait avoir trouvé une sorte de famille.

Mack quitta la chambre et Brantley le suivit. Mack traversa la maison vers la porte de derrière avec Zeb, pendant que Brantley s'asseyait sur le bord du sofa le plus proche de Lew.

— Vous allez bien ?

— Oui. Enragé comme un lynx blessé. Ce bâtard est entré dans ma maison, notre maison, aussi hardiment qu'il le voulait. Il savait que Mack n'était pas à la maison et que j'étais seul. Il l'a crié dès qu'il a passé la porte. Mais le type ne s'attendait pas à ce que j'aie une arme. J'étais prêt à lui tirer dessus à travers la porte de la salle de bain, laisse-moi te le dire.

— Mais il ne vous a pas rejoint ?

Lew se détourna de la télévision.

— Il ne m'a pas blessé. Mais si je découvre qui c'est, je vais lui tordre son sale cou puis rouler sur ses roubignoles avec mon fauteuil, dit-il en tapant à nouveau de la main sur son fauteuil. Parfois, je déteste être dans ce truc. Si j'étais entier, j'aurais pu l'écrabouiller. Au lieu de ça, je me suis caché dans la putain de salle de bain.

98

Brantley savait que ça dérangeait Lew.

— Vous avez fait ce qu'il fallait, et si vous y réfléchissez, vous le savez aussi. Il est plus important que vous soyez là en un seul morceau que si vous l'aviez affronté et fini blessé ou pire.

Avec hésitation, il toucha la main de Lew, davantage pour attirer son attention qu'autre chose.

— Vous avez été très gentil avec moi, et je ne me le pardonnerais jamais s'il vous arrivait quelque chose.

— Je suppose que tu as raison, dit Lew sans retirer sa main.

— Mack serait perdu sans vous.

Lew secoua lentement la tête.

— Je pense que mon fils serait perdu sans toi.

Il était trop tôt pour des choses pareilles, et Brantley n'était pas certain que ce soit vrai de toute manière.

— Je n'en suis pas si sûr.

— Regarde la manière dont il te regarde. Tu fais exactement la même chose avec lui. Je le vois tout le temps. Tu dois savoir que je me moque que tu sois un homme. Mon fils est tel qu'il est. Je te l'ai dit. Donc, suis ton cœur, et peut-être qu'il fera pareil, dit Lew en soupirant un peu. Il tient de sa mère. C'était une femme cérébrale. Elle réfléchissait bien aux choses et prenait des décisions basées sur ce qu'elle pensait être juste, mais finalement, c'est son cœur qui l'a trahie. Elle avait besoin d'être avec son peuple, mais elle a ignoré ce besoin et cela lui a coûté cher. Si j'avais compris ça à ce moment-là, ça aurait peut-être changé les choses. Mais j'étais jeune et stupide.

— Brantley, appela Mack.

Il se leva.

— Fais ce que tu penses être jute pour les deux parties de toi, dit Lew.

Cela semblait très bizarre d'avoir cette conversation, et Brantley n'était pas très sûr de ce qui l'avait provoquée chez Lew. Mais c'était certainement agréable de savoir qu'ils avaient son soutien.

— Regarde ça, dit Mack lorsqu'il approcha, mais Brantley ne voyait rien. Viens par ici et regarde dans la lumière.

Brantley le rejoignit et regarda.

— C'est une empreinte de botte dans le tapis.

— Exactement. Ses pieds étaient humides, et il s'est arrêté sur le tapis avec ses énormes bottes lourdes, laissant une marque. Elle ne va probablement pas rester longtemps.

— Comment allons-nous la prendre en photo ou faire autre chose ?

— C'est ce qu'on essaie de trouver. Nous n'avons pas l'argent pour de l'équipement sophistiqué.

— Allumez le flash sur l'appareil photo. Ça va inonder la zone de lumière, dit Brantley, et Zeb fit ce qu'on lui demandait et le tendit à Brantley.

Il le prit et se mit dans la bonne position et commença à prendre des photos. Quand il eut terminé, ils les regardèrent sur l'écran.

— Celle-là est plutôt bonne, dit Zeb.

— Donc celle-là, acquiesça Mack. Peut-être qu'on pourra trouver quel genre de bottes c'est et qui a pu les acheter.

Brantley entendit l'excitation dans la voix de Mack. Peut-être que c'était la chance qu'ils avaient espérée.

— Je suppose que nous pourrons essayer de faire correspondre des pas, mais je présume que ce n'est pas comme à la télévision, où ils ont des bases de données pour ce genre de choses.

— C'est vrai. On devra faire ça à l'ancienne, dit Mack. Zeb, je veux que tu restes ici avec mon père jusqu'à ce que Brantley et moi revenions. Je vais imprimer cette photo aussi largement que je peux, puis Brantley ici présent doit aller s'acheter une véritable paire de bottes au lieu de ces trucs chics qu'il a trouvés à New York.

Brantley aurait voulu gifler Mack, mais à la place il grogna.

— J'ai vu vos bottes, vous vous souvenez ? C'est quelque chose, dit Zeb.

Bon sang, même Zeb le taquinait maintenant.

— Il n'y a rien qui ne va pas avec mes bottes. Je les ai eues dans un endroit très tendance et… merde.

Il n'allait pas gagner, et il le savait.

— Tu as besoin de véritables bottes de travail qui t'aideront à soutenir tes pieds. Pas à avoir l'air d'une gravure de mode, surtout demain. De plus, nous sommes à la recherche d'une sorte de bottes spéciale, dit Mack en ramenant les pensées de Brantley là où elles auraient dû être. Je vais à mon bureau pour imprimer ces photos, puis nous irons.

Il se tourna vers Zeb :

— J'ai contacté Frank, le menuisier que nous avons l'habitude d'appeler. Il va venir retirer l'ancien montant et le remplacer. On le mettra avec les preuves, de même que le tapis, et assure-toi que mon père reste en sécurité. Ce connard est entré chez moi par effraction, et plutôt crever qu'il recommence.

— Et s'il revient vraiment ? demanda Zeb.

— Place-le en détention provisoire ou tire-lui dessus, si nécessaire. Mais sois prudent. Ce gars a assassiné quelqu'un, et il n'hésitera pas à recommencer. Il n'a rien à perdre, dit Mack d'un ton inexpressif.

Puis il partit, marchant d'un pas lourd vers son bureau.

— Donc, commença Zeb nerveusement. Vous et le boss ?

Brantley ne savait pas vraiment quoi dire, donc il hocha simplement la tête. Il ne savait pas comment Mack catégoriserait ce qu'ils étaient, et il était plus prudent qu'il s'explique lui-même auprès de ses adjoints.

— C'est cool.

Zeb lui adressa un sourire légèrement nerveux.

— Merci.

Brantley était inquiet de ce que les gens ressentiraient à son égard, mais même une approbation peu enthousiaste n'était pas une condamnation et il la prendrait.

Mack revint avec des photos et rendit l'appareil à Zeb.

— Appelle-moi s'il se passe quoi que ce soit, dit-il en entraînant Brantley dehors vers son pick-up. Je veux y arriver avant que le magasin de détail ferme pour la nuit. Si les bottes ont été achetées en ville, c'était là. Ils ont une ligne complète d'équipement de chasse, et c'est de ça que ça a l'air pour moi.

Brantley grimpa dans la cabine, et ils avaient à peine les portières fermées que Mack se mit à rouler.

— Zeb a demandé pour nous, dit Brantley en attachant sa ceinture de sécurité. Pendant que tu imprimais les photos. Il semblait positif, si ce n'est un peu incertain. Je n'étais pas sûr de savoir ce que je pouvais dire.

— Comment ça ? Tu aurais pu lui dire ce que tu voulais.

Mack accéléra dans la rue résidentielle, ne ralentissant que lorsqu'ils rejoignirent la rue principale de la ville.

— Je ne savais pas quoi lui dire. Je ne sais pas ce que nous sommes l'un pour l'autre.

Brantley espérait que Mack lui donnerait une indication sur ce qu'ils étaient ou au moins sur ce qu'il pensait sur la manière dont les autres devraient penser à eux.

Mack fit entrer le pick-up dans le parking du magasin au détail et la gara dans un stationnement en épi.

— Tu es mon petit ami, à moins que tu ne le veuilles pas.

Brantley sourit et tapota le genou de Mack.

— OK, alors. Je peux gérer ça.

— Viens, mon cœur, dit Mack en vérifiant sa montre. Ils ferment dans une demi-heure.

Ils sortirent du pick-up et entrèrent dans le magasin. Mack semblait avoir perdu son urgence, mais Brantley supposa que c'était une ruse afin que le commerçant ne sache pas ce qu'il avait en tête.

— Hé, Greg, dit Mack en saluant le gamin derrière le comptoir. Tu es le seul à travailler ce soir ?

— Hé, Shérif, dit Greg. Oui. Papa est en haut. C'est le nouveau gars qui a acheté la maison des Richardson ?

— Oui. C'est Brantley. Il vient de New York et, eh bien, il a besoin de véritables bottes.

— Tout le monde ne cesse de se moquer des miennes, râla Brantley.

Greg lui serra la main.

— Désolé pour tous les trucs qui vous arrivent. Ce n'est pas comme ça que se passent les choses ici habituellement.

Brantley le remercia.

— Donc tu ne fais pas partie de ceux qui pensent que j'ai tué Renae, dit-il d'un ton inexpressif.

— Vous ne seriez pas dehors avec le shérif si c'était le cas. De plus, il n'y a pas beaucoup de gens en ville qui faisaient grand cas de Renae. Elle était toujours gentille quand elle venait ici, mais la plupart des gens ne l'appréciaient pas, surtout les femmes, dit Greg avant de verrouiller la caisse enregistreuse et de faire le tour du comptoir. Les bottes sont par là.

Il ouvrit la voie vers un côté du magasin.

— Je n'ai pas toutes les tailles ici, donc s'il y a quelque chose qui vous plaît, faites-le moi savoir, et je pourrai aller chercher votre taille.

— Merci, Greg, dit Brantley pendant que Mack commençait à les regarder.

Une fois que Greg fut de retour à son poste, Mack sortit les photos qu'il avait placées dans sa poche intérieure et en tendit une à Brantley.

— Je suis censé fermer dans vingt minutes, mais prenez votre temps, lança Greg.

— J'apprécie, lança Mack en réponse et il continua à les examiner.

Il n'y avait pas tellement de modèles de bottes différentes, et ils passèrent rapidement en revue ce qui était en rayon, sans succès.

— Merde, jura Mack doucement. J'espérais qu'on aurait une piste avec ça.

— Est-ce que les choses sont parfois aussi faciles ? demanda Brantley.

— Pas dans cette affaire, à l'évidence.

Mack rangea la photo et souffla entre ses lèvres. Il se retourna pour partir, et Brantley jeta un dernier coup d'œil à l'étalage.

— Greg, c'est quoi celles-là ? demanda-t-il, en pointant du doigt une paire de bottes non déballées en haut de l'étalage.

— On a reçu quelques-unes de celles-là par erreur. Papa était vraiment énervé. Elles sont super chères, et elles sont là depuis un moment.

— Elles me plaisent, dit Brantley.

Greg prit un marchepied pour les descendre. Brantley attrapa la paire et les examina de la même manière qu'un acheteur l'aurait fait avant de les retourner.

— Qu'en penses-tu, Mack ?

Il attira le regard de Mack pendant quelques secondes, oubliant les bottes jusqu'à ce qu'il les lui prenne.

— Elles me plaisent vraiment. Elles sont très bien faites, et le cuir est vraiment bien, dit Mack.

— Nous les avons depuis deux ans, et nous n'en avons vendu que quelques paires. Je peux vous faire un bon prix si vous les voulez, dit Greg joyeusement. Quelle taille faites-vous ?

— Quarante-cinq, dit Brantley, et Greg s'éloigna hâtivement. On dirait que ce sont ces bottes-là.

— Oui, et il ne peut pas y avoir beaucoup de gens qui sont prêts à dépenser cinq cents dollars sur une seule paire de bottes, dit Mack.

Brantley hocha la tête en signe d'acquiescement.

— Je n'ai pas de quarante-cinq, mais elles sont coupées différemment, donc j'ai apporté un quarante-quatre et un quarante-sept. Habituellement, les bottes chaussent un peu plus grand.

Greg tendit les boîtes à Brantley, qui retira ses baskets et les essaya.

Le quarante-quatre lui allait parfaitement.

— Je vais prendre celles-là, dit-il à Greg joyeusement, puis il retira les bottes et remit ses baskets.

Greg les emmena au comptoir, et Brantley lui tendit sa carte de crédit.

— Peu de gens portent des bottes comme ça, hein ? dit Brantley pendant qu'il attendait que Greg conclue la vente.

— Oui. Je pense que M. Winters en a acheté une paire. Il est véto et a vraiment besoin de bonnes bottes. Il a aussi des problèmes aux pieds, et ce sont des bottes faites pour ça. Papa en a vendu quelques paires il y a un moment, mais c'est à peu près tout.

— Tu sais à qui il les a vendues ? demanda Mack.

— Non. Elles sont là depuis un moment. C'est important ?

Mack hocha la tête.

— J'en ai peur.

Greg termina la vente, et pendant que Brantley signait le ticket, Greg sortit son téléphone.

— Hé, Papa, le shérif est là, et il veut te parler. J'ai vendu une paire de ces bottes Lucchese, et il veut savoir qui d'autre en a acheté. Je vais te le passer.

Il tendit le téléphone à Mack, qui écouta quelques minutes avant de lui rendre le téléphone.

— Il ne se souvient pas. Mais il a dit qu'il passerait les dossiers au crible. Il sait qu'il en a vendu une paire à M. Richardson, mais ça ne nous aide pas.

— Est-ce que ça a un rapport avec le meurtre de Renae ? demanda Greg.

— Je ne peux pas répondre à cette question, mais merci pour ta coopération. Et pour ta sécurité, j'apprécierais vraiment si tu gardais notre conversation pour toi.

Brantley supposa que Mack était un peu plus dur que nécessaire pour empêcher que son intérêt sur les bottes n'intègre les rumeurs.

— Merci pour ton aide, dit Brantley en faisant glisser du comptoir la boîte avec ses nouvelles bottes.

— Merci à vous, et vous pouvez compter sur moi.

Greg les accompagna à la porte et les fit sortir. Il verrouilla derrière eux, et Brantley se pressa de rejoindre le pick-up et d'y grimper.

— Je déteste être à découvert dehors, dit-il dès qu'ils furent dans le véhicule, ses bottes sur la banquette à côté de lui. Je ne cesse de me demander si l'on m'observe. Il y a eu des fois où je pouvais sentir des yeux sur moi, mais je ne voyais personne. Mais les poils sur ma nuque se redressent, et je sais qu'il y a quelqu'un.

— Tu l'as senti à l'instant ? demanda Mack. N'ignore jamais ces impressions. Ce sont des vestiges de lorsque nous étions plus primitifs et avions besoin d'elles pour survivre au cas où nous étions poursuivis par des prédateurs ou des chasseurs.

— Pas cette fois. Mais c'est arrivé en ville. Pas avant les coups de feu au *diner*. Mais au ranch, ce qui m'énerve. Je ne me sens pas en sécurité chez moi.

— Ça viendra. Nous nous rapprochons, et ce gars le sent. Si on nous surveille, alors il sait que nous avons parlé aux voisins et que nous devons être en train d'éliminer des possibilités. Il sait que nous allons nous rapprocher de lui. Et peut-être qu'avec l'entrée par effraction, il pense que nous sommes plus proches que nous ne le sommes vraiment.

Mack roula plus lentement sur le chemin du retour qu'il ne l'avait fait à l'aller.

— Ce que je ne comprends pas, c'est pourquoi ce gars ne part pas tout simplement ? Il tire sur des gens et dans leur direction. Dans l'ensemble, la ville le recherche. Ce n'est pas juste toi et moi. Il a effrayé beaucoup de monde avec ce tir par la fenêtre, et ils ont le droit d'être en colère. Pourquoi rester ?

Mack s'arrêta.

— Parce qu'il veut quelque chose.

— Oui. Mais il doit savoir maintenant qu'il ne va pas l'avoir. Je ne vais pas m'enfuir de peur. Ça ne va pas arriver. Cette ville est mon nouveau foyer, et il est hors de question que je l'abandonne à cause d'un zigoto avec un flingue.

Brantley serra les poings alors que la fierté et le courage prenaient le contrôle. Il n'allait pas fuir comme un enfant.

— J'en suis content, dit Mack en lui lançant un sourire, puis il repartit. Ça me plaît que tu veuilles rester. Y a-t-il une raison particulière ?

Il avait soudain une trace de doute dans la voix.

— J'aime bien être ici. L'espace est dégagé, et alors que j'apprends à connaître les gens, ils semblent bons et pas tout à fait ce que je pensais au début. Je ne m'attendais pas exactement à ça, dit Brantley avec un sourire suffisant. Et il y a un certain shérif qui est intervenu pour aider à me garder en sécurité et qui devient important pour moi.

Il s'enfonça dans son siège, restant recroquevillé.

Ils entrèrent dans l'allée de Mack puis dans le garage. Les lumières étaient allumées et il y avait un menuisier qui réparait la porte arrière.

— Frank, dit Mack joyeusement. J'apprécie que tu sois venu aussi vite.

— Pas de problème du tout, dit-il en posant son mètre ruban. Quelqu'un a des couilles pour entrer chez toi par effraction. Qu'est-ce qui se passe ?

— On essaie encore de le découvrir, mais je crois que c'est la campagne de terreur de quelqu'un. Je ne sais pas si on le saura avant d'attraper ce gars. Mais je le ferai.

Mack laissa Frank terminer son travail et entra.

Zeb était assis avec Lew.

— Ça a été calme, dit Zeb en posant un mug sur la table avant de se lever. Je vais aller faire le point au poste puis rentrer chez moi.

— Merci pour tout, dit Mack.

— Vous avez trouvé ce dont vous aviez besoin ? demanda Zeb.

— D'une certaine manière, dit Mack alors que Brantley posait sa boîte de bottes sur le sofa et l'ouvrait. Notre suspect d'effraction portait les mêmes que celles-là.

Il les retourna et tendit une photo à Zeb.

— Au magasin, Greg a dit qu'ils n'avaient pas vendu beaucoup de paires. Richardson en a une, mais ça ne nous aide pas. Ils ont dit qu'ils en avaient vendu quelques autres paires il y a un moment déjà, mais ne peuvent pas se rappeler qui les a achetées. Ils vont essayer de le découvrir, mais je ne pense pas qu'ils arriveront à quoi que ce soit.

— Denny Beltz, dit Zeb, retournant les bottes dans ses mains. Il en a une paire. Je me rappelle les avoir vues.

— Le mari de Julie ? demanda Brantley, se rappelant avoir entendu son nom lors de sa première visite. Il est parti chez les Réservistes jusqu'à la fin de la semaine.

Cela ne les aidait certainement pas.

— Donc ça ne nous laisse pas grand-chose, termina-t-il.

— Il doit y avoir encore quelqu'un d'autre qui en a une paire, dit Mack d'une voix clairement exaspérée.

— Je vais me retirer et vous reverrai demain matin, dit Zeb, et Mack le raccompagna.

Une fois qu'il fut parti, Mack appela le poste pour faire le point, et Brantley s'installa dans le salon.

Frank termina son travail, et Mack s'occupa de lui et éteignit les lumières extérieures avant de les rejoindre à nouveau. Il était clair qu'il était tout aussi fébrile que Brantley. Ils s'assirent sur le sofa, la jambe de Brantley rebondissant. Il était sacrément nerveux.

— Je vais au lit, dit Lew, alors Mack le fit rouler dans le couloir, ne revenant pas avant un moment.

— Il est vraiment secoué. Je sais qu'il ne veut pas en parler ou avoir l'air faible, mais je ne sais pas si chacun de nous va tellement dormir ce soir.

— Est-ce qu'un de nous devrait rester éveillé, juste au cas où ? demanda Brantley. Je peux me reposer ici.

— Je me demandais la même chose. Je pensais que ma maison serait sûre, mais ça ne semble pas être le cas, dit-il en soupirant. Va au lit, et je resterai assis là. Ce n'est pas comme si j'allais dormir beaucoup, et tu pourrais aussi bien essayer d'aller te reposer.

Mack partit et revint habillé d'un tee-shirt et d'un short de gym, portant une couverture.

Il savait que ce n'était pas le moment, mais Brantley avait tout de même des difficultés à détourner le regard de la manière dont Mack étirait le tissu de ce tee-shirt presque jusqu'à la limite. Mack était un homme magnifique, et maintenant qu'il avait les cheveux détachés, il était encore plus impressionnant. Son héritage amérindien ressortait encore davantage sur ses traits.

— OK, dit Brantley distraitement, son regard glissant vers le bas.

Il fit de son mieux pour ne pas le reluquer, mais il ne put s'en empêcher. La bosse de Mack était impressionnante, tout comme la manière dont ses jambes étiraient son short.

— Je devrais essayer de dormir, acquiesça-t-il avant de quitter la pièce.

S'il restait, il n'allait pas pouvoir se contenir, et puisque Lew venait juste d'aller au lit, qu'il saute sur Mack dans le salon n'était probablement pas la meilleure idée.

Brantley lui dit bonne nuit et se hâta vers la chambre d'amis. Il prit sa trousse de toilette, utilisa la salle de bain avant de retourner dans la chambre et de se glisser sous les couvertures, vêtu d'un boxer et d'un vieux tee-shirt de concert.

La maison était silencieuse et sombre. Brantley s'était attendu à ce que Mack reste réveillé à regarder la télévision, mais il semblait qu'il ait décidé d'essayer de se reposer aussi. De temps à autre, Brantley entendait le faible grincement de ressorts lorsque Mack se déplaçait sur le sofa.

Brantley ne vit pas passer le temps alors qu'il était allongé à fixer le plafond. Des minutes ou des heures, c'était difficile à dire. Ce qu'il savait avec certitude c'était qu'il n'allait pas dormir. Il était trop nerveux, et chaque bruit dans la maison le faisait sursauter un peu. Frustré, il se leva et s'aventura dans le salon.

Mack était couché sur le côté sur le sofa, faisant face à la pièce. Ses yeux s'ouvrirent lorsque Brantley s'approcha, et il recula, soulevant la couverture.

— Je n'arrive pas à dormir non plus, chuchota-t-il.

Il n'y avait pas beaucoup de place, mais Brantley s'allongea près de Mack qui le fit presque tomber sur le sol lorsqu'il retira les coussins du fond. Puis il se replaça. Brantley se réinstalla à côté, le bras fort de Mack se glissant autour de lui et sa grande main se posant sur son ventre.

Brantley ferma les yeux et essaya de dormir, mais il semblait que Mack avait une autre idée. Il lui embrassa la nuque puis taquina l'ourlet de son oreille en le léchant. Brantley frissonna et Mack glissa la main sous son tee-shirt, lui caressant le ventre et glissant occasionnellement sa main vers le haut, taquinant ses mamelons. Brantley ferma les yeux et serra les lèvres étroitement afin de s'empêcher de grogner. Son sexe se pressait contre son abdomen, et chaque fois que les doigts de Mack effleuraient la base de son ventre, Brantley poussait les hanches en avant, souhaitant ardemment que Mack aille plus loin, mais il reculait encore et encore.

— Je sais ce que tu veux, lui chuchota Mack à l'oreille avant de presser ses hanches contre les fesses de Brantley, son sexe épais et dur appuyant pile contre la raie. Je le veux aussi.

Il recula puis abaissa le boxer de Brantley pour exposer ses fesses. Mack appuya son sexe maintenant nu contre ses globes, et Brantley déglutit péniblement, absorbant la chaleur.

— Comme ça ? continua-t-il.

— Ouais, souffla Brantley, pratiquement prêt à saisir la main de Mack pour la pousser vers son sexe ou sinon il allait lui-même prendre les choses en main.

Mack marmonna quelque chose à propos de la patience et continua ses lentes actions. Brantley trembla, espérant intensément pouvoir rester silencieux. Se disant qu'il ferait mieux de profiter au maximum de leur temps plutôt que de précipiter les choses, il s'étira, le tissu doux du sofa glissant le long de son épaule et de son flanc. Mack continua à se frotter contre Brantley qui geignit doucement quand les doigts de Mack allèrent vers le sud, le touchant enfin. Il n'appliqua pas beaucoup de pression, effleurant légèrement de ses doigts la longueur du sexe de Brantley puis ses testicules.

La sensation était sublime, et il grogna avant de pouvoir l'étouffer. Il pria que Lew soit endormi. Il ne voulait pas le réveiller pour un certain nombre de raisons, y compris le fait que la dernière chose qu'il voulait, c'était une interruption.

— Ne t'arrête pas, chuchota Brantley dans la pièce sombre.

— Je ne le ferai pas, mon cœur, répondit Mack.

Brantley adorait quand Mack utilisait ce terme affectueux. Il espérait que c'était quelque chose qu'il pensait vraiment au lieu d'une simple apparence.

Mack saisit son sexe, le caressant lentement tandis qu'il suçait le lobe de son oreille.

— Mon Dieu... gémit-il dans sa barbe.

— La sensation est tellement agréable, dit Mack doucement, moulant son sexe contre les fesses de Brantley.

Bon sang, Brantley voulait pousser ça plus loin. À la place, il resta immobile et laissa son plaisir entre les mains de Mack. Il y avait quelque chose de merveilleux et de libérateur dans le fait de lâcher prise et de donner le contrôle à Mack. Ça semblait égoïste, mais Mack tenait assez à lui pour vouloir le rendre heureux et il adorait ça. Cela signifiait qu'il était spécial et, eh bien, cela faisait longtemps qu'il n'avait pas ressenti ça.

Mack continua à le caresser.

— Je veux tellement glisser en toi, souffla-t-il. Je veux sentir ta chaleur autour de moi.

Mack trembla et se pressa plus fort contre lui.

Brantley serra les fesses, essayant d'ajouter davantage de pression. Sa tête tournait alors que le désir montait de plus en plus haut, remplissant la pièce. Il voulait la même chose que Mack, mais il n'y avait pas le nécessaire ici, donc c'était soit bouger, soit en profiter au maximum. Il n'avait aucune intention de s'arrêter, et Mack l'agrippa plus fort alors qu'il passait son autre bras sous lui. Brantley se souleva, et Mack le tint dans ses deux bras, resserrant son étreinte, le rendant complètement fou. Il s'appuya contre Mack alors qu'il le caressait et le touchait, les tripes de Brantley se mettant à bouillir alors qu'une pression qu'il ne pourrait pas contenir longtemps montait.

— Est-ce que tu vas jouir pour moi ? J'aimerais pouvoir voir ça. Tu as l'air tellement incroyable quand tu jouis. Tes yeux brillent presque, et ta langue pointe très légèrement entre tes dents.

Mack saisit son sexe fortement, mais s'arrêta de le caresser.

— Est-ce que j'ai l'air bête ?

Brantley n'avait jamais pensé à quoi il ressemblait durant un moment pareil.

— Tu as l'air incroyable, le visage rougi et magnifique. Je sais que je ne pourrai pas le voir, mais je veux que tu le ressentes tout de suite.

109

Mack le tint plus étroitement, pinçant un mamelon avant de glisser un doigt le long de son sexe avec une lenteur insoutenable.

Brantley tremblait d'énergie refoulée, poussant ses hanches en avant puis en arrière.

— Mack, je…

— Ouais, c'est vrai. Je te sens trembler. Je sais que tu es tellement proche… moi aussi. Si je glissais en toi, je me répandrais avant même d'arriver à l'intérieur.

Mack suça de nouveau son oreille, et le dernier reste de contrôle auquel Brantley s'accrochait commença à lui échapper. C'était trop, et tout ce qu'il pouvait faire, c'était s'y abandonner. Mack le serra plus étroitement, le caressant plus vite, glissant son sexe contre ses fesses.

Brantley ne savait pas où poser son attention. Tout était tellement agréable, et la tête lui tournait. Finalement, le nuage d'excitation pure devint trop pour lui, et il le laissa prendre le contrôle, ne luttant plus. Mack le caressait de nouveau lentement, glissant ses doigts sur le dessus du gland. Bon sang, s'il avait poussé en lui, Brantley se serait répandu depuis un moment, mais Mack semblait savoir exactement ce qui le ferait plonger, et il le gardait juste au bord du gouffre.

Il avait tout le corps en sueur alors que la vague d'énergie à l'intérieur grandissait encore et encore. Il voulait jouir plus que tout au monde. Toute son attention était sur Mack, où il le touchait et la manière dont il jouait de son corps. Mack semblait savoir tout ce qu'il allait faire et comment il allait réagir avant même que Brantley le fasse.

— Pas encore, souffla Mack. Je vais te rendre fou, te donner si chaud que lorsque tu jouiras, tu vas avoir l'impression que ta tête va se scinder en deux et que ton cœur va jaillir de ta poitrine.

Il s'arrêta, et Brantley respira par la bouche ouverte pour que l'air entre dans ses poumons.

— Comment… qu'est-ce… que… tu… vas…

— Chuuut, dit Mack. Tu le découvriras bien assez tôt.

Il le libéra, et Brantley grogna, la chaleur et la pression de la main de Mack lui manquant instantanément.

— Soulève la jambe, mon cœur, demanda-t-il, et Brantley s'exécuta sans réfléchir.

Mack glissa ses doigts autour de sa jambe puis deux doigts pénétrèrent en lui. Brantley siffla sous l'invasion puis murmura de façon incohérente quand Mack saisit son sexe. Il savait qu'il était complètement impudique, avide, et il avait besoin de tout ça. Mack resserra sa prise, caressant le sexe de Brantley tout en faisant glisser ses doigts d'avant en arrière. Il était absolument impossible qu'il puisse supporter ça longtemps. C'était irrésistible et bien trop puissant. Ses jambes tremblaient et ses mains le picotaient, la sensation grandissant et glissant le long de sa colonne vertébrale. Brantley ferma les yeux étroitement et retint son souffle, espérant un minuscule bout de sensation supplémentaire. Il hoqueta, et Mack le caressa à peine plus vite, et ce fut suffisant. La pression à l'intérieur de lui s'épanouit et grandit au point qu'elle fut plus qu'il pouvait gérer. Brantley s'immobilisa complètement, s'isolant dans sa tête lorsqu'il jouit sur la main de Mack. Tout s'estompa jusqu'à ce qu'il n'y ait plus que Mack et lui, rien d'autre. Il se calma et flotta dans les bras de Mack. Cela lui prit quelques secondes avant que les choses lui reviennent.

— Je vais avoir besoin d'aller chercher quelque chose pour nous nettoyer, dit Mack.

Brantley émit un « hum » et resta immobile. Cela lui prit moins d'une minute de plus pour se rendre compte qu'il était humide à la fois devant et derrière, et que bouger dans un sens ou dans l'autre signifiait être imprégné d'humidité froide. Il souleva la couverture, et Mack se leva lentement, grimpa par-dessus lui et revint avec une serviette que Brantley utilisa pour un nettoyage rapide.

— C'est un peu bête, dit Brantley en s'essuyant le derrière. Il y a deux lits parfaitement utilisables, et si l'un de nous veut être dans un état potable demain matin, nous aurons besoin de sommeil.

Il remonta son boxer et prit la main de Mack, tenant toujours la serviette. Sans un mot de plus, il guida Mack dans le couloir.

Mack prit la serviette et la lança dans le panier de la salle de bain puis il poussa la porte de sa chambre. Ils entrèrent, et Mack laissa la porte ouverte.

— Je veux entendre s'il se passe quoi que ce soit.

Brantley retira son tee-shirt, qui était collant à certains endroits, et suivit Mack dans son lit. Il fut instantanément attiré tout près de lui et serré dans ses bras.

— Tu es spécial, je veux que tu le saches, dit Mack.

Spécial. Brantley n'avait jamais pensé l'être. Il avait des choses pour lesquelles il était doué, mais être spécial et cher pour quelqu'un lui réchauffait énormément le cœur.

— Tu es plutôt incroyable aussi, dit Brantley.

Il ferma les yeux, tapotant la main de Mack sur son ventre, espérant que le reste de la nuit serait calme.

BRANTLEY SE réveilla dans un lit vide. Il entendit des voix basses dans la maison et se leva sans bruit, rejoignit la chambre d'amis et ferma la porte. Comme il avait remarqué que la salle de bain était vide aussi, il saisit l'occasion de se doucher et de s'habiller. Lorsqu'il ouvrit la porte, Mack se tenait devant, l'air appétissant, et Brantley se rendit compte qu'il avait peut-être raté une occasion de voir et de toucher un Mack humide, trempé par la douche.

— Je ne voulais pas te réveiller.

— Je me suis réveillé parce que j'avais un peu froid, et une certaine fournaise n'était pas à côté de moi.

Brantley sourit et s'écarta du chemin.

— Est-ce que tu vas porter ça pour notre expédition de ce matin ? demanda Mack en l'attirant plus près, glissant un bras autour de sa taille. Tu as l'air super dans ce jean, mais pas pour ce que nous devons faire, je ne veux pas que nous nous donnions en spectacle. J'ai des vêtements de chasse que nous pouvons porter. C'est un camouflage, et si quelqu'un surveille les lieux, ça sera plus difficile pour lui de nous voir.

— Oh.

Brantley entendait à peine ce que disait Mack. Son esprit s'attardait sur leur proximité et cela suffisait à lui faire tourner un peu la tête et pousser son corps à la vitesse supérieure.

— Je vais me laver et t'apporter les vêtements pour que nous puissions nous changer et partir, dit Mack en se rapprochant encore. Même si je suis tenté de te ramener au lit pour voir si nous pourrions y passer le reste de la journée.

— Cette idée me plaît, mais après, nous ne ferons jamais rien.

Brantley était sur le point de tout bazarder et de trouver un moyen de se salir afin de pouvoir se laver avec Mack, mais à la place, il l'embrassa puis recula.

— Vas-y. Je t'attendrai, termina-t-il.

— Papa prépare un petit déjeuner simple. Il demandait quand tu serais levé. Alors, rejoins-le.

— Il n'a pas besoin de faire ça.

112

— Mon père veut être utile. Au début, quand il était dans son fauteuil, j'ai essayé de tout faire à sa place. C'était absurde. Il restait simplement assis et ne faisait pas face. Ce n'est que lorsque j'ai pris du recul pour le laisser agir par lui-même qu'il a recommencé à s'épanouir. Alors, laisse-le faire ce qu'il peut.

Mack l'embrassa une nouvelle fois puis entra dans la salle de bain, fermant la porte.

Brantley alla dans la cuisine, Lew lui servit du café, une assiette d'œufs et de toast. Il le remercia et la dévora.

— Je suppose que tu t'es mis en appétit.

Brantley rougit. Est-ce que Lew les avait entendus ? Il baissa les yeux sur son assiette, essayant de ne pas se trahir.

— À courir dans tous les sens avec Mack, je veux dire. C'est son travail de suivre les enquêtes.

— Celle-là semble avoir besoin de nous deux, dit Brantley. Et je pense que ça me plaît. Enfin, sauf la partie où des gens entrent ici par effraction et où on se fait tirer dessus.

Il prit une bouchée d'œufs.

— Ils sont vraiment légers et bons, continua-t-il en prenant une gorgée de son café. Mon ancien travail impliquait de dénicher des solutions à des puzzles, et je pense que ça me manque.

— Je serai content quand toute cette affaire sera terminée et que tout retournera à la normale, dit Lew en posant une assiette sur ses genoux pour l'apporter, puis il la posa sur la table et se glissa à sa place. Bon sang, j'ai oublié mon café.

Brantley se leva pour aller le lui chercher et le posa sur la table avant de se rasseoir.

— Est-ce que retourner à comment les choses étaient avant est si important que ça ?

— Est-ce que tu me demandes pour toi et Mack ? Parce que ça, c'est un point sur lequel je suis content que les choses aient changé. Je veux qu'il soit heureux.

— J'espère que je…

Lew projeta la tête en arrière et se mit à rire.

— Pendant les quatre derniers jours, ce garçon a plané dans les airs. Et tu sembles beaucoup sourire également.

— Mais je m'inquiète. Qu'est-ce que tout le monde dans le comté va penser du fait d'avoir un shérif gay ? Et si être avec moi lui coûte son travail ?

— Mack est respecté, et je pense que la plupart des gens se fichent pas mal d'avec qui il couche.

— Il n'y a pas besoin de beaucoup de personnes pour susciter la colère et le ressentiment. Les gens veulent se sentir en sécurité et avoir l'impression qu'ils connaissent leurs voisins. Mack est un shérif génial et un homme incroyable, mais… je ne veux pas qu'il en paie le prix s'il choisit d'être avec moi.

Lew posa son mug.

— Il y a toujours un prix à payer pour tout.

— Oui, mais…

L'argument de Brantley mourut sur ses lèvres.

— J'aimerais pouvoir te dire comment iront les choses, mais je ne peux pas, et je ne sais pas ce qui se passera. Ce que je sais, c'est que tu devrais laisser Mack décider de ce qu'il veut faire et qui il veut combattre, parce que s'il y a un défi pour son travail, Mack se battra pour lui. Je sais qu'il le fera.

— Mais il ne devrait pas avoir à le faire, dit Brantley.

— C'est un bon shérif, et tu as raison, il ne le devrait pas, mais si on en arrive là, alors laisse-le prendre cette décision.

Lew termina son café alors que Brantley débarrassait la table.

— Je sais ce que tu penses, dit Lew en s'éloignant de la table. Mack n'a pas besoin que quelqu'un se jette sur son épée pour lui. Il a besoin de quelqu'un qui fera face avec lui pour voir ce qui arrivera. Et crois-moi, ça nécessite plus de force que n'importe quoi d'autre.

— Quoi donc ? demanda Mack en entrant dans la cuisine, habillé comme un chasseur de la tête aux pieds.

Son pantalon était un peu ample, mais son tee-shirt était moulant et mettait ses bras en valeur.

Brantley n'avait jamais pensé que le motif camouflage pouvait être sexy, mais Mack faisait vraiment en sorte que ça le soit.

— On ne faisait que parler, dit Lew. Tu vas chasser ?

— Oui. Brantley, j'ai mis tes vêtements dans la chambre, dit Mack, et Brantley se dirigea dans le couloir pour aller se changer.

Il entendit Mack et Lew parler alors qu'il avançait, mais il ne put discerner ce qu'ils disaient. Il trouva les vêtements sur le lit maintenant fait et commença à se changer. Ce que Mack avait laissé était étonnamment confortable. Le pantalon et le tee-shirt étaient plutôt larges, pourtant ils réussissaient à le mettre en valeur.

— Je dois porter quel genre de chaussures ? demanda Brantley à Mack en arrivant dans le salon.

Il s'assit, et tous les chiens le rejoignirent en quête d'attention. Lulu essaya de sauter sur ses genoux, mais il l'en empêcha gentiment.

— Normalement, je te dirais de porter les bottes que tu as achetées hier soir, mais elles pourraient te faire mal aux pieds jusqu'à ce que tu les aies assouplies. Mets des baskets et apporte une paire supplémentaire, si tu en as une, au cas où tu les mouillerais, expliqua Mack en ouvrant la porte arrière réparée et sortant dans le garage.

Brantley le suivit et l'aida à charger du matériel dans son pick-up, puis ils partirent.

— Est-ce que tu as réfléchi à l'endroit où nous allions nous garer ? Je présume que nous ne voulons pas laisser le pick-up sur mon ranch.

— Non. Il y a un coin pour les couples le long du cours d'eau. Nous nous y garerons et nous marcherons le long du lit jusqu'au bras. Ce sera le meilleur moyen et le moins visible. Il y a un chemin, donc ça ne devrait pas être trop dur.

Mack ne sembla pas prendre la route la plus directe, et en effet, ils traversèrent le ruisseau depuis l'autre côté puis il tourna sur une piste étroite avant de s'arrêter.

C'était silencieux lorsque Brantley sortit, on entendait seulement de légers bruits d'oiseaux et le gargouillis de l'eau sur les pierres. C'était pour cela qu'il avait déménagé ici. Il voulait pouvoir s'entendre penser plutôt que les klaxons de voitures et le grondement de la ville qui n'avait jamais semblé se calmer, peu importe l'heure de la journée ou le moment de l'année.

Mack brisa le silence en fermant sa portière puis crapahuta vers l'arrière du pick-up.

— Attrape ce sac et allons-y. Nous avons quelques heures avant qu'il ne fasse vraiment chaud, et si nous voulons faire ça, nous devons le faire bien, dit-il en saisissant quelques outils.

Brantley souleva un filet, puis suivit Mack dans ce qui semblait être un chemin.

— Il n'est pas utilisé souvent, donc regarde où tu marches et fais attention aux branches.

Heureusement, lorsqu'ils se rapprochèrent du cours d'eau, le chemin se dégagea et ils purent marcher facilement sous les arbres qui s'épanouissaient sous la source constante d'eau.

— J'avais l'habitude de venir ici quand j'étais ado, dit Mack alors qu'ils marchaient. L'été, il y faisait plus frais et c'était un super endroit pour échapper aux parents.

— Est-ce que tu as utilisé l'endroit pour les couples ? le taquina Brantley.

— Une ou deux fois. Mais j'essayais de comprendre les choses à cette époque. J'ai essayé d'être comme tout le monde, mais surtout je venais ici pour traîner et essayer de vaincre la chaleur.

— Le ruisseau est vraiment joli. Je n'avais pas encore eu l'opportunité de venir ici, dit Brantley en s'arrêtant une seconde pour regarder l'eau. Ma vie à New York, c'était toujours courir, courir et courir. J'ai donc voulu profiter de la vie plus lentement avant de la perdre.

— Donc tu es venu ici, mais quelqu'un a décidé que tu le gênais.

— Exactement.

Il ne voulait pas passer encore en revue ce qui s'était passé. Chaque fois qu'il pensait aux événements des derniers jours, il voulait emballer ses affaires et rentrer chez lui. Mais il ne le faisait pas. Il était trop têtu, et il espérait avoir trouvé quelqu'un qui le ferait rester maintenant.

— Continuons à avancer, termina-t-il.

Mack le guida sur le chemin.

— Ne t'approche pas trop du bord. Le ruisseau grappille toujours le sol, et ça pourrait s'effondrer.

Il attrapa Brantley et l'éloigna juste au moment où son pied menaçait de glisser du bord.

— Je comprends.

Après ça, Brantley fit plus attention où il posait les pieds.

— Fais aussi attention aux serpents. Ils restent habituellement près de l'eau. Il est plus probable qu'ils prennent le soleil, mais garde les yeux ouverts.

— Tu aurais dû me le dire, dit Brantley, s'arrêtant alors qu'il pensait avoir vu un bout de bois bouger.

Mack continua à avancer.

— Ils ont plus peur de toi que toi d'eux. Ne t'approche pas trop et ils iront dans l'autre sens, dit-il.

Mais Brantley n'en était pas si sûr et ralentit, regardant plus intensément devant lui et sur le côté. La dernière chose dont il avait besoin, c'était de se faire mordre par quelque chose de venimeux. Ce serait bien sa chance.

— Nous y sommes presque.

— Dieu merci, dit Brantley en se rapprochant.

Au coude du ruisseau, Brantley posa le matériel et marcha sur une petite zone de terre plus basse.

— C'est à cet endroit que n'importe quoi a pu être déposé.

— Qu'est-ce qu'on cherche ? demanda Mack. Ça n'a pas vraiment l'air d'une zone qui serait riche en or, et il est peu probable que le ruisseau soulève quelque chose d'aussi lourd.

Il se tenait sur le côté du ruisseau, regardant d'avant en arrière.

— Cette région est composée de paysages vallonnés, mais par le passé, ces collines étaient plus hautes… elles ont été érodées. Qui sait ce qui a été laissé ?

Brantley devait partager l'avis de Mack, il était peu probable qu'il y ait quoi que ce soit ici, mais il devait y avoir une réponse à ce mystère, et il allait la trouver.

— Il y a de l'or dans les Black Hills à seulement quelques centaines de kilomètres d'ici, alors qui sait ?

— Brantley, admettons qu'il y ait de l'or. Y en aurait-il assez pour que cela en vaille la peine ? Quelques paillettes ne signifient pas qu'il y en a assez pour tuer, dit Mack en ouvrant le sac que Brantley avait amené. Je ne vois pas ça comme quelque chose de spécial à ce point. Si le ruisseau démarrait plus à l'ouest, alors il pourrait transporter des sédiments qui pourraient contenir quelque chose. Mais c'est juste une rivière alimentée par une source.

— Je sais. Mais je commence à être à court d'explications, et je veux essayer de trouver quelque chose.

— Très bien, acquiesça Mack avant de lui tendre une battée. Tu déterres le gravier meuble du ruisseau. L'or sera trouvé dans le sable le plus fin, donc trie les plus gros cailloux et fais tourner le reste pour arriver au sable très fin. Puis jette un coup d'œil pour voir si quelque chose brille.

Il fit une démonstration et souleva le fond sableux, laissant l'eau le déployer :

— Rien.

Brantley s'y mit à son tour, et même s'il était maladroit, il parvint à arriver au fin limon et ne trouva rien non plus. Pas d'or ni quoi que ce soit d'intéressant. Seulement du sable. Il savait que cela avait pris longtemps aux gens pour découvrir quoi que ce soit par le passé, donc il continua, se déplaçant de quelques pas dans plusieurs directions, parfois plus loin dans le ruisseau et d'autres fois plus près de l'endroit où l'eau coupait l'un des bords.

— Quelque chose ? demanda Mack après environ une heure.

— Non. Peut-être que c'est le truc le plus bête que j'aie fait de toute ma vie, dit Brantley, ramassant une autre battée. Ce n'est qu'un ruisseau, et il pourrait en avoir après n'importe quoi.

— Ou on pourrait être à la chasse au dahu, grommela Mack avant de se lever, étirant son dos. Maintenant, je sais pourquoi ils montrent toujours les mineurs comme des vieux grisonnants. Ils avaient seulement trente ans, mais se courber et se voûter sans arrêt les vieillissait rapidement.

— À qui le dis-tu, dit Brantley en faisant de même, regardant d'avant en arrière sur la rive. On y passe encore quelques minutes puis on remballe.

Il transpirait à grosses gouttes, ses pieds étaient mouillés, et les insectes devenaient agressifs. Il n'y avait probablement rien ici. Quand ils faisaient un pas possible en avant, il s'avérait que ce n'était rien et ils retournaient à la case départ.

Brantley essaya de trouver un bon endroit pour prendre un autre échantillon, descendant la rive. Il vit un endroit qui avait l'air intéressant où le bras du cours d'eau commençait. Il marcha sur un caillou, qui se retourna sous son pied, le déséquilibrant brusquement. Il agita les bras en tous sens pour s'empêcher de tomber. Heureusement, il put se retenir, mais il ne put éviter de marcher droit dans l'eau froide du cours d'eau et son pied s'enlisa, et quand il l'en sortit, sa chaussure resta dans la boue.

— Bon sang, jura Brantley, et Mack se mit à rire bruyamment en le rejoignant. Je dois repêcher ce satané truc.

— J'y vais.

Mack réussit à se pencher et à récupérer la chaussure, couverte de vase. Il la lava dans le courant d'eau, en en retirant l'essentiel, puis il lui tendit la chaussure trempée.

— Je sais que ça ne va pas être confortable, mais mets-la pour ne pas te couper le pied sur quoi que ce soit.

Brantley s'assit au bord de la rive et enfonça son pied humide dans sa chaussure. Seigneur, c'était atroce. Il était prêt à rentrer, mais Mack se remit au travail, alors Brantley reprit sa battée et recommença. Il enleva les plus gros morceaux de cailloux. Ensuite, il fit tournoyer la battée dans l'eau et s'arrêta lorsqu'une lueur attira son œil. Il tendit la main et en sortit une petite pépite.

— Mack ? appela-t-il en la lui tendant. Est-ce que c'est ce que je crois ?

Mack s'approcha et fixa la pépite. Il la prit et la retourna plusieurs fois.

— C'est exactement ce que tu crois. Il y a de l'or ici après tout.

— Merde alors, dit Brantley en fixant la pépite. Qu'est-ce que je fais maintenant, bon sang ?

— Au moins maintenant, nous savons ce que cherche notre tireur. Il veut t'éloigner d'ici, acheter le terrain, ou venir simplement là pendant que ce serait inoccupé et travailler dans cette zone pour prendre ce qu'il peut trouver. Il n'y a aucun moyen de tracer l'or, donc au final il le fait fondre et garde l'argent qu'il peut en obtenir.

— Mais qui ferait ça ?

— Quelqu'un qui a sacrément besoin d'argent. Les gens feraient pratiquement n'importe quoi pour de l'or. Ils ont tué, triché, menacé, et Dieu sait quoi d'autre durant les différentes ruées, et on dirait que nous avons quelqu'un qui est prêt à tuer pour ça maintenant. Où l'as-tu trouvé exactement ?

— Au début du bras. Mais qui sait ? Il peut être n'importe où et j'ai juste eu de la chance.

— C'est vrai. Il se pourrait aussi que la zone ait déjà été examinée. Peut-être que notre tueur vient ici depuis un moment. On ne sait jamais. Le ruisseau peut couvrir beaucoup d'activité.

— Qu'est-ce qu'on fait à partir de là ? demanda Brantley.

— On reste discrets pour l'instant et on utilise ce qu'on vient de découvrir pour essayer d'identifier notre homme. Nous avons un mobile pour que quelqu'un veuille t'éloigner et pour la mort de Renae. Elle s'est occupée de la vente des terres, dit Mack en commençant à ranger l'équipement. Imagine ça. Tu as l'œil sur cet endroit parce que tu as trouvé une pépite ou des paillettes par ici. C'est vide depuis un moment, et tu sais que la famille s'impatiente de vendre. Le bruit a couru que la propriété allait partir aux enchères.

— Mais à la place, j'achète l'endroit par l'intermédiaire de Renae, avança Brantley.

— Exactement. Ses plans partent en fumée à moins qu'il ne puisse te pousser à partir. Il découvre que tu viens de la ville. Donc il se dit qu'il peut faire d'une pierre deux coups. Peut-être qu'il détestait déjà Renae, donc il l'a attirée au ranch, lui a tiré dessus puis a appelé la police quand il t'a vu rentrer chez toi. Une petite confusion et il trouve le temps de s'enfuir et de te faire facilement passer pour le principal suspect. Mais comme tu ne pars pas, il monte en puissance et tire dans ta direction, dit Mack en terminant de rassembler l'équipement avant de s'asseoir sur une bûche au bord du lit du ruisseau. Puis commence l'escalade. Il te surveille toi, et par connexion, moi. Il trafique mes freins et finalement entre par effraction dans la maison.

— Je ne comprends pas l'effraction. Il me semble qu'il a pris un gros risque, dit Brantley. Et ça nous a donné un indice.

— Oui, mais il a réussi à nous montrer que nous ne sommes pas en sécurité, et c'est ce qu'il essaie de faire. Te donner l'impression d'être vulnérable partout pour que tu retournes là où tu te sentais autrefois en sûreté. Ce gars est bien entraîné et a laissé peu d'indices, dit Mack en se levant. Retournons au pick-up et partons d'ici. Il commence à faire chaud, et on ne veut pas se faire repérer si on peut l'éviter.

Il ramassa le sac et était sur le point de prendre l'autre quand il laissa retomber son sac sur sol.

— Tu as un excellent instinct, ajouta-t-il.

— Vraiment ?

— Je n'aurais jamais pensé à venir ici pour chercher. Toi si, et il s'est avéré que tu avais raison.

— J'en suis content, mais nous ne sommes pas plus près de découvrir qui est derrière tout ça.

— Si. Nous avons maintenant un mobile clair, de même que d'autres indices. Quelque chose va céder très bientôt, je le sais. Et quand ce sera le cas, nous l'aurons, dit Mack avant de se rapprocher, de se pencher et de l'embrasser. Il y a tant de choses qui me surprennent chez toi.

— C'est bien ? demanda Brantley.

— C'est incroyable, dit Mack en lui lançant un sourire, son regard aussi brûlant que le soleil au-dessus de leurs têtes. Viens. Rentrons et enlevons ces vêtements.

Mack ramassa un sac et Brantley prit l'autre, et ils prirent le chemin du retour.

Quand ils furent environ à mi-chemin de là, Brantley dit :

— Mack, on nous observe de quelque part.

Une vibration froide remonta le long de sa colonne vertébrale et s'installa à la base de son cou.

— Je le sens aussi, dit Mack doucement, ralentissant. Ne te précipite pas. Pense à ce que nous voulons qu'il voie. Si on nous surveille, alors jouons la comédie. Il est peu probable qu'il nous ait vus près du ruisseau. Les arbres poussent trop épais par ici.

— OK.

— Donc nous devons avoir l'air déçus, dit Mack doucement. Ne te précipite pas, et garde les épaules un peu baissées. Fais tout un spectacle pour retirer ta chaussure et la lancer à l'arrière du pick-up. Tu es frustré et en colère. Laisse-le penser que son secret est en sécurité.

— Pourquoi ?

— Je n'en suis pas certain. Mais si nous savons quelque chose et que lui non, alors ça pourrait nous donner un avantage, continua Mack, crapahutant lentement.

Quand il approcha du pick-up, il souleva péniblement le sac d'outils à l'arrière et s'appuya contre le véhicule, le regard baissé. Même Brantley commença à penser qu'il avait fait quelque chose pour décevoir Mack.

Il lança le sac d'affaires à l'arrière avec fracas et prit ses chaussures sèches, puis il retira celles mouillées, jurant tandis qu'il jetait chacune sur la plate-forme du pick-up.

— Fichons le camp d'ici pour pouvoir nous sécher.

Il monta dans le pick-up et claqua la portière. Il attendit, et Mack apparut de son côté de la cabine puis continua pour faire le tour.

— Démarre le moteur et recule lentement. Je veux m'assurer qu'il n'y a pas une flaque de fluides. Puis nous retournerons en ville.

Brantley glissa de l'autre côté, démarra et passa en marche arrière. Il recula, puis Mack monta sur le siège passager.

— Emmène-nous au ranch. Je veux qu'il nous voie y aller et faire le tour.

— Pourquoi ?

— C'est ce qu'il s'attendrait à ce qu'on fasse. On est là, et il est logique pour nous de nous assurer que tout va bien. On n'a pas à rester longtemps.

— OK.

Brantley fit le tour vers l'avant de son ranch et s'engagea dans l'allée. Il s'avança lentement jusqu'à la maison, qui semblait intacte. La porte était toujours fermée.

— Donne-moi tes clés et reste là. Je vais vérifier la grange et la maison. Puis on pourra y entrer, et tu pourras prendre ce dont tu as besoin.

— Tu penses qu'on se rapproche ?

— Oui. Je ne sais pas pourquoi, mais un petit détail va nous plonger dans l'abîme. Je le sens.

Mack sortit et ferma la portière.

Brantley les verrouilla et passa en première, prêt à démarrer au moindre avertissement. Il regarda Mack aller dans la grange, puis en revenir et se diriger lentement vers la maison. Il y pénétra, et après quelques minutes angoissantes, en ressortit. Brantley éteignit le moteur et tira le frein. Il rejoignit Mack et lui tendit les clés du pick-up avant de pénétrer à l'intérieur.

La maison – son foyer – lui semblait étrangère. Il n'y avait pas passé beaucoup de temps, mais elle semblait vide et sans vie. Ses meubles n'avaient pas l'air confortables. C'était presque comme s'ils appartenaient à quelqu'un d'autre. Brantley repoussa ces sensations de ses pensées et alla jusqu'à sa chambre. Il attrapa un sac marin et commença à le remplir de quelques vêtements de rechange supplémentaires. Il examina la pièce, mais elle était telle qu'il l'avait laissée. La peinture sur les murs était celle de quelqu'un d'autre, et cela le laissa indifférent et lui fit se demander ce que diable il s'était attendu à trouver ici.

— Qu'est-ce qui se passe ? demanda Mack.

Brantley se retourna et le trouva appuyé contre le chambranle.

— Rien, répondit-il en retournant à son paquetage.

— Conneries. J'ai vu ce regard. Tu étais à des millions de kilomètres, ou au moins à quelques milliers.

— En fait, non, dit-il en examinant la pièce. Je pensais à ma chambre. C'est là que je suis censé vivre et dormir, mais elle m'a l'air étrangère.

Il était plus chez lui dans la chambre d'amis de Mack qu'il ne l'était ici dans sa propre maison.

— Tu n'es pas resté ici très longtemps, lui rappela-t-il.

— Non. Je me souviens qu'on m'a dit une fois qu'un foyer, c'est les personnes qui y vivent, plutôt que le bâtiment en lui-même, et je pense que je l'avais oublié. J'ai déménagé ici en pensant que je pourrais construire un nouveau foyer. Mais ce n'est pas le cas, dit Brantley en fermant le sac marin et en le posant sur le lit. Je veux dire, ça pourrait l'être, mais pas si je suis seul ici. Alors c'est juste une maison sur un large terrain.

Il souleva le sac et quitta la pièce, dépassant Mack en chemin.

— Je pense que nous pouvons y aller maintenant, termina-t-il.

— OK, dit Mack en le suivant. Si tu veux en faire un foyer, alors tu pourrais.

— Comment ? Vous convaincre toi et Lew de plier bagage et de déménager ici ? demanda-t-il avant de se rendre immédiatement compte de ce qu'il avait dit. Il n'y a rien ici. Ma vie à New York, c'était le travail et peu d'autres choses. Je suis venu ici pour tenter ma chance et recommencer à zéro, mais je suis retombé dans la même routine, excepté le travail.

— Tu n'es pas là depuis si longtemps que ça. Une fois que ce sera terminé, fais un barbecue et invite tous ceux que tu connais. Remplis ta maison de gens et de réjouissance, et ta grange de chevaux ou de ce que tu veux. Tu pourrais aussi remplir tes champs de bétail. C'est le cœur d'un ranch, et je pense que c'est la raison pour laquelle cette vie est si attirante.

— Peut-être que tu as raison.

Il remarqua que Mack n'avait pas fait de commentaire sur son lapsus.

— Même si je suis d'accord que remplir cette maison de personnes qui tiennent à toi serait épatant.

Le sourire espiègle de Mack illumina le salon.

— As-tu déjà pensé à vivre dans un ranch ?

— Avant oui, et je pense que j'aimerais ça. Mais peut-être qu'il est un peu tôt pour des conversations pareilles. Je veux dire, nous nous connaissons depuis moins d'une semaine. Prenons les choses une étape à la fois, dit Mack en tendant le bras pour l'attirer près de lui d'un coup sec, et Brantley laissa tomber son sac au sol. Je me rends compte de ce que je viens de dire et de ce que cela avait l'air, et bien que je ne sois pas prêt à élire domicile, je doute que tu le sois aussi pour l'instant. Mais je n'ai aucune intention de te laisser partir.

Mack se pencha, l'attirant encore plus près.

Brantley se tendit sous l'anticipation et mit ses bras autour du cou de Mack, se pressant étroitement contre son corps musclé. Dans ses fantasmes, les hommes étaient toujours grands, forts et sombres, comme Mack, avec des yeux qui brûlaient pour lui. Il avait toujours douté que l'homme de ses rêves existe vraiment, et que même s'il le trouvait, il soit intéressé par lui. Mack l'était certainement, à en juger par le renflement qui s'appuyait contre le sien et la manière dont ses lèvres prirent possession des siennes. Bon sang, Mack était puissant et avait l'odeur de l'air frais et du soleil reposant sur des phéromones débridées. Il lui faisait tourner la tête.

123

Il l'embrassait comme dans un rêve, la parfaite combinaison de force et de douceur. Brantley s'accrocha, lui rendant son baiser et souhaitant intensément qu'il les ramène dans sa chambre. Le lit était à quelques mètres, et Brantley était prêt à le recevoir – à ce que Mack lui fasse l'amour, complètement, sans réserve.

Mack le poussa contre le mur, et Brantley perdit le *souffle*, mais ne quitta pas ses lèvres talentueuses. Il était en feu, et réfléchir était une chose qu'il avait joyeusement abandonnée derrière lui. Tout le poussait vers cet homme et au diable les conséquences.

— Mon cœur, on devrait rentrer à la maison.

— Je sais, acquiesça Brantley et il coupa les paroles suivantes de Mack en se poussant contre lui, prenant ce qu'il voulait.

Mack l'encercla dans ses bras, le soulevant du sol, et Brantley enroula ses jambes autour de sa taille.

— Emmène-moi dans la chambre, lui demanda-t-il.

Mack l'y transporta, passant la porte, puis il le posa sur le lit, ses énormes mains soutenant ses fesses.

— Je vais faire ce que nous n'avons pas fait hier soir.

— Oui putain ! grogna Brantley en s'allongeant.

Il retira son tee-shirt et ouvrit son pantalon. Mack tira dessus et le fit descendre jusqu'aux chevilles et lui retira ses chaussures d'un coup sec avant de finir de le lui enlever pour atterrir sur le sol. Brantley pensa avoir entendu quelques coutures céder dans l'action, mais il était trop troublé pour vraiment s'en soucier. Mack enleva son tee-shirt et abaissa son pantalon, puis il fouilla dans la table de nuit pour trouver un préservatif.

— Putain, ouais, pré-lubrifié, dit-il avant de l'enfiler et de se pencher sur Brantley avec le regard assombri et enflammé. Ça va être rapide, mais j'ai besoin de toi immédiatement.

Mack batailla lorsqu'il trouva le lubrifiant, l'appliqua à la va-vite sur l'orifice de Brantley, puis il poussa. Mack trembla lorsqu'il s'enfonça plus profondément en lui.

Brantley grogna et se tint au bord du matelas. Il avait peur de voler en éclats à tout instant et il devait se contrôler. L'étirement et la brûlure étaient grisants. Ils durèrent quelques secondes, puis il fut pénétré complètement et prêt à se propulser vers Mars.

Mack se pressa profondément, ne restant immobile que pendant une poignée de secondes.

— Nom de Dieu, Seigneur, jura Brantley lorsque Mack baissa un peu son corps et l'envoya en orbite.

Baiser était une chose. Brantley avait baisé et avait déjà été baisé auparavant, mais avec Mack c'était différent, tellement différent. Chaque contact et sensation était amplifié et spécial. Quand Mack le touchait, il ne s'agissait pas de savoir à quelle vitesse il pouvait jouir, mais de montrer qu'il tenait à lui. Et qu'on tienne à lui était une des choses qu'il recherchait sans vraiment le savoir, jusqu'à ce que Mack entre dans sa vie.

Mack se pencha sur lui, ils échangèrent des baisers maladroits et merveilleux. Il emplissait la pièce entière d'énergie, et Brantley s'en nourrissait, il en avait besoin tout comme la terre desséchée avait besoin de pluie.

— Tu es spécial, chuchota Mack.

— Et tu remplis mon monde, dit Brantley en retour, soutenant le regard de Mack avec le sien avant de l'attirer à lui.

Il avait besoin de sentir la connexion entre eux, et Mack semblait plus qu'heureux d'obtempérer. Brantley savait qu'il était en train de tomber amoureux, puissamment, mais il n'était toujours pas prêt à prononcer les mots. Ou peut-être qu'il attendait que Mack les lui dise d'abord.

Pour l'instant, rien de tout cela n'avait d'importance. Brantley était en feu, et il se caressa au rythme que Mack avait établi, ferma les yeux et se prépara pour le rodéo de sa vie.

— Mack, cria Brantley.

— Je sais, grogna Mack, ajoutant de la passion pure entre eux.

Brantley se retint aussi longtemps qu'il le put avant de tomber dans le précipice, se répandant sur son torse et son ventre. Mack le suivit peu après, palpitant à l'intérieur de Brantley jusqu'à ce que ses yeux se révulsent.

Mack s'immobilisa, et Brantley garda les yeux fermés. Il voulait voir Mack, mais il avait encore l'impression que s'il ne les fermait pas, ses yeux allaient lui sortir de la tête sous la pression. Celle-ci baissa rapidement, remplacée par un flottement sur des nuages avec une euphorie qui provenait du fait d'être proche de Mack. Brantley savait que ce n'était qu'une période de repos physique, mais il tendit la main et le tira vers lui, le serrant étroitement, comme si son monde en dépendait.

Il était engagé, très engagé, et avait tellement de problèmes. Brantley avait déjà donné son cœur à Mack. Ce sentiment le remplissait à la fois de bonheur et de peur. Brantley ne savait pas comment il allait bien pouvoir rendre Mack heureux. Il était ce gars maigre, et Mack était bien foutu et superbe et pouvait avoir n'importe quel homme.

— À quoi penses-tu ? Ton visage a grimacé comme si tu venais de manger quelque chose d'acide.

— Rien, dit Brantley. J'étais juste…

Il soupira.

— Je me demandais ce que tu pouvais bien voir en moi.

Il caressa le bras de Mack et grogna doucement quand leurs corps se séparèrent. Il devrait simplement garder la bouche fermée et apprendre à accepter les choses comme elles venaient.

— Tu sais qu'il est possible de trop penser, pas vrai ? dit Mack avant de l'embrasser doucement, ses lèvres tirant malicieusement sur celles de Brantley. Et tu es sur le point d'en faire un sport olympique.

— Pourquoi tu dis ça ? demanda Brantley, se redressant, mais Mack recula.

— Nous venons de faire l'amour, et tu t'inquiètes de Dieu sait quoi, dit-il, clairement blessé.

Brantley cligna des yeux, ignorant son ton.

— Fait… l'amour. Tu m'aimes ?

— Oui, dit Mack comme s'il était surpris. Je sais que ça a l'air rapide, et peut-être que ça l'est, je ne sais pas. Je ne suis pas expert de ces choses-là.

— J'aimerais l'être, marmonna Brantley, puis il oublia tout le reste. J'ai ce passé avec les hommes qui est difficile et stérile. Je n'ai jamais eu beaucoup de chance… jusqu'à maintenant.

Brantley voulait croire que peut-être dans ce domaine il allait avoir la chance que sa vie change.

— Et pour info, ajouta-t-il, je suis tombé amoureux de toi aussi.

— Je déteste interrompre ce moment, mais nous devrions rentrer. Je n'aime pas laisser Papa seul, et je devrais aller au boulot et voir si je peux comprendre ce qui se passe.

Mack se redressa. Il remonta son pantalon et sortit de la chambre en se dandinant à moitié, puis revint de la salle de bain avec une serviette. Mack le nettoya doucement puis l'embrassa.

— Il faut que je te dise que je n'aimerais rien de mieux que de passer la journée entière avec toi ici.

— J'aimerais la même chose, mais je sais que tu ne peux pas.

Tout en s'étirant, Brantley regarda Mack s'habiller et sentit que ses muscles étaient délicieusement sensibles.

126

Il s'enfonça profondément dans ses pensées. Dans la pire et plus effrayante circonstance de sa vie, il avait trouvé quelqu'un de spécial. Peut-être que de bonnes choses pouvaient vraiment ressortir des mauvaises. Il voulait le croire.

— Tu réfléchis encore trop fort, le taquina Mack.

— Je sais. Je suis heureux, et c'est habituellement là que tout part complètement en vrille.

Un coup de feu retentit, résonnant à travers le terrain devant la fenêtre. Brantley se laissa tomber au sol, et Mack se voûta et chercha son téléphone. Brantley resta immobile pendant qu'il appelait le poste.

— Envoyez quelqu'un ici immédiatement.

Mack raccrocha et quitta la pièce, restant baissé.

Brantley termina d'enfiler ses vêtements. S'il se passait quelque chose, la dernière chose qu'il voulait, c'était devoir expliquer aux adjoints de Mack pourquoi il était à moitié nu quand ils arriveraient.

— Que s'est-il passé ? lança Brantley.

— Je ne sais pas. Je ne vois rien, et il ne semble y avoir aucun dégât sur la maison.

Un autre tir retentit, celui-là, plus éloigné.

Mack revint dans la chambre alors que des sirènes retentissaient, se rapprochant.

— Je sors à la rencontre de mon adjoint. Tu restes là, juste au cas où.

Il partit.

Brantley s'assit sur le bord du lit, attendant nerveusement des nouvelles de ce qui s'était passé. Son cœur martelait et le sang circulait à une vitesse folle dans ses oreilles. Tout ça commençait à le fatiguer sérieusement.

Quand il revint, Mack lui dit :

— C'était Erickson. Il a vu ce qu'il pensait être un loup et il a essayé de l'effrayer.

Brantley hocha la tête.

— Je veux que tout ça se termine.

Il commença à trembler. Il essaya de se reprendre, mais échoua. Mack s'assit et mit ses bras autour de lui.

— Je suis désolé, dit Brantley. Je pensais pouvoir le gérer. Mais quelqu'un qui tire au fusil quelque part à l'arrière a suffi pour que je tombe au sol. Je déteste avoir peur tout le temps, et tu sais quoi ?

Il se tourna vers Mack.

— J'aimerais pouvoir retourner au *diner* pour manger, mais honnêtement je ne sais pas si je peux le faire. Quelqu'un a tiré vers moi par une fenêtre. À quel point suis-je surveillé ? Parfois, j'ai l'impression de l'être. Mais le suis-je vraiment ?

— J'aimerais avoir des réponses pour toi. Je sais que c'est effrayant, mais nous allons attraper ce gars, et quand je le ferai, ça sera la fin pour lui. Il sera enfermé très longtemps.

— Tu as l'air tellement sûr de toi. Mais ce connard est entré par effraction dans ta maison, et nous n'avons pas pu l'attraper. Ce sera quoi ensuite ? Est-ce que quand je vais rouler sur la route dans ton pick-up je vais recevoir une balle qui sera passée par la vitre en pleine tête ? Je ne sais pas, et ça commence à me faire flipper, dit-il en se levant pour aller vers la porte de la chambre. J'essaie d'être fort. Vraiment. Mais je dois dire que je ne sais pas jusqu'à quand je vais pouvoir supporter ça.

— Je ne sais pas quoi dire.

— Je ne m'attends pas à ce que tu dises quoi que ce soit. Je sais que tu fais tout ton possible, et j'apprécie que tu m'aies écouté. Nous avons découvert des indices ensemble. Mais peut-être que ce serait mieux si je retournais à New York pendant un moment. Je pourrais rendre visite à des amis et m'éloigner d'ici. Ça te donnerait l'occasion d'attraper ce gars, puis je pourrais revenir.

Il se tourna vers Mack.

Ce dernier resta assis.

— Si c'est ce que tu veux faire, je ne peux pas t'arrêter. Mais je ne veux pas que tu partes. Ça me plaît de t'avoir ici.

Il se leva et quitta la pièce.

Brantley ramassa son sac et le retrouva près de la porte d'entrée.

— Pourquoi est-ce que j'ai l'impression qu'une fois que tu partiras pour New York, tu ne reviendras pas ?

Mack ouvrit la porte, et ils sortirent.

Zeb était au téléphone, se tenant près de sa voiture de patrouille. Il raccrocha quand il vit Mack.

— Il y a un autre appel que je dois prendre. Vol à l'étalage au magasin au détail.

— Prends-le, et merci de surveiller mes arrières, lui dit Mack.

Zeb partit, et Mack grimpa dans le pick-up.

Brantley verrouilla la porte d'entrée et monta aussi dans le pick-up. Il posa son sac sur ses genoux, le serrant contre lui. Il pouvait sentir

Mack s'éloigner, et il se rendit compte qu'il avait probablement fait l'une des plus grosses erreurs de sa vie, mais il n'était pas certain de savoir comment il pouvait revenir dessus et gérer la peur qui ne cessait de monter en lui.

VII

L'ESTOMAC DE Mack fit des acrobaties durant tout le chemin du retour vers la maison. Il appela son père en chemin afin de s'assurer qu'il allait bien. Quand ils arrivèrent, il se changea et mit son uniforme, puis il alla au poste. Une fois à son bureau, il fit de son mieux pour passer en mode travail et essaya intensément d'arrêter de s'inquiéter pour Brantley. Au moins, il savait que son pick-up n'était pas encore prêt, donc à moins d''acheter un autre véhicule, il était coincé en ville pour encore quelques jours.

— Est-ce que Zeb est revenu ? demanda-t-il à Gloria depuis son bureau.

— Non. Il a dit qu'il serait bientôt de retour, dit-elle en se tenant dans l'embrasure de sa porte. Qui a pissé dans tes Cheerios ?

— Ce n'est rien.

— Ouais, bien sûr, dit-elle en roulant des yeux. Ça n'aurait pas quelque chose à voir avec le nouveau gars en ville qui justement reste chez toi par hasard ? Il est difficile à vivre ? Je l'ai vu l'autre jour, et il est plutôt mignon. Tu penses qu'il est sur le marché pour une petite amie ? Ma cousine Elise serait super pour lui, et nous sommes tous fatigués des losers avec qui elle a tendance à sortir, comme Harley.

— Je peux dire à coup sûr que Brantley ne cherche pas d'épouse.

Il ramassa des papiers de son bureau pour avoir un endroit où regarder et déglutit péniblement. Ce genre de conversation n'était pas une chose qu'il avait anticipée, mais maintenant qu'il y pensait, les gens allaient s'interroger sur lui et Brantley. Il aurait dû y être préparé, mais il découvrit qu'il ne l'était pas… en tout cas pas autant qu'il aurait aimé l'être.

— Brantley est gay, dit-il d'un ton inexpressif.

Gloria marqua une pause.

— OK. Donc pour ma cousine, dit-elle, semblant réfléchir. Humm, mon amie Donna a un fils qui est gay… peut-être…

— Gloria. Brantley n'a pas besoin d'être casé. Il voit déjà quelqu'un.

Il se rendit compte que ça l'amusait un peu.

— Déjà ? Qui ?

— Gloria, qui crois-tu ? Moi.

130

Il la fixa du regard. Et vit la lumière s'allumer dans sa tête.

— Toi ? répéta Gloria.

Sa lèvre inférieure pendit une seconde entière, puis se referma d'un coup sec.

— OK. Alors c'est une bonne chose. Il était temps que tu trouves quelqu'un de bien.

— Tu n'es pas choquée ? demanda Mack.

Gloria haussa les épaules.

— Il y a des personnes gays partout. À la télévision, dans les films. Où est le gros problème ? Même si je suppose qu'il y aura des gens qui ne seront pas contents.

— J'en suis conscient.

— Qu'est-ce que tu vas faire ? demanda Gloria. Les élections, c'est l'année prochaine.

— Me battre pour mon boulot, dit Mack sans réfléchir. Je suis un bon shérif, et j'ai fait beaucoup de bien dans cette ville. Si les gens ne le voient pas, alors ils méritent quelqu'un d'autre, et je trouverai un autre travail. Il y a plein de choses que je peux faire.

— Bravo, dit Gloria, se retournant quand le téléphone sonna.

Elle regagna en hâte le standard, et Mack reprit le travail, secouant la tête, agréablement surpris.

Zeb entra dans son bureau une demi-heure plus tard et se laissa tomber sur une chaise.

— Seigneur, je déteste ces appels.

— Que s'est-il passé ? demanda Mack, écartant la paperasse.

Il ne la lisait pas vraiment de toute façon.

— Peter Gunderson a essayé de prendre un jeu vidéo. Il n'est pas arrivé jusqu'à la porte parce qu'il ne cessait de regarder autour de lui sans arrêt. Ils ont appelé surtout pour que je fasse peur au gamin.

— Il n'a que huit ans, dit Mack.

— Oui, il était en larmes et pouvait à peine parler le temps que j'y arrive. Il a dit qu'il était désolé au moins cinq cent mille fois, et quand j'ai demandé pourquoi il l'avait pris, il m'a répondu que son ami Barry en avait une copie et qu'il voulait y jouer, mais Barry lui a dit de ne pas venir alors qu'il avait invité les autres garçons de leur classe à jouer. Donc il m'a dit qu'il avait voulu le prendre, car tout ce qu'il voulait c'était jouer avec, puis qu'il allait le ramener, et que s'il faisait ça et disait qu'il était désolé, que ça irait. Il ne cessait de dire à travers ses larmes qu'il n'allait pas le garder.

131

Je lui ai parlé, et on dirait que les autres gamins de sa classe s'en prennent beaucoup à lui parce qu'il marche bizarrement, et je pense qu'il voulait avoir ce qu'ils ont.

— Oh mon Dieu, dit Mack, qui en aurait ri si ce n'était pas si déchirant. Tu as appelé sa mère ?

— J'ai appelé la maison, et Larry s'est déplacé. Il est entré dans le magasin avec de la vapeur sortant des oreilles que vous ne pourriez pas imaginer, mais je l'ai calmé. Je vous jure qu'il était prêt à punir Peter pour le reste de sa vie. Il promettait déjà de ne plus jamais faire une chose pareille, et quand son père est entré, Peter a essayé de se cacher sous la chaise.

— Seigneur. Tu penses qu'il y a de la maltraitance ? demanda Mack.

Voler un jeu était une chose, mais un enfant qui avait aussi peur de son père en était une autre.

— Non. Larry a été étonnamment doux. Je l'ai vu en uniforme, et il peut être effrayant en treillis, mais une fois qu'il a sorti Peter de sous la chaise, il est tombé dans les bras de son père, pleurant et disant qu'il était désolé.

— Est-ce qu'ils vont porter plainte ?

— Non. Ils ont récupéré le jeu, et il semble que Peter va venir passer les samedis à balayer le magasin et le trottoir pour eux. Et ses jeux vidéo lui ont apparemment été confisqués pour l'instant, dit Zeb en se penchant en avant. Et j'ai dit que je prendrais rendez-vous pour aller à l'école et faire une intervention sur le harcèlement.

— C'est une excellente idée, dit-il, voyant les marques du harcèlement partout dans cet incident. Si je peux, je viendrai avec toi.

Mack attendit pour voir si Zeb avait autre chose à lui dire, mais il se leva pour partir.

— Tu as fait du très bon travail, ajouta-t-il.

MACK SE remit au travail, examinant tout ce qu'ils avaient découvert, espérant intensément que cela lui présente le portrait de quelqu'un qu'il connaissait. Il détestait toujours penser que ses voisins et même ses amis puissent être des suspects, mais il avait appris tout au long de ce travail que tous les suspects n'étaient pas des connards ou quelqu'un qu'il n'aimait pas. Parfois, il devait regarder objectivement les voisins et les gens qu'il avait connus pendant la plus grande partie de sa vie. C'était la partie vraiment difficile de son travail. L'avantage était qu'il connaissait tout le monde. Donc il continua à regarder ce qu'il avait.

— Ce devrait être plus facile que ça, dit-il à voix haute à personne en particulier.

— Tu parles tout seul ? demanda Gloria. Les choses doivent être sérieuses.

— Juste pénibles. Je ne cesse d'avoir la sensation que la réponse est juste devant mon nez, et que tout ce que j'ai à faire c'est d'assembler les morceaux.

— Peut-être que ça l'est, acquiesça Gloria en se penchant sur son bureau. Les réponses à la plupart des choses sont habituellement si simples qu'on les ignore.

Le téléphone sonna et Gloria décrocha.

Mack réarrangea certaines de ses notes.

— Merde alors, marmonna-t-il dans sa barbe. Gloria, cria-t-il. Où est Zeb ?

— Je viens de l'envoyer sur un appel, lui dit-elle.

— Où ?

Mack saisit son chapeau et se hâta vers son bureau.

— Le Relais routier. Ils ont une sorte de trouble à l'ordre public.

Mack l'avait déjà dépassée et avait passé la porte. Il courut à sa voiture de patrouille et sortit en trombe du parking, se dirigeant vers le bord de la ville.

Même à cette heure de la journée, le Relais routier était très fréquenté. Mack se gara près de la porte et entra pour entendre de nombreux cris et voir des gens se bousculer. Zeb essayait de reprendre le contrôle.

— Que diable se passe-t-il ?

Mack tonna au-dessus de tout le monde. Instantanément, l'endroit fut aussi silencieux que le cimetière.

— Ça suffit, dit-il en se tournant vers le barman. Qui veux-tu qu'on fasse partir ?

Il n'était pas d'humeur à démêler quelle dispute stupide avait provoqué ça. Le barman pointa du doigt les habituels trublions, et Zeb les escorta dehors.

Mack les suivit, les deux hommes bredouillants et fulminants.

— Ceci est une propriété privée, et vous n'avez aucun droit d'être là si les propriétaires ne veulent pas de vous. Je suggère que vous éliminiez l'alcool en marchant, parce que si l'un de vous monte dans une voiture, nous vous jetterons tous les deux en prison.

Il ne leur montra aucune pitié, et les deux hommes cédèrent et commencèrent à s'éloigner à pied vers la ville. Mack était à peu près certain qu'aucun d'eux ne tenait particulièrement à appeler sa femme pour venir le prendre.

— J'aurais pu gérer ça, dit Zeb.

— Je sais. Je ne suis pas venu ici pour marcher sur tes plates-bandes. Mais tu as dit que le père de Peter est venu le chercher.

— Oui. Larry a dit que Chrissy avait attrapé la grippe.

— Mais pourquoi est-il chez lui ? Denny Beltz a appelé Julie et lui a dit que son déploiement de garde était prolongé d'une semaine. Alors pourquoi pas celui de Larry ? Ils sont dans la même unité.

— Je ne sais pas. Peut-être qu'ils n'avaient besoin que de Denny, dit Zeb, mais Mack n'avalait pas ça.

— Merci.

Mack partit et appela Gloria au poste.

— Gloria, il me faut le numéro de téléphone et l'adresse de Larry Gunderson, dit-il.

Il attendit, et une fois qu'il eut les informations, il alla chez les Gunderson. Larry travaillait de nuit à l'hôpital, donc Mack était à peu près sûr qu'il serait là.

Mack entra dans l'allée de la petite maison extrêmement propre tout près de Main Street et y gara la voiture. Il ne fut pas surpris du tout quand la porte de devant s'ouvrit alors qu'il approchait.

— Est-ce que Peter a fait autre chose ? demanda Larry, bâillant, habillé d'un tee-shirt et d'un survêtement.

— Non, répondit Mack. Mais il faut que je te parle.

Larry recula, et Mack entra.

— J'ai cru comprendre que tu es dans la même unité de la Garde nationale que Denny Beltz.

Mack s'assit au bord d'un des fauteuils du salon tandis que Larry s'écroulait sur le sofa. Il détestait le fait d'avoir dû interrompre le sommeil de Larry, mais ça ne pouvait pas attendre.

— Oui. Notre entraînement annuel s'est déroulé durant ces deux dernières semaines, mais nous avons terminé dimanche.

— L'unité entière ? demanda Mack en sortant son carnet et son stylo.

— Eh bien, oui. Nous avons tous rompu, et quand nous sommes partis, Denny se préparait à partir aussi, comme le reste d'entre nous.

Larry semblait confus.

— Merci.

Larry bâilla et se leva en même temps que Mack.

— Je suis désolé pour Peter. Lui et moi avons eu une longue discussion, et bien que ça n'excuse pas ce qu'il a fait, sa mère et moi sommes maintenant conscients qu'il était harcelé. J'ai un rendez-vous pour discuter avec le principal et son professeur demain. Nous allons aller au fond de cette histoire.

— Excellent. Je suis désolé de t'avoir dérangé, dit Mack en se dirigeant vers la porte. Tu as le numéro de téléphone de ton commandant ?

— Certainement.

Larry l'énuméra, et Mack l'écrivit dans son carnet puis le remercia de nouveau.

— Parfait. Je vais te laisser te reposer un peu. J'apprécie ton aide.

Mack avait quitté la maison et était monté dans sa voiture de patrouille lorsque son téléphone sonna. Il y répondit par l'intermédiaire de la voiture.

— Oui, Gloria, dit-il, reculant hors de l'allée.

— On vient de recevoir un appel d'Andy Erickson. Il passait voir son troupeau et a vu quelqu'un rôder autour de la vieille maison Richardson. Il pensait que ça avait l'air suspect et nous l'a signalé. J'ai pu contacter Brantley Calderone et il a voulu se diriger là-bas, mais j'ai pensé que je devais te le dire également. Ronnie est déjà en route.

L'estomac de Mack s'agita. Dans ses tripes, il savait que c'était mauvais. Il prit un virage et fonça vers le ranch de Brantley, sirène hurlante et gyrophare flamboyant. Il entra dans l'allée, se garant à côté de la voiture de son père. Ronnie arriva juste derrière lui. Des flammes jaillissaient de certaines fenêtres, et il était évident qu'elles gagnaient en puissance. La maison serait bientôt complètement ravagée.

— Nous devons trouver Brantley, dit Mack alors que du verre se brisait et que de la fumée s'élevait à l'arrière de la maison. Fais venir les pompiers ici tout de suite, cria-t-il à Ronnie alors qu'il courait vers la porte d'entrée.

Il bondit sous le porche et ouvrit la porte d'un coup de pied. Des nuages de fumée se répandirent par l'ouverture, suivis par une vague de chaleur. Il attendit quelques secondes que l'air s'éclaircisse puis se précipita à l'intérieur.

Le salon était rempli de fumée. Mack toussa et observa autour de lui. La cuisine était déjà en train d'être consumée, des flammes serpentant vers la source d'air. Mack savait qu'il n'avait pas de temps à perdre et s'élança dans le couloir, ouvrant chaque porte. Il devait trouver Brantley. Il savait qu'il était là.

La salle de bain était vide, ainsi que la deuxième chambre. La porte de la chambre principale était verrouillée, et Mack la força d'un coup de pied alors que la fumée autour de lui devenait plus épaisse et que le rugissement du feu lui emplissait les oreilles. Ils n'avaient pas beaucoup de temps.

La pièce était sombre, les rideaux tirés, mais l'air s'éclaircit pendant quelques secondes, juste assez longtemps pour que Mack aperçoive une silhouette sur le lit. Il en fit précipitamment le tour avant d'arracher pratiquement les rideaux dans sa hâte de les ouvrir. Brantley était là, les bras et les jambes attachés par du ruban adhésif. Mack essaya de le réveiller, mais il ne répondit pas.

Mack le souleva dans ses bras et se précipita d'où il venait, mais un mur de flammes rugissantes vint à sa rencontre après avoir fait deux pas. Cette voie était bloquée, donc il retourna précipitamment à la chambre et claqua la porte. Ils avaient quelques secondes avant que les flammes ne la franchissent. Il reposa Brantley sur le lit et ouvrit la fenêtre, puis repoussa la moustiquaire, la laissant tomber au sol.

— J'ai besoin d'aide là-dedans, cria-t-il, espérant intensément que Ronnie l'entende.

Il entendit des sirènes, mais le temps venait à manquer. Mack toucha le mur et le trouva chaud, irradiant de la chaleur dans la pièce et lui disant que le feu faisait rage de l'autre côté. Il se retourna vers le lit et souleva Brantley de nouveau, reconnaissant quand il entendit un grognement.

— Mack ? appela Ronnie.

— Dieu merci. Brantley est là. Je vais le faire passer par la fenêtre.

Il le soulevait déjà, les pieds en premier par l'ouverture. Ronnie l'attrapa, et il sembla que les pompiers aussi. La porte de la chambre explosa vers l'intérieur et s'écroula alors que Mack grimpait sur la fenêtre. Des hommes l'aidèrent à l'enjamber puis à toucher le sol avant qu'ils ne s'éloignent tous en hâte du bâtiment en feu.

Le personnel des services d'urgence avait posé Brantley sur le sol et lui faisait inspirer de l'oxygène. Audie, l'un des urgentistes proposa un masque à Mack, mais il le rejeta d'un geste de la main et respira lentement l'air frais.

— Je vais bien, dit-il d'un ton cassant.

Un grand fracas signala que la maison s'effondrait sur elle-même, et quand Mack se retourna, le côté cuisine avait essentiellement disparu, des étincelles et des braises volant haut dans les airs. De l'eau était déversée sur l'habitation afin d'essayer de maintenir les braises en bas, mais autrement, il n'y avait rien à faire. Mack voyait la maison se détruire complètement et dans quelques minutes, elle ne serait plus qu'un amas de cendres et de décombres. Mais c'était sacrément moins important que le fait que Brantley était allongé sur le sol et qu'il ne bougeait pas.

— Brantley, dit-il alors qu'il avançait vers cette personne qui en était arrivée à avoir tellement d'importance pour lui et qui reposait presque immobile. Pourquoi ne se réveille-t-il pas ? La pièce n'était pas envahie par la fumée, et je l'ai sorti avant que ça devienne trop grave.

À peine, cependant il avait pu agir vite.

— Nous essayons de le comprendre, Shérif, dit Audie. Tu dois reculer pour qu'on puisse travailler.

Il connaissait Audie depuis un certain nombre d'années, mais son inquiétude pour Brantley outrepassait tout le reste.

— Conneries, dit Mack.

Il fit le tour jusqu'à l'autre côté, s'agenouilla au sol et prit la main de Brantley, la caressant doucement.

— Tu dois te réveiller pour moi, dit-il à voix basse, prêtant peu d'attention aux autres autour de lui.

Il en était arrivé à la décision qu'il était qui il était, et que se retenir ne lui servirait pas de toute façon.

— Brantley, mon cœur, tu dois ouvrir tes incroyables yeux bleus et me regarder.

— Il a une bosse sur la tête, mais je ne pense pas que ce soit la raison pour laquelle il ne se réveille pas, dit Audie. Je pense qu'on lui a donné quelque chose pour l'assommer.

Il se tourna vers les autres :

— Nous allons le transporter maintenant. Il n'y a pas grand-chose de plus qu'on peut faire ici.

Mack recula et les regarda soulever Brantley et le mettre dans l'ambulance. Il voulait désespérément aller avec lui, mais il avait un travail à faire ici, et pour autant qu'il déteste rester en arrière, il devait laisser les professionnels faire leur travail.

— Tu penses qu'il ira bien ?

Audie ferma la portière arrière de l'ambulance.

— Je ne sais pas. On a pu lui donner beaucoup de choses. Je m'assurerai qu'on sache qu'il faut t'appeler personnellement.

Il tapota Mack sur l'épaule puis se hâta vers le siège conducteur, et quelques secondes plus tard, l'ambulance s'éloigna, sirène hurlante.

— Y a-t-il quoi que ce soit que je puisse faire ?

Mack se retourna. Il n'avait pas entendu Julie Beltz arriver derrière lui.

— Désolée, dit-elle.

— Non. Merci.

C'était un de ces moments merdiques où faire son devoir primait sur ce qu'il voulait véritablement. Il serait inutile à l'hôpital, et ici avec un peu de chance, il pourrait déterminer qui avait fait ça.

— Était-ce un accident ? demanda Julie.

Mack ouvrit la bouche pour dire non, mais marqua une pause. Il savait que ce n'en était pas un, mais il ne pouvait pas parler d'une enquête en cours.

— On va le découvrir.

Il s'excusa pour aller parler avec le Capitaine Randall.

— Celui qui a démarré le feu a utilisé des accélérants, lui dit Mack. Je pouvais les sentir quand j'étais à l'intérieur. Je ne pense pas qu'il y en avait dans la maison entière, mais il ne se serait pas élevé aussi vite autrement.

— Donc c'est un incendie criminel ?

Mack secoua la tête.

— Tentative de meurtre, dit-il – il n'allait pas retenir ses coups. Nous devons enquêter ensemble.

Il n'allait pas entamer un combat de coqs.

— Pas de problème. Nous aurons besoin de toute l'aide disponible. La plupart de nos hommes sont des volontaires, donc une enquête conjointe fonctionnera. Et puisque je suis le principal enquêteur…

— Bien. Il a démarré à l'arrière, juste là-bas, puis a continué vers la section principale de la maison et la chambre en dernier, ce que je ne comprends pas, parce que s'il voulait vraiment tuer Brantley, pourquoi n'a-t-il pas fait démarrer le feu dans la pièce où il se trouvait ?

— Eh bien, si je devais faire une supposition, je dirais que le coupable n'était pas un pyromane. Ces gars-là savent comment les flammes se comportent. Donc je suspecte qu'il a mis la victime dans la chambre puis a quitté la maison, répandant son essence puis lançant une allumette avant de partir précipitamment. S'il n'a pas tout aspergé, cela lui donnait le temps de s'enfuir et peut-être d'être hors de vue avant que la chaleur ne brise une fenêtre et que la fumée ne soit clairement visible.

Cela tombait sous le sens pour Mack.

— Tu sais qui l'a fait ou tu penses que tu sais ?

— J'en ai une bonne idée, fut tout ce que Mack voulut dévoiler.

Il fit de son mieux pour ne pas regarder Julie. Pour son bien, il espérait avoir tort, mais les preuves tenaient debout.

— Merci pour tout. Je vais m'écarter de votre chemin jusqu'à ce que vous ayez terminé.

Mack alla jusqu'à sa voiture, alluma le moteur pour que l'intérieur ne devienne pas une fournaise, et passa l'appel qui conclurait tout.

— Vous êtes Byron Masters ? demanda Mack quand on répondit à son appel.

— Capitaine Masters, oui, confirma l'homme d'un ton bourru.

— Je suis le Shérif Mackenzie Redford du Comté de Hartwick, et j'espère que vous pourrez me confirmer quelque chose.

— Je ne sais pas.

Sa voix semblait méfiante.

— Je dirige une enquête pour meurtre, et j'ai quelques questions. Larry Gunderson m'a donné votre nom.

— Larry est un de mes meilleurs sergents. Comment puis-je vous aider ?

— Son unité a récemment eu ses deux semaines d'entraînement.

Il entendit le bruissement de papiers.

— Oui. Ils ont terminé l'entraînement le week-end dernier.

— Est-ce que quelqu'un dans son unité a dû rester une semaine de plus ? demanda Mack, priant pour une réponse positive.

D'autres papiers bruissèrent.

— Non. Cette unité entière a rompu et a été renvoyée chez elle. C'est une excellente unité et ils travaillent bien ensemble. Il n'y avait aucune raison pour que l'un d'eux reste.

Le cœur de Mack bondit puis s'écroula. C'était à la fois la percée dans l'affaire qu'il avait recherchée et une énorme déception, surtout lorsqu'il regarda Julie qui se tenait là avec quelques voisins qui se rassemblaient.

— Merci.

— Dites-vous qu'un de ces hommes pourrait être votre suspect ?

— Je ne peux pas répondre pour l'instant, mais je vous contacterai si des charges sont retenues, dit Mack.

— C'est raisonnable, dit le Capitaine Masters. Je suis content d'avoir pu vous aider.

— Serait-il possible d'avoir une copie de toute paperasse qui atteste que toute l'unité a rompu ?

Mack lui donna son numéro de fax, de même que son adresse e-mail et le Capitaine Masters dit qu'il enverrait un tableau de service. Il le remercia pour son aide et termina l'appel.

— Merde ! dit-il à l'intérieur de la voiture, essayant de ne pas avoir l'air mécontent.

Il y avait trop de gens aux alentours pour qu'il affiche ce genre d'émotions.

Mack sortit, se demandant comment diable il allait prouver que Denny Beltz avait été sur les scènes de crime. Il avait une empreinte de bottes, mais Denny n'était pas la seule personne en ville à avoir de telles bottes, et il pourrait y en avoir d'autres qui n'habitaient pas en ville. Pour l'instant, il avait prouvé que Denny avait menti à sa femme, mais ce n'était pas nécessairement un crime. Il avait une expertise militaire – c'était évident. Donc Denny correspondait à tous les critères qu'ils avaient développés pour leur suspect, mais les preuves étaient circonstancielles. Mack devait trouver quelque chose de plus concret, mais au moins maintenant il savait où commencer à chercher.

Il sortit de la voiture et fit de son mieux pour ne pas avoir l'air de quelqu'un sur qui une partie de son monde venait de s'écrouler. Denny était un vieil ami, et Mack prenait soin de sa famille quand il partait. Toute cette situation le mettait vraiment en colère.

Son téléphone sonna et il sursauta pratiquement.

— Shérif Redford.

— C'est Audie. Je ne peux pas dire grand-chose, mais Brantley a repris connaissance juste avant qu'on rejoigne l'hôpital. Les lois sur la vie privée nous empêchent d'en dire plus, mais je voulais te faire savoir qu'il a parlé et a demandé où tu étais. Il ne se rappelle pas grand-chose de ce qui s'est passé, mais il semble lucide.

— Merci.

Une partie du nœud dans les tripes de Mack se défit. Au moins, il semblait que Brantley allait s'en sortir.

— Tu es toujours avec lui ? demanda-t-il.

— Ça peut se faire.

— Dis-lui que je serai là dès que je pourrai.

— Je le ferai, acquiesça Audie.

Mack le remercia et raccrocha.

Ce qui restait de la maison était encore trop chaud pour y pénétrer, donc Mack donna comme instruction à Ronnie de rester sur le site et de ne permettre à personne d'entrer dans les décombres avant qu'il revienne. Il retourna en courant à sa voiture et déboîta, appelant son père alors qu'il se précipitait chez lui.

— Mack, dit Lew en répondant au téléphone.

— Tu vas bien ? demanda Mack à la hâte.

— Oui, je vais bien.

— Appelle quelqu'un et fais-le venir. Je ne veux pas que tu sois seul. Et puis zut, fais venir la moitié de tes amis et dis-leur que tu fais une fête. Mangez tout dans la maison et fais juste venir des gens.

— Tu sais quelque chose.

— Oui. Mais ne laisse entrer personne de moins de cinquante ans dans la maison. J'ai un suspect, et je ne peux pas dire qui c'est, mais ne reste pas seul.

— OK. Je vais passer des appels.

— Tu as cinq minutes, dit Mack avant de raccrocher.

Il continua vers la ville, les mains tremblantes jusqu'à ce que son père rappelle pour demander si Gordy en face de la rue était clean. Mack lui répondit que oui, et apparemment Gordy était en chemin pour aller le voir jusqu'à ce que d'autres amis puissent passer.

— Garde les yeux ouverts, Papa, et appelle la police si tu vois quoi que ce soit de suspect.

Il continua vers le poste, entra dans son bureau et s'assit, regardant tout qu'il avait réuni.

La seule chose qu'il ne voulait pas faire pour l'instant, c'était présenter un mandat à Julie. Il avait des motifs raisonnables pour fouiller la maison, mais ce serait traumatisant pour eux, et s'il se trompait ? Et il se demanda si Denny filerait s'il en entendait parler, et ces nouvelles en particulier allaient forcément circuler en ville en un temps record.

Il leva les yeux quand on frappa sur le chambranle de la porte.

— Mack, dit Zeb. J'ai entendu ce qui s'est passé. Quand tu verras Brantley, dis-lui que je suis désolé pour sa maison et que j'espère qu'il va mieux.

— Je le ferai, dit Mack. Entre et ferme la porte.

Il attendit que Zeb s'exécute puis passa en revue ce qu'il avait.

141

— Je pense que je sais qui est derrière tout ça, dit-il.

Les yeux de Zeb s'écarquillèrent.

— C'est génial.

— Non, ça ne l'est pas. C'est Denny Beltz.

— Impossible ! s'écria Zeb en bondissant sur ses pieds. Il a…

— Je sais. Le truc, c'est qu'il a le genre de bottes que nous recherchons, une expérience militaire, et il n'était pas à l'entraînement pour une semaine supplémentaire. On a demandé à personne de son unité de rester plus longtemps. Brantley et moi avons trouvé de l'or sur la propriété du ranch qu'il a achetée. Donc je pense que c'est pour ça que Denny essayait de faire fuir Brantley. Le problème, c'est que je ne peux pas le relier directement aux crimes. Tout est circonstanciel. Je savais qu'il y avait quelque chose que je ratais.

— Qu'est-ce que je peux faire ?

— Nous devons réexaminer tout ce que nous avons.

— Nous avons vérifié les douilles que nous avons récupérées pour rechercher des empreintes, mais nous n'en avons trouvé aucune, dit Zeb.

— Je veux que tu regardes de nouveau les photographies des bottes. Agrandis-les, ou demande à Ronnie de t'aider si tu en as besoin, pour voir si elles ont quelque chose de spécial. Peut-être que nous pourrons les faire correspondre à une botte spécifique.

Il savait que ça ne pourrait les aider que s'ils pouvaient récupérer la paire de bottes. Il s'accrochait aux branches. Mack grogna.

— Je vais devoir prendre le taureau par les cornes et discuter avec Julie, continua-t-il. Ça va faire un mal de chien, mais je dois voir ce que je peux découvrir.

— Tu es certain qu'elle va coopérer ?

— Je peux obtenir un mandat si je le dois.

Il espérait que ce ne serait pas nécessaire. Toute cette histoire s'avérait être un champ de mines. Mais il s'y était déjà frayé un chemin auparavant, et il le referait.

— Je dois aller voir Brantley aussi, ajouta-t-il.

— Vous faites ce que vous avez à faire, et je vais tout passer en revue et réexaminer toutes les preuves. Avec un regard neuf, on peut découvrir peut-être quelque chose.

Mack hocha la tête. Seigneur, il espérait avoir raison. Sinon, il allait créer beaucoup de douleur à des amis chers. Il se leva à contrecœur, se rappelant tout ce qu'il avait rassemblé. Il savait qu'il devait rendre visite à Julie, mais il remit ça à plus tard.

— Je vais aller voir si Brantley va bien.

Il fallait qu'il le voie et qu'il sache qu'il allait bien. Penser clairement n'était pas au programme pour l'instant.

— Si tu trouves quelque chose, appelle-moi immédiatement.

— Je le ferai, Shérif.

— On devrait aussi mettre une alerte sur le pick-up de Denny.

— Je vais faire ça immédiatement, dit Zeb.

— Et ça va sans dire que tu gardes tout ça pour toi. Je ne veux pas que la rumeur ait vent de tout ça.

Zeb se leva, et Mack le suivit hors du bureau. Zeb alla droit dans le sien, et Mack quitta le poste et alla vers sa voiture de patrouille. Il avait l'intention d'aller de l'hôpital chez Julie, et ce devait être une visite officielle.

Le trajet jusqu'au petit hôpital du comté lui prit moins de cinq minutes, et il se gara aussi près qu'il le put de la porte, puis entra à grands pas et alla jusqu'au bureau.

Une femme d'un certain âge leva les yeux de son ordinateur, ses yeux s'écarquillèrent et elle s'humidifia les lèvres.

— Puis-je vous aider ?

— La chambre de Brantley Calderone, s'il vous plaît.

Elle tapa.

— Il est dans la chambre 212. A-t-il des problèmes ?

Mack la remercia, ignorant la question, et se dirigea vers le couloir. Il était venu ici beaucoup de fois et savait où il allait. Les gens s'écartaient de son chemin, et normalement il leur aurait souri et les aurait salués, mais plus il se rapprochait de Brantley, plus vite il allait et plus fort son cœur battait. Il marqua une pause devant la chambre puis passa la porte.

Brantley était allongé sur le lit, les yeux fermés. Un moniteur à côté de son lit affichait son pouls et son rythme cardiaque, ainsi que la dernière mesure de tension artérielle. Il y avait peut-être d'autres choses affichées, mais Mack leur prêta peu d'attention et se concentra sur l'homme dans le lit.

— Mack, dit Brantley d'une voix groggy.

— Je suis là. Comment te sens-tu ?

Il s'assit à côté de lui et lui prit doucement la main.

— Comme si j'avais été écrasé par un rouleau compresseur. On m'a injecté quelque chose, je crois. Je ne sais pas quoi, puis, plus rien.

— As-tu vu qui c'était ?

Ce pourrait être la preuve indiscutable dont il avait besoin.

— Non. C'était par-derrière, et je me rappelle avoir été traîné dans le couloir pendant que je perdais connaissance. L'homme de l'ambulance a dit que tu m'avais sauvé et sorti de la maison.

— Oui. Celui qui t'a drogué y a mis le feu, mais je suis arrivé là-bas le premier et t'ai sorti par la fenêtre, dit Mack, la main tremblante. Tu m'as fichu une trouille bleue. Je ne savais pas si tu allais t'en sortir, et…

Il déglutit péniblement. Il était difficile de parler de ses sentiments, mais bon sang, il avait presque perdu Brantley, donc ce n'était pas le moment de se retenir.

— J'avais peur de ne plus pouvoir te regarder dans les yeux et de ne pas pouvoir te dire que tu en es arrivé à être tout pour moi. Je voulais rester avec toi et être là quand tu te réveillerais.

— Tu avais du travail à faire.

— Je l'ai fait, et je pense savoir qui est derrière tout ça, mais je ne peux pas encore le prouver, dit Mack en ramenant son esprit sur ce qui était important. Te voir sur le sol, ne te réveillant pas, m'a fait me rendre compte à quel point je t'aime et que si je ne me remuais pas le cul pour te le dire, j'allais le regretter.

Il caressa légèrement le dos de la main de Brantley.

— Je sais ce que tu ressens. Je m'évanouissais, et tout ce à quoi je pouvais penser c'était toi et le fait que je n'allais peut-être plus te revoir, dit Brantley en tournant la tête vers lui sur l'oreiller. Tu penses que tu sais qui c'est ?

— Oui. Mais n'avons pas à en parler maintenant.

— Je veux savoir.

Mack savait qu'il ne devrait rien dire, mais Brantley avait travaillé plutôt étroitement sur cette affaire. Il hésita tout de même avant de répondre.

— Je pense que c'est Denny Beltz. Julie a dit qu'il avait appelé pour dire qu'on lui avait demandé de rester une semaine de plus chez les Réservistes, mais c'est faux. Il lui a menti, et j'en ai eu la preuve par son capitaine aujourd'hui. Il a aussi l'entraînement pour effectuer ces tirs, et il possède une paire de bottes qui ont la même empreinte. Il avait l'opportunité et les moyens parce que personne ne le cherchait.

144

— Mais pourquoi ? demanda Brantley. Pour qu'il se donne tout ce mal, il doit y avoir autre chose. Est-ce qu'il a besoin d'argent ? Tu peux le placer sur une des scènes de crime ?

— Je ne sais pas pour l'argent, mais je dois trouver cette preuve. Ronnie est génial avec l'électronique, et il va regarder la photo de la botte pour voir si elle a quoi que ce soit d'unique. Denny a tellement bien couvert ses traces que bien que j'aie des preuves circonstancielles, je n'ai pas de preuve indiscutable, et ça m'énerve vraiment, dit Mack en se levant pour marcher jusqu'à l'extrémité du lit. Il a essayé de te blesser tellement de fois, et je t'ai presque perdu à cause de lui. Je suis prêt à le mettre en pièces… au diable mon travail et tout le reste.

— Ce qu'il faut que tu fasses, c'est le trouver. Tu le connais depuis combien de temps ?

— Quinze ans. Depuis notre enfance.

— Alors, demande-toi où il irait et va voir, tu auras peut-être un coup de chance. Les gens retournent aux endroits qui leur sont familiers et où ils se sentent en sécurité. S'il nous surveille et est allé à ces extrémités, il ne va pas abandonner maintenant. Il sait que je dois être mort de trouille. Alors tu pourrais faire circuler par le téléphone arabe que j'ai décidé de quitter la ville, que je vais remettre le ranch en vente et que j'en ai fini avec tout ça. Utilise ça comme appât et vois si ça ne fera pas tomber quelque chose du prunier. Une fois que je serai sorti d'ici, nous pourrons trouver comment faire ça bien. Puis nous verrons qui se présente.

— Nous lui donnons ce qu'il veut. Tu es brillant.

— J'aime à le penser, dit Brantley, souriant pour la première fois.

Mack le lui rendit.

— Comment fait-on pour qu'il agisse vite ?

Brantley ferma les yeux, et Mack s'assit silencieusement, se demandant s'il s'était endormi, mais Brantley dit :

— Je pense qu'il faut dire que tu as entendu qu'un de mes amis de New York est intéressé par la propriété. Rends ça urgent, pour qu'il agisse rapidement. Je parie que tu connais pile la bonne personne à qui le dire pour répandre le bruit.

— Oui, dit Mack.

Gloria serait parfaite, ainsi que Marlene, surtout s'il pouvait s'arranger pour qu'elles le surprennent à dire ce qu'il voulait qu'elles fassent passer.

— Brantley, et pour toi ? demanda-t-il, fatigué de parler de l'affaire. Combien de temps seras-tu ici ?

— Ils veulent me garder pour la nuit afin de s'assurer que ce qu'on m'a administré est complètement sorti de mon organisme, dit Brantley, la voix rauque.

Mack prit son verre d'eau sur le plateau et amena la paille à ses lèvres. Après en avoir pris une gorgée, Brantley reprit :

— Ils ont dit que je devrais aller bien, mais ils veulent en être certains. La seule question que je me pose, c'est comment je vais donner l'impression d'avoir quitté la ville sans effectivement l'avoir quittée ?

Brantley attira la paille à ses lèvres et but à nouveau.

— Nous pourrions vérifier avec le garage pour voir si ton pick-up est réparé. Tu pourrais aller le chercher, et j'utiliserai un des adjoints pour le conduire hors de la ville. Puis tu resterais à la maison et hors de vue.

Brantley referma les yeux.

— Peut-être que c'est juste trop compliqué à mener à bien.

— Est-ce que tu dis que tu veux vraiment partir ? demanda Mack avec un serrement de cœur.

— Honnêtement, je pense que ce que je dis c'est qu'il faut que tu essaies de résoudre cette affaire afin que nous n'ayons pas à mettre cette merde à exécution, dit Brantley en ouvrant les yeux et en se repositionnant lentement. Peut-être que ma première idée de jouer ça comme si je quittais la ville est exagérée. Je ne pense pas très clairement, mais je n'ai pas envie de m'enfuir ou de laisser les gens le penser. Après qu'on aura attrapé ce gars, je veux pouvoir vivre ici et y avoir des amis. Qu'est-ce qu'ils penseront si j'ai l'air de m'enfuir ?

Mack n'avait pas de réponse pour lui. Plus que tout, il voulait Brantley sain et sauf.

— Très bien, dit-il en se penchant au-dessus du lit. J'ai un meurtrier à attraper, et je vais voir ce que je peux faire.

— J'aimerais pouvoir aller avec toi.

— Tu restes ici et en sécurité, dit-il avant d'embrasser Brantley sur les lèvres, savourant sa douceur avant de reculer. Je me sentirais tellement mieux si je pouvais t'emmener avec moi. Je pourrais m'assurer que tu es en sécurité.

— Il n'y aura de garantie que si tu attrapes ce gars et que tu l'enfermes. Alors je serai en sécurité, et nous pourrons commencer à vivre notre vie.

Brantley tendit la main, et Mack la prit, lui serrant doucement les doigts.

— Je te verrai dès que je pourrai.

Mack laissa glisser sa main hors de celle de Brantley puis se détourna afin de quitter la chambre. Il se retourna pour jeter un dernier coup d'œil avant de se diriger vers le poste des infirmières. Il expliqua que M. Calderone ne devait pas avoir de visiteurs et qu'il le ferait savoir au bureau en bas. En quelques minutes, il fut face à face avec un des administrateurs de l'hôpital.

— C'est pour sa sécurité et pour celle de votre personnel.

— Pas de problème, Shérif. Nous nous assurerons qu'il soit retiré de notre système de visites afin que tous ceux qui le demandent ne reçoivent pas son numéro de chambre.

— Merci, dit Mack, lui serrant la main, puis il se hâta vers la sortie.

Il y avait des fois où il souhaitait avoir plus de personnel, mais son budget était sévèrement limité et ses adjoints l'assistaient tous. Brantley avait raison : plus tôt Mack appréhenderait Denny, plus vite tout serait terminé.

Mack quitta l'hôpital et se hâta vers sa voiture de patrouille, puis il sortit du parking en direction de chez Julie.

— Shérif Mack, appela Nathan dès qu'il sortit de la voiture.

— Salut, Nathan, dit Mack aussi gentiment qu'il put. Est-ce que ta maman est là ?

Il pointa du doigt la grange puis y courut.

— Maman, Shérif Mack est là, cria-t-il en courant.

Mack sourit et marcha derrière lui, trouvant Julie en train de nourrir les chevaux.

— Mack, c'est bon de te voir. C'était vraiment dommage ce qui est arrivé à la maison de Brantley. Est-ce qu'il va bien ?

— Oui. Il est très secoué et plus qu'un peu effrayé, mais je suppose qu'il fallait s'y attendre après tout ce qui s'est passé, dit Mack en se rapprochant un peu avant de baisser la voix. Il y a un endroit où nous pouvons parler ? Je ne veux pas effrayer Nathan.

Julie laissa tomber le foin qu'elle portait dans la mangeoire la plus proche.

— Bien sûr, dit-elle avec méfiance. Quelque chose ne va pas ?

— Je n'en suis pas certain, et j'espère que tu pourras m'aider à le découvrir.

Il s'éloigna, et Julie prit la main de Nathan.

— Pourquoi ne viens-tu pas avec moi ? Tu pourras regarder *Dora* pendant un petit moment.

Elle mena un Nathan excité et bavardant à travers la maison et l'installa sur le sofa devant la télévision.

— Nous serons sous le porche de devant si tu as besoin de nous, dit-elle une fois qu'il fut installé à regarder un DVD.

Il fut complètement absorbé en quelques secondes, et Mack suivit Julie dehors.

Elle s'assit dans un des fauteuils en osier, et Mack s'appuya contre la balustrade. Il s'était entraîné à ce qu'il voulait dire et la manière dont il voulait commencer cette conversation en chemin, mais ses mots avaient quitté son esprit.

— Julie, je peux te demander si les choses vont bien entre toi et Denny ?

Elle haussa les épaules.

— Nous avons nos hauts et nos bas. Les choses ont été plus vers le bas ces derniers mois. J'espère que lorsqu'il rentrera à la maison, les semaines où nous avons été séparés auront été bénéfiques pour moi, au moins. Nous avions tous les deux besoin d'une opportunité pour pouvoir respirer, dit-elle en se tournant pour regarder dans la maison. Je n'ai pas parlé à Nathan de nos problèmes.

— Quel genre de soucis ? demanda Mack aussi prudemment qu'il le put en essayant d'avoir moins l'air d'un flic et davantage d'un ami inquiet, même s'il était en uniforme.

Julie souffla entre ses lèvres et Mack interpréta ça comme de l'exaspération.

— Le ranch ne va pas très bien. Il veut que nous arrêtions les frais, et j'essaie de me battre pour garder ce que ma famille et moi avons construit ici. Cela a été la source d'un certain nombre de disputes.

Mack vit de la ferveur dans ses yeux. C'était le genre de sentiment qu'il fallait avoir pour continuer à faire tourner une propriété comme la sienne. Les ranchs existaient avec du bétail, des chevaux, du dur labeur, une tonne de détermination et de cran. Mack le savait, Julie en avait en abondance.

— Tu as eu des nouvelles de Denny durant les derniers jours ?

— Il a appelé pour parler à Nathan l'autre jour. Je lui ai parlé pendant quelques minutes. Il m'a dit qu'il était très occupé, qu'il entraînait de nouvelles recrues, que ça se passait bien, et qu'il devrait être rentré ce week-end.

Mack soupira et sut qu'il devait lui avouer la vérité. Il aurait vraiment aimé ne pas être celui qui lui annonçait les mauvaises nouvelles.

— Julie, tu sais que je suis là en uniforme et que ce n'est pas simplement une visite de courtoisie. J'ai parlé à Larry Gunderson, et on ne lui a pas demandé de rester. Ça m'a rendu curieux, donc j'ai appelé le commandant de Denny. Il m'a dit qu'on n'avait demandé à aucune personne de son unité de rester une semaine supplémentaire.

Julie cligna des yeux, le regard fixe comme si elle essayait de comprendre ce qu'il venait de lui dire.

— Donc il n'est pas chez les Réservistes ?

— Non. Et j'essaie de déterminer l'endroit où il peut être. Nous avons trouvé des empreintes de bottes dans ma maison après l'effraction qui correspondent à la marque que Denny possède, et il semble que le magasin au détail n'en a pas vendu beaucoup de paires. Il y a aussi le tir à travers la vitre du *diner* et celui en direction du porche de chez Brantley. Celui-là en particulier demande de l'habileté.

—Alors tu accuses Denny ? demanda-t-elle d'une voix tranchante.

—Non. Mais il a menti sur l'endroit où il se trouvait, et je dois savoir où il était. J'espérais que ça irait si je jetais un coup d'œil à ses armes et si tu pouvais me dire s'il en manque.

Julie se tenait immobile.

— Mon premier instinct est de te dire de foutre le camp. Mais je te connais depuis des années, et je sais que tu ne ferais jamais ça à moins d'avoir une bonne raison, dit-elle en se levant lentement avant d'aller vers la porte. Je refuse de croire que Denny pourrait faire une chose comme attacher quelqu'un et le laisser mourir dans une maison en feu ou essayer de tirer sur quelqu'un, même sur Renae, cette voleuse de maris.

Elle s'arrêta, la main sur la porte.

— Mon Dieu, tu ne penses pas que Denny avait une liaison avec elle, si ?

Elle trembla et ses épaules s'affaissèrent.

— Ce que j'espère pouvoir prouver, c'est que ce n'était pas lui, et ensuite trouver où il était afin que je puisse le retirer de ma liste de suspects. Et je n'ai aucune preuve qu'il avait une liaison.

En fait, le carnet de rendez-vous de Renae n'avait apporté absolument aucune information sur les hommes qu'elle voyait. Cette partie de l'enquête avait été une impasse, et peut-être que pour la ville elle-même c'était une bonne chose. Renae avait peut-être été une cougar en chasse, mais il n'avait pas à démolir la moitié des mariages en ville.

— OK, dit Julie, d'une voix vaincue. Viens. Je vais te montrer où nous gardons les armes.

Julie ouvrit la porte, et Mack la suivit à l'intérieur.

Nathan était assis sur le sofa, les jambes enroulées, captivé par la télévision. Mack s'arrêta, le regardant, s'interrogeant sur l'impact que cela aurait sur cet enfant innocent et adorable si ce qu'il suspectait était vrai. Il y avait des moments où son travail craignait totalement. Nathan détourna son regard de la télévision vers eux puis retourna droit à sa série. Mack continua vers le bureau.

Julie avait ouvert le coffre des armes.

— Il en manque une, dit-elle avec un calme remarquable, et Mack se demanda si elle entrait dans une sorte d'état de choc.

— C'est quel genre ?

— Un Browning 300 Win Mag. Denny l'a utilisé quelques fois pour chasser l'élan.

Putain, ça correspondait aux douilles et aux balles qu'ils avaient récupérées.

Mack fit de son mieux pour empêcher cette information d'apparaître sur son visage. Il n'avait pas besoin d'inquiéter Julie inutilement, même si le dossier contre son mari devenait de plus en plus solide.

— J'ai les papiers ici quelque part.

Julie ouvrit un des tiroirs à classement et en sortit une chemise, trouva ce qu'elle voulait et lui tendit le dépliant avec le reçu attaché.

— Merci, dit Mack, prenant les papiers comme s'ils étaient brûlants.

C'était le lien qu'il recherchait, et maintenant il fallait qu'il trouve Denny et l'arme.

— Ça te dérange si je fais le tour ? Je ne vais pas fouiller dans vos affaires.

Il voulait rendre ça aussi facile que possible.

— Fais juste ce que tu dois faire. Je vais m'asseoir avec Nathan.

Elle se retourna et le laissa seul dans le bureau.

Mack regarda la pièce autour de lui, déterminé à tenir sa promesse. Il quitta le bureau et alla dans le débarras à chaussures à l'arrière. Le sol sous la banquette recouverte d'une toile rayée bleue était un méli-mélo de chaussures d'enfant et d'adultes. Certaines étaient à l'évidence à Denny, mais ses bottes n'y étaient pas. Il alla de pièce en pièce, les cherchant méthodiquement. La maison était méticuleusement propre, avec très peu de poussière sous les lits et absolument pas de bottes. Les placards étaient pareils. Mack ne voulait pas insister davantage avec Julie puisqu'il était là par sa bonne volonté.

Il la rejoignit dans le salon.

— Merci.

— Rien ? demanda-t-elle, ramenant Nathan un peu plus près.

— Non. J'apprécie ton aide. Encore merci.

Mack partagea un sourire avec Nathan puis quitta la maison, retournant à sa voiture de brigade. Il démarra et suivit son instinct. Il devait le trouver, et ça signifiait vérifier certains des endroits insolites qu'il savait que Denny fréquentait. Le premier étant une casse maintenant abandonnée en dehors de la ville. Il roula dans cette direction, prenant les virages jusqu'à ce que la pile d'épaves de voitures se montre à l'horizon. Un certain nombre de gens avaient adressé une pétition au comté afin qu'il nettoie l'endroit, mais il n'y avait pas d'argent, donc les carcasses des véhicules autrefois élégants se décomposaient de plus en plus chaque année. Elle avait été abandonnée quand il était encore à l'école, donc quand il s'arrêta et sortit, l'endroit était encore plus envahi par la végétation et les voitures, moins identifiables.

La rouille prédominait alors qu'il errait lentement à travers les rangées, le vent dansant et sifflant aux alentours, soulevant de petits nuages de poussière. Mis à part ça et de l'occasionnel animal qui détalait, il n'y avait aucun bruit en dehors du crissement de ses pas. Mack garda la main sur son arme, allant de rangée en rangée, cherchant un signe que quelqu'un avait pu être là récemment, mais il n'y avait étonnamment rien à voir sur le sol. Si quelqu'un vivait ici, il y aurait des marques d'allées et venues, à moins que Denny n'en ait été réduit à de telles extrémités pour cacher ses traces, et étant donné ce qu'il avait fait, Mack pensait que c'était une possibilité. Tout de même, alors qu'il avançait, il devint de plus en plus convaincu qu'il n'y avait personne ici maintenant.

Mack soupira et retourna à sa voiture. Il monta et démarra.

— Shérif.

La voix de Gloria résonna par la radio.

— Nous avons un signalement sur l'alerte Beltz, dit-elle.

Mack confirma le message et se crispa avant d'appeler le poste par téléphone. Il y avait trop de gens dans le comté avec des radios sur la fréquence de la police.

— Shérif, je t'envoie à Ronnie.

Le téléphone bipa.

— Ronnie, qu'est-ce qu'on a ?

— Son pick-up a été repéré à cinquante kilomètres au nord, se dirigeant par ici. Nous avons été fichtrement chanceux. Il semblerait se diriger vers nous sur la nationale Taylor.

— Je me dirige de ce côté maintenant. Fais en sorte que Zeb me retrouve en chemin. Je suis allé au ranch Beltz et une 300 Win Mag semble avoir disparu.

Ronnie siffla.

— Si on la récupère, je pourrai la tester au tir et faire correspondre les balles. J'ai pu prendre des photos détaillées de celles récupérées pour comparaison.

— OK. Envoie Zeb tout de suite. Nous devons placer Denny en garde à vue.

Mack raccrocha et écouta les appels radio. Il roula prudemment jusqu'à ce que Zeb le rattrape, puis tous deux accélérèrent autant que la sécurité le leur permettait.

Après dix minutes, Mack s'arrêta sur le côté de la route, fit demi-tour et attendit. Il se mit à la radio et dit à Zeb :

— Continue sur quelques kilomètres, pile sur la ligne du comté et attends. Ne déboîte pas et ne mets pas de clignotant, fais-moi juste savoir quand il sera en chemin. Une fois qu'il sera hors de vue, suis-nous à distance de sécurité comme renforts. Je le ferai se ranger et attendrai pour approcher que tu arrives.

— Compris, dit Zeb et il continua sur la route.

Mack s'installa, regardant dans le rétroviseur.

Cinq minutes plus tard, Zeb transmit par radio que le pick-up de Denny venait de le dépasser.

— Je n'ai pas pu voir le conducteur, ajouta-t-il, et Mack confirma l'appel.

Mack attendit. Cela n'aurait dû prendre que quelques minutes à Denny pour le rejoindre, mais aucun pick-up n'apparut.

— Tu es sûr que c'était lui ?

— Oui. Je le suis. Je dois être à un kilomètre et demi... Shérif, il faut que vous reveniez ici.

Mack s'engagea sur la nationale, alluma ses gyrophares et sa sirène, et fonça. Il vit la voiture de Zeb et ralentit, s'écartant de la route. Il sortit,

152

et Zeb pointa l'endroit où le pick-up de Denny avait quitté la route, dans un ravin, et reposait sur le toit. Zeb se précipita avec Mack juste derrière lui.

Le pick-up avait fait plus d'un tonneau, une des roues arrière tournant librement. L'autre pneu arrière semblait avoir explosé et était en lambeaux.

— Appelle les pompiers et une ambulance, ordonna Mack en s'agenouillant sur le sol pour jeter un œil à l'intérieur.

Denny Beltz pendait dans son siège par la ceinture de sécurité.

— Denny, tu m'entends ? demanda Mack, mais Denny ne bougea pas ni ne répondit.

Il se précipita de l'autre côté du véhicule, l'odeur de l'essence lui brûlant le nez. Il l'ignora, sachant qu'il n'y avait pas de temps à perdre, et tendit le bras par la vitre maintenant inexistante. Denny était vivant, il pouvait le sentir par son pouls.

— Ils sont en chemin, lança Zeb.

— Nous devons ouvrir cette portière, lança Mack.

Il put la déverrouiller, et elle s'ouvrit sur quelques centimètres. Zeb se joignit à lui et ajouta sa force. Le métal protesta puis, lentement, la portière s'ouvrit suffisamment pour que Mack puisse tendre le bras à l'intérieur et défaire la ceinture de sécurité de Denny et le tirer à l'extérieur alors que les émanations d'essence continuaient à s'accumuler. Ses yeux larmoyaient, mais avec Zeb, ils purent éloigner Denny du pick-up et remonter sur le bas-côté de la route.

Zeb récupéra une couverture dans sa voiture et l'étala sur le sol, et Mack installa Denny dessus pendant qu'ils attendaient les secours.

— J'espère que nous n'avons pas empiré ses blessures, dit Zeb.

— Ce pick-up peut s'embraser à n'importe quel moment. Le réservoir fuit et…

Un grésillement attira son attention, suivi par des flammes qui dévorèrent rapidement le véhicule entier. La chaleur était suffisamment intense pour qu'il se détourne et se laisse tomber au sol. Heureusement, la chaleur ne dura que quelques secondes puis se dissipa. Un nuage de fumée noire s'éleva haut dans les airs. Il ne voulait pas déplacer de nouveau Denny, mais la brise était imprévisible, donc Zeb et lui le traînèrent prudemment à l'aide de la couverture vers un endroit plus sûr.

— Fais signe à l'ambulance et aux pompiers quand ils approcheront. Cette zone est suffisamment sèche pour que le feu se propage s'il n'est pas maîtrisé rapidement, et alors on aura un feu de prairie à affronter.

Zeb s'éloigna en hâte, et Mack vérifia encore une fois le pouls de Denny. Il était lent et même s'il respirait, en aucun cas ce n'était sainement. Mack resta près de lui et tendit l'oreille pour entendre les sirènes, ce qui prit dix minutes supplémentaires. Quand l'ambulance et le camion des pompiers arrivèrent, ils s'immobilisèrent et s'y mirent immédiatement. Mack laissa les urgentistes travailler sur Denny et resta hors du chemin des pompiers tandis qu'ils maîtrisaient le pick-up en feu. Essentiellement, ils inondèrent le périmètre pour laisser le véhicule se consumer.

— Que s'est-il passé ? demanda le Capitaine Randall à Mack quand ils purent se parler.

— Je pense qu'un pneu a éclaté et qu'il a perdu le contrôle du véhicule. Un des pneus était en lambeaux, mais c'est difficile à dire, et l'essentiel des preuves dont j'aurais eu besoin pour en être sûr est parti en fumée.

Une des règles essentielles de l'investigation d'une scène de crime était que la vie humaine primait, et sortir Denny du pick-up et l'éloigner du danger était plus important que de pouvoir jeter un œil à ce qui restait du pneu, qui avait maintenant disparu.

— Comment êtes-vous arrivés ici aussi vite ?

— On le cherchait. Il est suspect dans une enquête, expliqua Mack, gardant sa réponse vague.

Le pick-up était déjà réduit en cendres, le feu ayant consumé l'essentiel de ce qu'il y avait à brûler.

— Ça va être chaud pendant un moment.

— Zeb va établir un périmètre dès que vous et vos hommes aurez terminé.

Il n'y avait rien d'autre qu'il pouvait faire. Le feu devait être contenu pour qu'il s'éteigne. Mack ne pouvait pas laisser une large portion du comté flamber sous un feu de prairie incontrôlé. La sécurité publique passait aussi en priorité.

Il laissa le Capitaine Randall faire son travail et passa voir les urgentistes qui étaient prêts à transporter Denny à l'hôpital.

— C'est un suspect, dit Mack. Je ferai venir quelqu'un à votre rencontre à l'hôpital.

Mack appela Ronnie de sa voiture et expliqua ce dont il avait besoin.

Cette affaire entière stressait son département jusqu'à la limite, mais il était déterminé à aller jusqu'au bout. Une fois qu'il eut terminé son appel, Mack revint sur ses pas alors que l'ambulance démarrait, se dirigeant vers la ville toutes sirènes hurlantes.

— Au moins on l'a eu, dit Zeb.

— Oui, mais est-ce que tu aurais remarqué quelque chose d'étrange ? demanda Mack.

— Comme quoi ?

— Ses bottes ? répondit Mack. Ce n'était pas celles qu'on cherche. Celles qu'il portait sont complètement différentes. L'intérieur de la cabine du pick-up était vide. Il n'y avait rien de posé à l'intérieur.

— Je ne comprends pas.

— Exactement. Il n'y avait pas d'arme ou quoi que ce soit de ce genre.

— Elle aurait pu être à l'arrière.

— C'est une possibilité. L'arme que nous recherchons coûte presque mille dollars neuve. Certes, l'arme de Denny est probablement plus ancienne, mais avec quelque chose comme ça, tu ne vas pas la lancer sur la plate-forme du pick-up où elle pourrait rouler et glisser d'avant en arrière. Elle serait dans un étui où elle pourrait être protégée.

— Elle aurait pu être derrière le siège, suggéra Zeb.

Mack secoua la tête.

— L'arrière du siège était remonté. Si elle avait été là, elle serait tombée. Ce n'était pas le cas.

Mack retourna les faits dans son esprit.

— Vous pensez que ça veut dire quoi ?

— Que nous allons devoir vérifier chaque centimètre de la zone dès qu'il n'y aura plus de danger. Si elle était à l'arrière, alors elle aurait été projetée quand le pick-up a fait un tonneau, et nous devons la trouver. Nous devons savoir ce qu'il avait avec lui.

— Shérif, à quoi pensez-vous ? demanda Zeb.

— Rien de particulier. Nous devons juste examiner cette scène au peigne fin.

Ce n'était pas l'entière vérité, mais il avait une sensation dans ses tripes qui ne le quittait pas. Cela ressemblait beaucoup à de l'excitation, et il voulait s'assurer que s'il y avait des preuves à trouver, elles soient localisées aussi vite que possible.

— Mais il a quitté la route, dit Zeb.

— Vraiment ? Est-ce qu'on en est sûrs ? Jusqu'à ce que nous prouvions le contraire, ceci est une scène de crime, et nous la traiterons comme telle. Donc nous allons avoir besoin de gants, bien sûr. Aussi, je vais avoir besoin que quelqu'un reste ici pour contrôler la scène. Ça va

155

prendre de longues heures avant que le véhicule refroidisse suffisamment pour qu'on travaille…

Mack fut interrompu par un sifflement de vapeur alors que les pompiers versaient de l'eau sur ce qui restait du pick-up. Cela éteignit les dernières flammes, mais ça ne ferait pas grand-chose pour refroidir la carcasse du véhicule, et le camion-citerne ne transportait qu'une quantité limitée d'eau.

— Nous allons rester ici jusqu'à ce que nous soyons sûrs qu'il n'y aura pas de reprise, dit le Capitaine Randall.

— Il y a un ruisseau à un kilomètre et demi plus loin sur la route. Vous pourrez sans doute y pomper de l'eau supplémentaire si vous voulez, dit Zeb.

Mack supposa que Zeb aurait amené l'eau lui-même avec un seau si ça signifiait qu'il n'aurait pas à attendre ici toute la nuit que le pick-up refroidisse.

— Génial, dit le Capitaine Randall avant d'ordonner au camion-citerne de se diriger sur la route vers l'eau. On pourra déverser une autre citerne dessus, et cela assurera qu'il soit éteint de manière permanente.

— Bien, dit Mack avant de s'éloigner.

Il passa un appel à son père, qui était apparemment en plein milieu d'une sorte de jeu qu'il pensait hilarant.

— Nous devons nous fournir une copie de ces *Cards Against Humanity* [2]. C'est rigolo. Gordy a appelé certains de ses amis, et on se fait une soirée jeux, dit-il, les rires dans le fond lui disant tout ce qu'il avait besoin de savoir. Ils ont amené ce jeu, et crois-le ou non, je gagne. C'est tordant.

— OK. Je vais rester dehors encore un moment, et je ne veux pas que tu sois seul.

— Gordy et ses amis vont rester là pendant un moment, je pense… Oh, et on n'a plus de bière.

Mack étouffa un grognement. C'était un petit prix à payer.

— Amuse-toi et je te rappellerai dès que je pourrai.

Il raccrocha et secoua la tête. Il était heureux que son père s'amuse et soit en sécurité. C'était ce qui était important. Bon sang, son père ne cessait

2 Jeu de société dans lequel des joueurs remplissent les blancs de déclarations en utilisant des phrases ou des mots jugés grossiers, scabreux ou politiquement incorrects imprimés sur des cartes de jeu.

jamais de le surprendre, et Mack espérait que ça ne changerait jamais. Il était vraiment chanceux d'avoir un père remarquable qui avait fait un travail incroyable à la fois en tant que père et mère. Il ne pouvait vraiment pas en demander davantage.

Une fois qu'il eut raccroché, Mack appela l'hôpital et demanda la chambre de Brantley.

— Allô, répondit Brantley doucement.

— Je t'ai réveillé ? demanda Mack.

— En quelque sorte, mais je suis content que tu aies appelé. C'est tellement silencieux ici. Le docteur est passé juste après ton départ, et ils vont faire quelques autres tests pour s'assurer que le sédatif qu'on m'a donné est complètement parti.

Mack se promit d'aller voir le docteur afin d'obtenir un rapport de ce qu'ils avaient trouvé. Cette affaire avait tellement de pièces mouvantes en cet instant qu'il avait l'impression de démêler un nœud gordien pour arriver à la vérité.

— T'a-t-il dit quand il pensait que tu pourrais rentrer à la maison ?

— Demain matin, répondit Brantley.

— Bien. Repose-toi un peu, et je passerai te voir dès que je pourrai. J'ai une scène de crime que je dois examiner, et j'espère que ça va nous expliquer ce qui se passe exactement.

Il l'espérait vraiment, parce que pour que tous ceux qui étaient importants dans sa vie soient en sécurité, il fallait qu'il résolve cette enquête.

VIII

APRÈS AVOIR raccroché avec Mack, Brantley passa à peu près l'heure suivante à somnoler, puis il fut bien réveillé. Ce qu'on lui avait donné semblait avoir perdu son effet, parce qu'après le dîner il alluma la télévision et regarda les âneries qu'il put trouver. Il s'ennuyait vraiment et fut ravi quand son infirmière entra.

— Comment vous sentez-vous ? demanda-t-elle avec entrain.

— Je m'ennuie à mourir, je suis bien réveillé et j'ai envie de me lever et faire quelque chose, n'importe quoi.

— Pas de torpeur ou de pensée floue ?

— Non. Mon esprit est clair, et les trucs à la télévision sont...

Il marqua une pause au milieu de sa plainte. Il n'y avait rien qu'elle puisse y faire. Il devait tirer le meilleur parti de l'endroit où il se trouvait jusqu'à ce qu'il puisse retourner chez Mack.

— Vous semblez effectivement mieux, dit l'infirmière, vérifiant la machine. Tout a l'air bien ici aussi. Le repos est la meilleure chose pour vous maintenant.

— Je sais, mais je ne suis pas fatigué du tout. J'ai dormi pendant presque toute la journée, et je ne pense plus pouvoir le faire, lui dit Brantley alors qu'elle se mettait à gonfler son oreiller.

— Reposez-vous, et après que le docteur sera arrivé demain matin, vous devriez pouvoir rentrer chez vous, dit-elle en plaçant le bouton d'appel près de sa main. Assurez-vous de nous appeler si vous avez besoin de quoi que ce soit.

Elle lui sourit et quitta la pièce.

Brantley fixa l'écran, le regardant juste pour passer le temps.

Des heures plus tard, il se demanda si Mack allait arriver à temps pour le voir. Il était plus de vingt et une heures quand Mack entra dans sa chambre, avec l'air d'un déterré et sentant la fumée.

— Que s'est-il passé ?

Mack s'assit sur la chaise à côté de son lit.

— J'ai eu une dure journée. On nous a prévenus que le pick-up de Denny Beltz avait été vue en route vers la ville. Je suis allé à sa rencontre, et

158

avant que je puisse l'arrêter, il a quitté la route. Son pick-up s'est retourné. Zeb et moi l'avons sorti avant qu'il explose.

— Il est vivant ? demanda Brantley.

— Oui. Maintenant, il est ici à l'hôpital. Il a subi une opération d'urgence parce que l'accident a causé des dommages internes, et il ne s'est pas encore réveillé.

— Tu as trouvé ce que tu cherchais ?

— C'est pour ça que j'arrive si tard. Il ne portait pas les bottes, et elles n'étaient pas dans la cabine du pick-up. Ni l'arme. Nous les avons cherchées partout parce qu'elles auraient pu être projetées quand le véhicule s'est retourné. Nous n'avons rien trouvé, dit-il avant de prendre une profonde inspiration et de s'enfoncer sur son siège, clairement épuisé. Après avoir terminé l'examen du pick-up et l'avoir retourné, elles n'étaient pas en dessous non plus. Cette section était largement protégée des flammes, et la peinture était essentiellement intacte sur la plate-forme, donc si elles avaient été rangées là, elles y auraient encore été, mais elles n'y étaient pas. Nous avons bien trouvé une tente et de l'équipement de camping. Des cannes à pêche, mais pas d'arme.

— Donc pas de bottes et pas d'arme… ça signifie qu'il aurait pu les avoir planquées ailleurs.

— Pourquoi ferait-il ça ? Il n'est pas au courant pour l'empreinte. Personne ne l'est. Alors pourquoi abandonnerait-il ses bottes ? dit Mack en secouant la tête. Il en portait une vieille paire. Nous avons rassemblé tout ce que nous avons trouvé, et demain je verrai ce que je peux en faire.

— Comment t'es-tu retrouvé aussi sale ?

— On a passé au crible le contenu de la cabine pour voir si on pouvait trouver quoi que ce soit. J'ai tout bouclé avec les preuves et je dois les évaluer dans la matinée.

— Tu as une théorie sur tout ce que cela signifie ?

— J'en ai des douzaines, mais je suis trop fatigué pour penser clairement. J'espère que Denny pourra nous dire quelque chose une fois qu'il se réveillera. Il campait certainement, et j'aimerais vraiment savoir où.

— Comme dans les bois près de mon ranch pour pouvoir m'observer ? demanda Brantley, sa voix s'élevant sous la colère qu'il avait maintenue à distance jusque-là. Je veux que tu attrapes ce connard et que tu le cloues au mur. Il a mis le feu à ma maison et essayé de me tuer plus d'une fois.

Il serra les poings.

159

— Détends-toi. Je suis très proche de la fin. Je le sens maintenant. Quand je pourrai penser clairement, nous allons tout passer en revue et reconstituer ensemble le puzzle de ce qui s'est passé exactement. Et Dieu sait que Denny ne va aller nulle part.

Mack avait l'air d'avoir soif, et Brantley lui passa le verre d'eau de son plateau.

— Merci.

— Pas de quoi, répondit Brantley, à la manière dont il avait entendu certains des locaux le faire. Tu penses vraiment que tu l'as eu ?

— Oui. Il y a encore des questions en suspens, mais oui, dit Mack en bâillant avant de continuer à voix basse. Avec ce que sa femme m'a dit, ils ont des problèmes et le ranch ne va pas bien. Donc je suspecte qu'il voulait ta propriété pour pouvoir aller chercher l'or qui s'y trouve et essayer de repousser la saisie. Avec toi parti, il était certain que l'endroit ne se vendrait pas cher, vu que c'était la scène d'un meurtre.

— Tu crois qu'il avait un truc avec Renae ? C'est pour ça qu'il s'en est pris à elle ? Je veux dire, il aurait pu me tuer avec ce tir à travers la vitre du *diner*, mais ne l'a pas fait, et je ne pense pas que c'était un accident. Il ne voulait pas me tuer, seulement me foutre la trouille pour que je m'enfuie, dit Brantley en réfléchissant un moment. Tu sais, il est très possible qu'il ait balancé les bottes et l'arme bien avant de décider de revenir en ville.

— Il y a encore trop de questions sans réponse à mon goût. J'espère que Denny s'ouvrira une fois qu'il saura que je le tiens, puis je pourrai emballer cette affaire avec un joli petit nœud et en finir. La ville sera contente et se sentira de nouveau en sécurité, et en résolvant ce meurtre, j'espère qu'au moment des élections, la plupart des gens seront prêts à écarter le fait que je suis gay.

— Je me sentirai tellement mieux une fois que ce sera réglé, puis je pourrai réfléchir à ce que je vais faire pour la maison. J'aimerais la reconstruire, je pense. Peut-être un endroit avec un peu d'élégance venant de la ville à la campagne, dit Brantley avec un petit rire. J'ai eu beaucoup de temps pour réfléchir pendant que j'étais couché ici.

Il avait aussi pensé à quel point il serait seul, une fois que Mack n'aurait plus besoin de le garder près de lui et qu'il ne serait plus dans sa chambre d'amis. Cela allait être difficile.

— Je suis certain que tu pourrais construire ce que tu veux. Mais ce n'est pas pressé. Tu as un endroit où loger aussi longtemps que tu en auras besoin, dit Mack en soupirant, puis il se rapprocha de son lit. Il faut que tu prennes les décisions qui sont bien pour toi, et tu vas avoir besoin d'un peu de temps pour trouver une solution. Bon sang, j'espère bien que tu auras des difficultés à te décider.

Il sourit, Brantley ferma les yeux et Mack posa ses lèvres contre les siennes.

Brantley ne s'habituerait jamais à combien la sensation et le goût étaient agréables, ou à la manière dont la chaleur ne manquait jamais de remonter le long de sa colonne vertébrale en bouillonnant, rien que par ce simple contact. Il adorait ça et enroula lentement un bras autour du cou de Mack. Le bruit sec de pas dans le couloir s'éloigna, tout comme le doux bourdonnement général des conversations venant du poste des infirmières ainsi que le ronronnement superposé des télévisions des patients – tout s'évanouit alors qu'il baignait dans la lueur brûlante des yeux de Mack et dans la chaleur de ses lèvres qui le faisaient fondre. C'était tout ce dont il avait besoin pour se sentir mieux, et son sexe était maintenant tout aussi réveillé que le reste de son corps. Seigneur, il désirait tellement Mack. Du temps seul pour réfléchir avait permis à son esprit d'errer sur bien des choses, y compris à quel point ce serait agréable que Mack assaille ses lèvres, enfonce son sexe épais entre ses fesses, le remplissant et lui faisant savoir que tout irait bien, juste parce que Mack était là.

Ce dernier interrompit leur baiser quand son téléphone sonna. Il grogna, y répondit et parla à voix basse avant de raccrocher. D'après son expression houleuse mais triste, les nouvelles n'étaient pas bonnes.

— Ça va prendre un moment avant que Denny se réveille, s'il se réveille un jour.

Mack rangea son téléphone.

— Je sais que tu es fatigué. Vas-y et rentre chez toi. Essaie de te reposer un peu.

— Je vais le faire. Appelle-moi quand ils te laisseront sortir d'ici, et je viendrai te chercher pour t'emmener à la maison où je pourrai m'occuper de toi.

Le soulagement dans la voix de Mack était palpable.

— S'il ne se réveille pas, continua-t-il, je pourrais ne jamais avoir les réponses que je cherche, mais il n'y a aucun doute dans mon esprit qu'il est derrière tout ça. Et dans tous les cas, c'est terminé. Je vais remplir tous mes rapports et la paperasse afin de pouvoir obtenir un mandat, et ça sera enfin fini.

Brantley hocha la tête, et quand Mack l'embrassa de nouveau, il lui fallut tout son self-control pour ne pas l'entraîner sur le lit.

— Ça devrait te donner quelque chose à attendre avec impatience.

Mack approcha ses lèvres près de l'oreille de Brantley, son souffle chaud lui envoyant une décharge à travers tout le corps.

— Quand je te ramènerai à la maison, j'ai l'intention de célébrer la fin de cette affaire pendant une bonne partie de la nuit. Peut-être que je donnerai des bouchons d'oreille à Papa pour pouvoir te faire hurler quand je lécherai ton joli cul avant de te baiser durement jusqu'à ce que tu ne saches plus comment tu t'appelles.

Le sexe de Brantley palpita, et il eut fortement envie de le prendre dans sa paume, mais se toucher dans une situation pareille n'était pas la meilleure idée.

— Je croyais être le seul à avoir du temps devant moi pour penser à ça.

— Avec toi, il ne faut pas grand-chose. Je suis au bord du précipice rien qu'en pensant à toi.

Mack lui suça l'oreille, puis il s'éloigna. Il se tenait au-dessus du lit, le regardant, et Brantley l'observa en retour, se demandant ce qui lui traversait l'esprit en cet instant.

— Repose-toi, mon cœur, et je viendrai te prendre demain matin.

— Toi aussi. C'est terminé maintenant, et tu peux dormir un peu, dit Brantley en lui prenant la main. Je n'oublierai jamais la manière dont tu as pris soin de moi quand j'en avais besoin.

— Hé. Ça marchait dans les deux sens, dit Mack en lui serrant les doigts. Je pense vraiment qu'on fait une bonne équipe.

Brantley ne cessait de s'attendre à ce que Mack se retourne pour partir, mais il ne bougeait pas. Ils ne disaient rien. Mack lui tenait la main et se tourna légèrement vers la porte plus d'une fois, mais il resta où il se trouvait jusqu'à ce que les paupières de Brantley commencent à se faire lourdes. Puis Mack l'embrasa de nouveau et quitta la chambre.

Brantley dormit profondément, n'ayant plus besoin de tendre l'oreille dans l'attente de quelque chose qui irait horriblement et dangereusement de travers. Malgré tout, ses rêves furent remplis à répétition de sa découverte de Renae et de la fusillade. Le tir ne cessait de résonner dans ses oreilles. Dans ses rêves, il ne pouvait jamais voir le tireur, mais il s'en approchait beaucoup. Ses rêves changèrent alors que la nuit avançait. D'abord, ce fut lui, puis Lew la cible, puis ce fut de nouveau lui avec Mack. Bientôt, son esprit fit apparaître des images d'une salle de tirs avec eux tous dans la ligne de mire, se déplaçant sous les mouvements de quelqu'un d'autre.

Brantley se réveilla dans un sursaut, ses paupières s'ouvrant brusquement.

— Tout va bien, dit l'infirmière à côté de son lit.

— Quelle heure est-il ? demanda-t-il en se frottant les yeux.

— Juste six heures passées. Je vais sortir d'ici dans quelques minutes, et vous pourrez vous rendormir.

— Comment vous appelez-vous ? demanda Brantley.

— Nadine.

Elle sourit doucement. Il n'avait pas entendu ce prénom depuis très longtemps. Il était inhabituel, et il le lui dit.

— On m'a donné le prénom de ma grand-mère. Je dois vous prendre un peu de sang pour que nous puissions faire encore une série de tests avant de pouvoir vous renvoyer chez vous.

Elle fit ce qu'elle devait faire puis arrangea son couchage et le mit à l'aise avant de quitter la chambre.

Brantley ferma les yeux et essaya de se rendormir. Il était un peu trop excité pour vraiment se rendormir profondément. Quand il se réveilla environ une heure plus tard, il y avait une visiteuse dans sa chambre.

— Bonjour, Julie, dit Brantley.

— J'ai entendu dire que vous étiez là, lui dit-elle, se rapprochant du lit. Je suppose que vous avez eu beaucoup de chance d'être sorti de la maison.

Elle ne souriait pas, et quelque chose dans ses yeux lui envoya un frisson qui remonta le long de sa colonne vertébrale.

— Vous êtes là pour rendre visite à Denny ?

— Après.

Son regard ne se détourna pas de lui, et Brantley se tortilla sous son intensité. Elle avait toujours semblé si assurée quand il lui avait rendu visite, mais maintenant elle avait l'air stressée et une main s'agitait contre sa cuisse à des intervalles de quelques secondes.

— Je voulais m'assurer que vous alliez bien.

Chaque fois qu'elle disait quelque chose, l'air devenait juste un peu plus froid. Il y avait quelque chose qui n'allait vraiment pas. Bien sûr, découvrir que son mari était un meurtrier était suffisant pour embrouiller un peu quelqu'un.

— Je suis désolé pour tout. Tout ça doit être tellement difficile pour vous. S'il y a quoi que ce soit que je puisse faire…

La détresse de Julie commençait à remplir entièrement la pièce.

Le téléphone de Brantley sonna et il tendit la main.

— Hé, Mack, dit-il joyeusement.

— Est-ce qu'ils t'ont dit quand tu pourras partir ?

— Pas encore. Ils ont prélevé du sang plus tôt ce matin, et j'espère que ce sera tout, dit-il, ne pouvant s'empêcher de sourire au son de la voix chaude de Mack. Je t'appellerai dès qu'ils me le diront.

— OK. Je vais prendre une douche et ensuite j'arrive, et nous pourrons attendre ensemble.

Mack raccrocha, et Brantley reposa son téléphone sur le plateau.

— Désolé, dit-il. Et je le pense. Je sais que ce doit être très difficile pour vous, et je veux que vous sachiez que vous n'êtes pas responsable de ce qu'il a fait.

Brantley sourit, espérant qu'un peu de réconfort atténuerait une partie de la douleur et de l'inquiétude sur son visage.

— Je le sais, dit-elle doucement en se rapprochant, se tenant juste à côté de son lit. Il n'y a qu'un problème, chuchota-t-elle et elle plaça la main au centre du torse de Brantley. Mon mari, ce salaud infidèle, n'a pas eu les tripes de dire à cette garce de Renae de s'occuper de ses affaires et de rester loin de ce qui m'appartenait.

En un instant, il se rendit compte que Julie était derrière tout ça : elle avait piégé son mari et ils avaient été complètement dupes. Sa main se posa sur la gorge de Brantley, la saisissant, mais ne la serrant pas, en tout cas pas encore, mais la menace était suffisante pour empêcher Brantley de bouger.

— Pourquoi s'en prendre à moi ?

Brantley était perplexe.

— Vous êtes un garçon intelligent… vous savez pourquoi. J'avais besoin d'argent, et avec vous parti, je pouvais exploiter le ruisseau à volonté. J'en sors de l'or depuis des mois maintenant, mais je dois continuer plus profondément. J'ai tout gardé, j'en ai presque assez pour être à jour dans le remboursement de mon hypothèque, et peut-être qu'avec un peu plus de travail, je pourrais avoir assez d'argent pour une mise de fonds sur votre propriété. Puis je pourrais l'exploiter quand je voudrai, et personne n'y regardera à deux fois.

— Pourquoi n'avez-vous pas pris ce que vous avez amassé pour l'utiliser et payer ce dont vous aviez besoin ? Personne ne l'aurait su, et vous n'auriez pas eu à traverser tout ça.

Les pièces commençaient à s'assembler. Denny n'avait jamais dit qu'il restait chez les Réservistes une semaine de plus – c'était Julie, sachant que ça se saurait. Brantley était prêt à parier qu'elle était une excellente tireuse avec un fusil de chasse, et pour le reste, c'était elle aussi. Tout ce dont elle avait eu besoin, c'était d'un bouc émissaire, et elle l'avait trouvé avec son mari, qui la trompait.

— Je ne pouvais pas simplement me montrer avec de l'or brut et ne pas m'attendre à ce qu'il y ait un million de questions. Je devais posséder l'endroit d'où il venait. L'or lui-même est peut-être intraçable, mais l'or pur avec tous les autres minéraux l'est assurément.

Sa voix était douce, mais menaçante.

— Donc vous avez piégé Denny afin qu'il porte le chapeau ? demanda Brantley, glissant rapidement son regard en direction de la porte.

Le rideau avait été tiré pour bloquer la vue, et à en juger par le silence, il suspectait qu'elle avait fermé la porte quand elle était entrée.

— Bien sûr. Pourquoi pas, bon sang ? Il m'a trompée, et le shérif n'a jamais pensé à moi. J'ai porté ses bottes, utilisé son arme, et me suis assurée que tout remonte jusqu'à lui. Je lui ai donné un alibi en sachant qu'il tomberait en morceaux si quelqu'un le vérifiait, et à partir de là tout s'est mis en place.

— Mais où était-il ?

Brantley plaça la main sur la sienne quand elle commença à serrer. Julie était sacrément plus forte qu'elle en avait l'air. Il avait des difficultés à respirer sous la pression. Il savait que sa seule chance était d'essayer de gagner du temps. Mack avait dit qu'il allait arriver, donc s'il pouvait continuer à la faire parler suffisamment longtemps, il pourrait avoir une chance. Il essaya de chercher le bouton d'appel à tâtons, mais il avait disparu.

— Denny adore aller camper pour pouvoir vivre de la terre. Donc je lui ai suggéré d'y aller quand il est revenu de chez les réservistes, puis j'ai tissé mon histoire. Seigneur, vous les hommes, vous êtes tellement crédules quand il s'agit des femmes. Vous n'avez pas fait attention à moi, et mon plan était parfait. Vous effrayer, le piéger pour la mort de Renae, dit-elle en se penchant, appliquant davantage de pression sur sa gorge, puis la relâcha. Bon sang, quand vous êtes rentré chez vous juste après que je me suis occupée de Renae, j'ai appelé le shérif, pensant que je pourrais balancer encore un peu de fumée.

— Mais pourquoi tirer vers moi ?

— Pour vous faire fuir… vous êtes sourd ? Je pensais que vous deviez être à deux doigts de vous faire dessus à ce moment-là, mais comme vous n'êtes pas parti, j'ai su que je devais carrément me débarrasser de vous, dit-elle en souriant et se penchant encore plus près. Vous auriez dû voir le visage de Mack quand il a vu les flammes. J'ai mis le feu et lui ai parlé quelques minutes plus tard. Il n'a pas fait attention à moi, l'abruti. Il était tellement absorbé par Denny qu'il n'a jamais pensé que ça pouvait être moi. Puis mon connard de mari a appelé pour me dire qu'il rentrait plus tôt que prévu à la maison, et je savais exactement où l'éliminer.

— Vous avez provoqué son accident ? demanda Brantley, sa peur s'élevant en proportions épiques.

Il devait trouver un moyen de sortir d'ici ou il n'allait pas tenir beaucoup plus longtemps.

Elle plongea la main dans sa poche, en sortit une seringue assez grosse et la tint dans sa main, la lui montrant.

Brantley s'immobilisa. Elle allait le tuer ici même dans l'hôpital, lui administrant probablement la même chose qu'elle avait utilisée sur lui précédemment.

— Bien sûr. Je connais cette région comme ma poche. Tout ce que je devais faire, c'était tirer sur un pneu au bon moment, et il plongerait dans le ravin. Il est suffisamment escarpé pour qu'il fasse au moins deux tonneaux. Le feu a été un coup de chance.

— Mais vous n'aviez pas compté sur Mack qui y arriverait aussi vite, dit Brantley.

— Pas que ça ait d'importance. Vous allez mourir de quelque chose que votre corps produit tout seul, et ils penseront que c'est ce qu'on vous a donné avant. Denny va mourir de la même façon, seulement ils penseront que c'était dû à ses blessures, et je jouerai à la veuve éplorée et finalement tout se mettra en place. Je devrai peut-être faire quelque chose pour tirer profit de l'or, mais… dit-elle en se rapprochant, et ses yeux étaient aussi sombres que les profondeurs de l'enfer. Je suis allée trop loin pour reculer maintenant.

Tout ça avait dépassé le stade de la discussion. Brantley se disait qu'il manquait de temps vu la manière dont elle tenait la seringue contre son cou. Elle pouvait l'enfoncer et appuyer en même temps, et il n'y avait absolument rien qu'il puisse y faire.

— Vous ne vous en sortirez pas, et alors, qu'arrivera-t-il à Nathan ? dit-il, sachant qu'il devait réfléchir rapidement. Il sera seul.

— Mon Nathan ira très bien. C'est pour ça que je fais tout ça. J'ai pensé à tout. Denny ne sera plus là, mais Nathan n'a pas besoin d'un connard infidèle comme père. Ils s'attendent à moitié à ce qu'il meure de toute façon, et votre mort sera considérée comme un effet secondaire de ce qu'*il* vous a donné plus tôt. Je m'occuperai de Mack dès que vous serez mis sur la touche. J'ai déjà les médocs. Tout le reste fonctionnera parfaitement. Je pourrai sauver le ranch et le transmettre alors à Nathan. Il aura son héritage, et si les choses se passent bien, votre ranch en fera aussi partie. Nous aurons l'or et l'eau, et le ranch sera stable pour lui. Rien d'autre n'a d'importance maintenant. Donc vous pouvez arrêter votre jeu de la parlote et faire la paix avec le Dieu auquel vous croyez.

Elle plongea la seringue dans son bras et appuya sur le piston.

Brantley attendit que quelque chose se passe. Il ne sentit rien.

— Maintenant, quelque chose pour te faire dormir afin que je puisse m'enfuir…

Elle chercha une autre seringue.

Brantley en avait assez. S'il devait mourir, il n'allait sûrement pas l'accepter sans se battre.

Il lui attrapa le poignet aussi fort qu'il le put, l'éloignant de sa gorge. Julie était une femme forte, aucun doute là-dessus, et il utilisa tout son poids pour essayer de la repousser.

— J'ai besoin d'aide, cria Brantley.

Mais personne ne vint. Il commençait à avoir la tête qui tournait, et son estomac était extrêmement mécontent.

Elle le repoussa et plaça la main sur sa bouche. Il la sentit chercher quelque chose dans ses poches, et elle trouva une autre seringue. Brantley lui frappa la main, et la seringue s'envola de l'autre côté de la pièce, atterrissant sur le sol.

Ses mains et ses jambes lui semblaient légères, et sa tête commença à flotter. Réfléchir devenait de plus en plus difficile. Il entendit la porte s'ouvrir.

— À l'aide, appela-t-il en espérant vraiment que quelqu'un l'entende.

Tout d'un coup, la prise sur son cou se détendit, et Julie lâchait un flot régulier d'obscénités.

— J'essayais de l'aider, dit-elle.

— Non, dit Brantley d'une voix rauque, tombant de plus en plus profondément dans un trou noir.

Il vit Mack qui la tenait.

— Elle m'a fait une piqûre de quelque chose, essaya-t-il de dire.

Son corps entier semblait étrange, et il savait que sa capacité à réfléchir disparaissait rapidement. De la nourriture. Tout ce qu'il voulait, c'était de la nourriture, et il n'y avait rien à proximité. Son instinct fut de tendre la main vers le plateau, mais il n'y avait rien.

— Aide-moi, Mack, dit-il, essayant péniblement de s'accrocher à la conscience, mais elle s'estompait.

IX

MACK ÉTAIT venu rendre visite à Brantley, et quand il entra dans la chambre et fit le tour du rideau, il fut horrifié de voir Julie avec la main sur sa gorge. Il réagit immédiatement, l'attrapant pour l'éloigner. Julie se débattit comme une folle, et quand Brantley dit qu'elle lui avait injecté quelque chose, il lui mit les bras derrière le dos et les tira vers le haut. Il était très proche de lui casser les bras, mais elle se débattait toujours comme quelqu'un de possédé.

— Mets-toi au sol immédiatement, cria Mack.

La pièce se remplit de gens qui avaient entendu son éclat de voix, et il supposa qu'il était à quelques secondes de se faire réprimander.

— Elle lui a injecté quelque chose. Trouvez ce que c'est et aidez-le tout de suite ! dit Mack en tirant Julie vers le couloir et en la plaquant contre un mur. Dis-moi ce que tu lui as donné.

Elle secoua la tête.

— Dis-le-moi ou je te jure que je te tirerai dessus ici et dirai que tu as essayé d'attraper mon flingue, grogna-t-il.

Ses yeux se remplirent de peur. Elle se détourna, et Mack sut qu'il n'allait rien obtenir d'elle. Il lui fit les poches et trouva deux seringues, une vide et l'autre pleine. Il attira l'attention d'une des infirmières qui passait et lui tendit la seringue vide.

— Est-ce que c'est ce qu'elle a utilisé sur lui ? demanda l'infirmière.

— Je le pense, dit Mack.

Elle la prit et s'éloigna en hâte. Les docteurs et les infirmières passaient alors que Mack retenait Julie immobile. Il réussit à appeler le poste et à demander des renforts, et on lui dit que Ronnie était en chemin.

— Comme un fou, répondit Mack, et Gloria confirma le message.

Il aurait voulu être à l'intérieur pour savoir si Brantley allait s'en sortir, mais il devait garder Julie sous contrôle. D'autres personnes se précipitèrent dans la chambre, quelqu'un portant une poche intraveineuse. Il avait rarement vu des gens courir aussi vite dans un hôpital.

— Qu'est-ce que tu lui as donné ? Si tu me le dis, je pourrais peut-être t'aider.

— Conneries, dit Julie et elle se tut.

Mack la mit face contre terre et examina toutes ses poches, y compris celle dans sa veste.

— Docteur… cria-t-il, et un homme sortit de la chambre de Brantley.

Il lui tendit une petite fiole, et le docteur retourna en hâte à l'intérieur. Mack passa les menottes à Julie et la maîtrisa. Il entendit Ronnie répondre à l'appel radio, et il apparut quelques minutes plus tard, prenant Julie en charge.

— Amène-la au poste et mets-la dans une cellule. J'arrive dès que je pourrai.

Il demanda à Ronnie des sacs de preuve et mit ce qu'il avait trouvé dedans. Zeb apparut aussi, et tous deux menèrent Julie hors de l'hôpital tandis que Mack gardait les éléments de preuve. Une fois que Julie fut partie, Mack mit le nez dans la chambre de Brantley. Il était couché immobile sur le lit et était aussi pâle que les draps.

— Que s'est-il passé ?

— Nous pensons qu'elle lui a injecté une dose massive d'insuline. Nous avons installé une intraveineuse de glucose, et nous lui avons fait quelques injections. Il était réactif il y a quelques minutes.

Le docteur examina de nouveau Brantley.

— Donnez-lui-en une autre, dit-il à l'infirmière, et elle injecta le produit dans l'intraveineuse.

Puis elle piqua un de ses doigts.

— Cinquante, dit-elle quand l'appareil qu'elle tenait bipa.

— Ça remonte, dit-il. Trouvez-lui des bonbons. Je veux qu'il mange quand il se réveillera. Aussi, du jus d'orange et ajoutez-y du sucre. Il va en avoir besoin pendant un moment.

L'infirmière s'éloigna en hâte, et Mack s'approcha du lit.

— Brantley, tu m'entends ? demanda-t-il en lui prenant la main.

Il ne répondit pas, et Mack se tourna vers le docteur.

— Nous devons donner quelques minutes à son corps. Nous lui avons injecté beaucoup de sucre pour contrebalancer l'insuline. Ça remonte, et il y a toujours un flot régulier de glucose qui entre dans son corps.

— Mack ? chuchota Brantley. C'est toi ?

— Oui, je suis là, dit-il en se retournant alors qu'une infirmière entrait en hâte dans la chambre. Tu dois boire ça.

Il prit le verre et tendit la paille vers les lèvres de Brantley.

— Bois. Ça va t'aider.

Brantley aspira une partie du liquide.

— Vous devez continuer à boire, l'encouragea le docteur. Ça va vous aider à vous sentir mieux.

Mack continua à tenir la paille entre ses lèvres jusqu'à ce que Brantley ait terminé le verre.

— Quelqu'un m'a frappé avec une batte de base-ball, dit Brantley. Puis il m'a donné un coup de poing et m'a plaqué au sol.

Mack se tourna vers le docteur sous la confusion.

— C'est normal qu'il soit confus dans un moment pareil. Donnez-lui quelques minutes, dit le docteur en se rapprochant. On vous a injecté une dose élevée d'insuline, et votre glycémie a atteint son point le plus bas. Nous allons vous surveiller et continuer à faire entrer du sucre dans votre système pendant un moment, mais vous devriez vous sentir mieux très bientôt.

Il se tourna vers Mack.

— C'est une bonne chose que vous soyez arrivé ici quand il le fallait. Mais je pense qu'il ira bien maintenant. Nous allons le surveiller.

Les infirmières étaient parties, et maintenant le docteur sortit de la pièce aussi.

— Merci, dit Mack avant de se retourner vers Brantley. J'ai vraiment foiré, hein ?

Brantley cligna des yeux plusieurs fois comme s'il essayait de donner un sens à ce que Mack venait de dire.

— Pourquoi tu dis ça ? dit-il d'une manière beaucoup plus cohérente.

— Parce que… j'étais censé te protéger. Tout ça est arrivé sous ma surveillance, et j'ai complètement négligé la seule personne bien en évidence. J'ai suspecté chacun de tes voisins, mais Julie a échappé à mon radar tout du long.

— Je l'appréciais, dit Brantley. S'ils donnaient des Oscars pour les criminels, je pense qu'elle serait bien partie pour une récompense pour l'ensemble de sa carrière. Elle m'avait complètement dupé.

— Moi aussi. Mais nous la tenons maintenant.

— Et elle m'a tout raconté, dit Brantley. Elle a tiré sur Renae et c'est elle qui a tiré vers moi. Elle a aussi dit qu'elle avait fait quitter la route à Denny. Je parie que si vous cherchez bien dans son ranch, vous trouverez l'arme et les bottes que nous cherchions. Elle a dit qu'elle les avait utilisées.

Waouh. Mack n'était pas sûr de savoir quoi dire.

— Je croyais qu'ils étaient heureux.

— Elle a dit que Denny avait une liaison avec Renae, et c'est pour ça qu'elle l'a tuée. Elle me voulait juste hors de son chemin pour le ranch, l'eau et l'or.

Brantley se détourna, et Mack se demanda ce qui lui traversait l'esprit. Cela ne le surprendrait pas s'il décidait que New York City était plus sûr qu'ici.

— Qu'est-ce que tu vas faire ? demanda Mack.

Brantley soupira et se tourna de nouveau vers lui.

— Je ne sais pas. D'un côté, je peux reconstruire ma maison et essayer de débuter une vie dans une ville où la moitié des gens penseront encore que je suis un meurtrier et une sorte de phénomène parce que je suis gay, de l'autre, je peux retourner à New York, où ma réputation professionnelle est en lambeaux.

Il ferma les yeux.

— Il y a une chose, et j'espère qu'elle est importante, que tu n'as pas prise en considération, dit Mack.

— J'ai tout pris en considération, dit Brantley en ouvrant ses yeux bleus saisissants et il regarda profondément dans ceux de Mack. Je pense que tu contribueras grandement à faire pencher la balance en faveur de cette ville.

— Donc tu vas rester ?

— Oui. Je vais trouver un architecte et faire concevoir une maison qui sera exactement comme je le veux, avec beaucoup de boiseries et de fenêtres pour laisser entrer la lumière, ainsi qu'une pièce pour exposer ma collection d'art.

Mack se pencha au-dessus du lit.

— Tu peux te permettre tout ça ? Je sais que tu as de l'argent, mais…

— Je suis facilement la personne la plus riche de la ville, et peut-être dans le top cinq de l'état. J'étais très doué pour faire gagner de l'argent à mes clients, et ils me payaient beaucoup pour ce privilège. Est-ce que ça fait une différence pour toi ?

Mack savait que Brantley avait de l'argent, mais en avoir autant était difficile à comprendre pour lui.

— Non. Seulement, je ne veux pas que tu penses que je m'intéresse à toi pour ce que tu as.

Brantley serra sa main et sourit.

— Je sais. Donc cette affaire est vraiment terminée ?

— Oui. Je dois aller au poste et m'occuper de Julie. Ça va être un cauchemar de paperasse, mais ton témoignage va beaucoup nous aider.

Brantley hocha la tête lentement.

— Assure-toi de passer voir Denny. Il va avoir besoin d'amis maintenant, et Nathan aussi.

L'impact sur ce petit garçon frappa Mack presque aussi fort que la prise de conscience d'être passé à un cheveu de perdre Brantley… encore. Ça devenait une habitude que Mack voulait désespérément perdre.

— Je dois y aller, dit-il doucement.

— Je sais. Avec un peu de chance, une fois qu'ils auront trouvé comment neutraliser ce que Julie m'a injecté, je pourrai rentrer à la maison. J'en ai marre d'être couché là.

Mack embrassa Brantley encore une fois puis se tourna vers la porte.

— Appelle-moi dès que tu sauras quelque chose, et je reviendrai ici.

Il quitta la chambre et utilisa sa position pour obtenir le numéro de celle de Denny. Mack y alla directement, marquant une pause avant d'entrer. Son vieil ami reposait sur le lit, pâle et avec l'air de ne pas s'être rasé depuis quelques jours. Mack s'assit à côté du lit, regardant son torse se soulever et redescendre lentement.

— Je t'ai sauvé hier. Pour faire mon travail, j'ai dû mettre notre amitié de côté. Mais maintenant, il n'y a plus de quoi s'inquiéter.

Mack était plus soulagé qu'il ne voudrait jamais l'avouer. Arrêter son vieil ami avait été la dernière chose qu'il avait voulu faire, et il était reconnaissant de ne plus avoir à le faire maintenant.

Denny grogna.

— De quoi tu parles ?

Ses mots étaient à peine audibles.

Mack sursauta puis appela l'infirmier.

— Il se réveille, dit-il au jeune homme quand il entra dans la pièce.

— Dieu merci. Je vais appeler le docteur.

— Où est Julie ? Pourquoi elle n'est pas là ? demanda Denny.

Bien sûr, Denny n'avait aucune idée de ce qui s'était passé ou de ce que sa femme manigançait, et il incombait à Mack de briser le monde de son ami en petits morceaux.

— Elle ne peut pas être là pour l'instant, donc je passais pour voir comment tu allais, dit Mack, regardant les yeux de Denny s'ouvrir avec difficulté.

— Où suis-je ?

— À l'hôpital, expliqua Mack. Ton pick-up a quitté la route et a fait quelques tonneaux. Je t'ai sorti, et ils t'ont amené ici.

Il pensa qu'il avait largement le temps de tout lui dire, mais pas à cet instant.

— Nathan était avec moi ?

— Non. Tu étais seul, dit Mack en se rappelant qu'il devait trouver où était Nathan et s'assurer qu'il y avait quelqu'un qui pourrait prendre soin de lui jusqu'à ce que Denny en soit capable. Détends-toi et repose-toi. Tout ira bien maintenant.

Denny hocha la tête et ferma les yeux.

Les infirmières et les docteurs arrivèrent, et Mack expliqua leur conversation, s'écartant de leur chemin afin qu'ils puissent faire leur travail. Quand il fut sur le point de partir, le docteur le prit à part.

— Devons-nous lui dire pour sa femme ? demanda le docteur.

— Non. J'ai des choses à faire la concernant. Je reviendrai dans quelques heures, et je m'assiérai avec lui pour tout lui expliquer à ce moment-là. Laissez-le juste se reposer et récupérer.

— Il va encore dormir pendant des heures, donc… Je m'assurerai que des instructions soient laissées.

— Merci, dit Mack fermement, puis il quitta l'hôpital.

— MERCI D'ÊTRE venu me chercher, dit Brantley quand Mack passa le prendre à l'hôpital en fin de journée. Comment ça s'est passé ?

— De la paperasse à la tonne, dit Mack. Julie est bien derrière les barreaux dans ma prison, et c'est là qu'elle va rester. Elle a essayé de proposer le ranch comme garantie pour sa caution, mais une fois qu'ils ont découvert que son mari était également une victime dans tout ça, c'est tombé à l'eau.

— Et pour Nathan ?

— Il est à la maison avec son pote Lew et les chiens. Cet après-midi, après que je suis passé te voir, j'ai tout expliqué à Denny. Les choses entre lui et Julie n'étaient pas bonnes du tout. Il s'avère qu'elle est violente, et Denny est trop gentleman pour se défendre. Il se préparait à la quitter, mais ne l'avait pas encore fait à cause de Nathan.

— Mon Dieu.

— Exactement. Julie avait suggéré qu'il aille camper pour s'éclaircir les idées puis a utilisé son éloignement contre lui.

174

Mack arrêta la voiture et se tourna vers Brantley, soulagé de l'emmener chez lui et en un seul morceau. Le docteur avait dit qu'il devait y aller doucement et lui avait fait promettre de manger régulièrement au cas où il y aurait des effets secondaires à l'injection d'insuline.

— Le hic c'est qu'il dit qu'il n'a jamais eu d'aventure avec Renae. Ils étaient en quelque sorte des amis, et il la voyait pour des conseils sur comment sauver le ranch.

— Seigneur, c'est tellement merdique. Renae est morte parce que Julie avait tout faux.

— Oui. Je vais la faire évaluer par un docteur pour détourner une défense vers la folie.

Mack reprit la route et continua vers sa maison.

— Comment savait-elle pour l'insuline et avait-elle accès aux médicaments ?

— Sa mère est diabétique, et Julie a pris une partie de son approvisionnement. Les autres trucs, elle les a eus en prenant soin des chevaux et du bétail. Au fait, j'ai déménagé tes affaires dans ma chambre. Denny va rester à l'hôpital encore quelques jours, mais maintenant qu'il est réveillé, il ira bien. Erickson s'occupe de tout au ranch. J'espère que c'est bon, mais j'ai utilisé un des nombreux services qu'il te doit pour obtenir qu'il le fasse.

— Bien sûr, dit Brantley, exactement comme Mack s'y était attendu. On devrait essayer d'aider nos voisins quand on le peut.

Mack s'engagea dans l'allée et s'arrêta. Lui et Brantley sortirent et marchèrent lentement jusqu'à la porte.

— Hé, Papa, dit Mack quand il entra, et Lew le fit taire rapidement.

Nathan était endormi sur le sofa, pelotonné sur le côté.

— J'ai fait de la soupe, chuchota Lew. Donc, passez à la cuisine quand vous serez prêts.

Mack suivit Brantley dans le couloir jusqu'à sa chambre, et ils y entrèrent. Mack ferma la porte et attira Brantley à lui.

— Tu m'as donné encore d'autres frayeurs ces derniers jours.

Il l'embrassa durement, ayant besoin de le toucher et de le goûter, de savoir que Brantley allait vraiment bien.

— Je vais bien, Mack, dit-il quand ils se séparèrent une minute plus tard. Mais tu peux faire ça quand tu veux.

Brantley posa la tête sur l'épaule de Mack, et ils restèrent immobiles, silencieux.

175

— Je dois te demander ce que tu as l'intention de faire si tu ne gagnes pas les prochaines élections.

— Le moment semble bizarre pour cette conversation, dit Mack.

— Je sais. Mais m'avoir dans ta vie pourrait te coûter cher. Et ne me dis pas que ce n'est pas une affaire. Je sais que tu adores ce que tu fais, et je ne veux pas être la raison pour laquelle tu perdras quelque chose d'aussi important.

— Hé. Tu es important. Être shérif, c'est un boulot. Si je perds les réélections, alors je deviendrai probablement rancher et travaillerai aux côtés d'un certain nouveau venu de l'Est, dit Mack en lui faisant un clin d'œil. Si tu y consens, nous allons simplement prendre les choses pas à pas et faire ce qui doit être fait. Oui, il y aura des gens qui ne voteront pas pour moi, mais j'aimerais penser que la plupart d'entre eux s'en moqueront.

— Tu en es sûr ? demanda Brantley, et Mack referma le dernier petit espace entre eux jusqu'à ce qu'ils soient torse contre torse, l'érection de Brantley se pressant contre celle de Mack. Je suppose que tu l'es.

— Tout s'arrangera d'une manière ou d'une autre.

Mack fut ravi quand Brantley frissonna dans ses bras.

— Et pour Nathan et son père ? demanda Brantley depuis le dessus des couvertures alors que Mack était assis au bord du lit.

Il avait été comme le grand inquisiteur durant l'heure écoulée.

— Demain, nous allons emmener Nathan voir son père, et avec un peu de chance, Denny pourra rentrer chez lui dans quelques jours. Lew va venir avec nous. Nathan s'est vraiment lié à lui et l'appelle Papy Lew, donc je pense que c'est pour le mieux. Nous pourrons lui expliquer pour sa mère à ce moment-là.

Ça brisait pratiquement le cœur de Mack chaque fois que Nathan demandait où était sa mère.

— Toute cette affaire est une vraie pagaille, termina-t-il.

— Non. C'est un défi. La vraie pagaille a été dénouée et éclaircie. Les gens pourront gérer maintenant, et avec un peu de chance, ils se mobiliseront autour de Denny et Nathan plutôt que de leur tourner le dos.

Mack remonta les couvertures autour d'eux et se coucha à côté de Brantley, le serrant contre lui. Seigneur, il en avait besoin. Il caressa son dos, mémorisant de nouveau les contours, surtout ce léger creux juste avant la courbe de ses fesses.

— Ton père va nous attendre, dit Brantley alors même qu'il serrait Mack plus fort avec un léger soupir. Ils ont dit que je devais manger, mais je n'ai pas faim de nourriture.

— Et si nous mangions de la soupe, et ensuite nous nous concentrerons sur d'autres activités.

Mack était déterminé à ce que l'incident plus tôt dans la journée sorte du système de Brantley. Il recula, lui caressa le dos puis il éloigna ses mains.

— Viens, dit-il. Allons manger.

Il prit la main de Brantley et le guida hors de la chambre.

Comme Mack s'y attendait, Lew avait un million de questions, et il répondit à celles qu'il pouvait. Il y en avait certaines auxquelles il n'était pas prêt à répondre, surtout concernant les preuves. Il ne voulait pas non plus parler directement de la mère de Nathan, au cas où le petit garçon se réveillerait, donc ils discutèrent avec une sorte de code.

— Papy Lew ?

Nathan entra dans la cuisine en se frottant les yeux, et le père de Mack roula en arrière. Nathan grimpa sur ses genoux.

— Où sont Maman et Papa ?

— Ton papa a été blessé, mais il va mieux, et nous allons t'emmener le voir demain, lui dit Mack.

— Tu as faim ? demanda Lew, et Nathan hocha la tête.

Brantley se leva, lui prit un bol et quelques biscuits salés, puis les apporta sur la table.

Nathan mangea en restant assis sur Lew, et il ne cessait de tous les regarder comme s'il savait que quelque chose n'allait pas du tout et qu'il attendait qu'ils le lui disent.

— Où est ma maman ? demanda Nathan en se tournant vers Lew, qui jeta un coup d'œil aux autres, cherchant une réponse.

Mack soupira.

— Ta maman a essayé de blesser des gens très gravement.

— Elle est en prison ? demanda Nathan.

Mack resta silencieux sous le choc pendant une seconde, se demandant si Nathan avait surpris quelque chose, mais c'était peut-être une conclusion logique pour un enfant. Les gens qui blessaient d'autres gens allaient en prison.

— Oui. Ton père te racontera tout, je te le promets.

Il avait espéré pouvoir éviter complètement le sujet, mais il n'allait pas lui mentir.

— Pourquoi tu ne mangerais pas ta soupe, ensuite tu pourras jouer ou regarder la télévision avant de dormir.

Nathan prit quelques bouchées puis s'appuya contre le torse de son Papy Lew.

Lew le serra contre lui et s'éloigna lentement de la table en roulant.

— C'est bon. Tu verras ton papa demain.

Lew quitta la pièce avec Nathan, et Mack se tourna vers Brantley.

— Comment allons-nous rendre les choses normales pour lui ? demanda Mack. Ce qui s'est passé va rester avec lui pour toujours.

— Je sais.

Brantley termina sa soupe et mit sa vaisselle dans l'évier. Puis il quitta la pièce sans rien dire d'autre.

Mack termina son dîner et fit toute la vaisselle. Il avait besoin de temps pour réfléchir. Attraper le méchant était son travail, et il l'avait fait, mais dans le processus, il avait laissé un enfant de quatre ans sans sa mère. Ce n'était pas sa faute, mais ça ne signifiait pas que ce n'était pas complètement merdique.

Il entendit la musique caractéristique de dessins animés et espéra que Nathan était content. Quand il eut terminé, il les rejoignit au salon.

— Brantley est allé au lit.

Il était trop tôt pour lui pour qu'il aille dormir, donc il s'assit avec son père et Nathan, regardant une série sur la Princesse Sophia jusqu'à ce que Nathan s'endorme. Mack le mit au lit, son cœur se brisant pour le petit garçon.

Lew l'attendait quand il quitta la chambre.

— Tes sentiments pour lui te font honneur, dit Lew. Il est facile d'être sans cœur.

Il regarda vers la chambre principale.

— Si toi et Brantley décidez d'avoir des enfants un jour, tu seras un très bon père.

— Papa, on ne se connaît pas depuis si longtemps que ça. Ce n'est pas un peu trop tôt pour parler comme ça ?

— Après que ta mère est partie, j'ai dû être tes deux parents. Je pense que cette expérience m'a apporté une excellente perception de toi. Peut-être meilleure que la tienne. Mais le truc, c'est que toi et moi, on s'attend à ce que les gens partent. C'est ce que ta mère a fait, et c'est resté avec nous.

Mack hocha la tête. Cela avait plané à l'arrière de son esprit depuis qu'il avait rencontré Brantley. Même maintenant, il s'attendait à ce qu'il change d'avis et décide de retourner à New York.

— Je fais quoi ?

— Tu vis ta vie. Brantley n'a pas manqué d'opportunités s'il avait voulu partir, mais il ne l'a pas fait. Dieu sait que ce garçon avait des raisons pour le faire. Mais il dort dans ta chambre, et j'oserai même dire qu'il attend que tu viennes te coucher. Pour être avec lui. Ça en dit long. Brantley est fort et sait ce qu'il veut. Donc tout ce que tu as à faire, c'est l'accepter.

— C'est si simple ?

— Oui. Je n'ai jamais cessé d'aimer ta mère et je n'ai pas tourné la page. Certaines personnes diraient que c'est une erreur, mais je ne le regrette pas. Toi, d'un autre côté, tu as une chance avec Brantley. N'hésite pas à lui ouvrir ton cœur parce que tu as peur qu'il te fasse ce que ta mère m'a fait.

— C'est...

— Promets-toi simplement d'être heureux pour aujourd'hui... une semaine... un an... le reste de ta vie. Prends ce qui vient et tu pourrais toucher le gros lot.

Lew tourna son fauteuil et se dirigea vers sa chambre, et Mack ouvrit silencieusement la porte de la sienne.

L'air sentait Brantley alors qu'il entrait et refermait la porte. Mack se déshabilla et grimpa sur le lit aussi doucement qu'il le put afin de ne pas déranger... il ne savait pas comment terminer cette pensée.

— Mack... dit Brantley doucement.

— Oui, dit-il en roulant sur le côté. Tu te sens bien ?

Brantley se glissa juste à côté de lui, pressant son corps réchauffé contre celui de Mack.

— Je t'aime, dit Brantley avant de marquer une pause, et Mack déglutit péniblement. Je sais que nous nous sommes dit des choses, mais je voulais que tu le saches. Tomber amoureux n'était pas ce à quoi je m'attendais après une semaine pareille, mais je t'aime, et je veux que tu sois dans ma vie.

— Je t'aime aussi, dit Mack en posant ses lèvres contre celles de Brantley, l'embrassant plus durement qu'il n'en avait eu l'intention, mais l'énergie entre eux l'attirait. Je sais que c'est rapide...

— Lent... rapide... ça n'a pas d'importance. Ce qui en a, c'est que nous nous sommes trouvés, dit Brantley en l'embrassant à nouveau, poussant Mack sur le dos alors qu'il grimpait sur lui. J'ai eu de nombreuses heures pour me reposer et penser à ce que je veux.

— Tu en es sûr ? demanda Mack.

— Oui. Et toi ? demanda Brantley en retour.

Mack laissa son baiser répondre à sa place, et rapidement, ils se dévoilèrent à quel point ils tenaient l'un à l'autre et avaient besoin l'un de l'autre. Les minutes et les heures fusionnèrent dans la chambre assombrie qui était leur sanctuaire face à ce qui s'était passé et ce qui restait encore à faire. Ils s'explorèrent avec leurs langues, leurs mains, et apprirent ce qui était encore nouveau, et quand Mack entra dans le corps de Brantley, le remplissant lentement, il se découvrit tout aussi empli par l'affection et l'amour qui s'étaient épanouis entre eux et explosaient pour remplir la pièce entière. Il allait s'y accrocher pour le reste de sa vie. De ça, il n'avait aucun doute.

ÉPILOGUE

Un An Plus Tard

— ÇA A pris tellement plus longtemps que je ne m'y attendais, dit Brantley en se tenant devant sa propriété, regardant sa maison fraîchement terminée, dans laquelle ils venaient d'emménager.

Elle était exactement ce qu'il avait espéré, voire plus. Il l'avait construite basse au niveau du sol, utilisant de la pierre locale et une toiture qui tenait sa couleur de la région environnante, donc la maison avait l'air d'une extension du terrain. Un large porche courait le long de la façade entière et faisait le tour sur le côté de la maison, meublé pour des heures de conversation et de relaxation dans la soirée.

— Est-ce que ça en valait la peine ? demanda Mack, glissant un bras autour de sa taille.

— Oui. Nous avons la maison principale, et ton père a son propre logement.

Brantley avait insisté pour construire une suite pour Lew avec des pièces extra-larges afin qu'il puisse facilement manœuvrer son fauteuil autour du lit et des autres meubles.

— Papa pense qu'il est mort et qu'il est au paradis. Et la famille qui a acheté ma maison était totalement ravie, donc tout s'est arrangé.

Brantley aurait aimé que d'autres choses se soient arrangées aussi. La rumeur s'était répandue que de l'or avait été trouvé dans le ruisseau. Son premier instinct avait été de laisser les gens le chercher, mais quand un des péquenauds avait décidé d'amener de l'équipement de forage, Brantley avait été forcé de fermer le sentier qui traversait sa propriété depuis la rue. Ça craignait que la stupidité et l'avidité d'une personne aient mis fin à quelque chose d'amusant pour tout le monde.

Un bip se fit entendre, et Brantley guida Mack et l'éloigna de l'allée alors qu'entrait un familier pick-up bleu foncé, décoré du logo du Soaring Eagle Ranch [3] sur le côté. Brantley n'avait pas voulu utiliser son nom pour

3 Ranch de l'Aigle en Essor.

le ranch, et quand deux aigles avaient décidé d'installer leur nid dans les arbres près de la source, il avait pris ça comme un signe.

— Oncle Brantley, cria Nathan en sortant du pick-up et se précipitant vers eux.

Brantley le souleva dans ses bras, le faisant tourner autour de lui en cercles au son des gloussements et des rires qui faisaient décoller son cœur.

— Est-ce que tu t'es amusé à camper avec ton père ?

— Oui. On a vu un renard et des oiseaux, et les aigles ont fait de gros bruits. Papa a dit qu'ils essayaient de faire fuir tout ce qui s'approchait de leurs bébés. On a cuisiné et fait des hot-dogs, et je les ai rôtis sur le feu.

Nathan bavarda de tout aussi vite qu'il put, s'arrêtant à peine pour respirer.

— On dirait que tu t'es bien amusé.

Brantley l'éteignit, puis Nathan se tortilla jusqu'à Mack pour qu'il le serre aussi.

— En effet, dit Denny, se rapprochant d'eux.

Il y avait des lignes profondes autour de ses yeux et de sa bouche qui semblaient maintenant être permanentes.

— Le D-I-V-O-R-C-E est définitif et terminé, dit-il. Cette partie de nos vies est finie.

Même depuis la prison, Julie avait essayé de le combattre, mais sans succès, et elle n'avait fait que repousser l'inévitable. Denny s'était vu attribuer tous les biens, et au final, Julie n'avait eu rien d'autre qu'une condamnation à perpétuité sans la possibilité d'une libération sur parole dans une prison de l'autre côté de l'état. Brantley savait que Mack avait fait appel à un service pour la faire placer aussi loin que possible. Denny pensait qu'il était mieux que Nathan ait la chance de guérir autant que possible. Brantley accordait du crédit à Denny – il avait répondu honnêtement à toutes les questions de Nathan, et au final, il s'était accroché à son père et maintenant il ne demandait que rarement des nouvelles de sa mère, qui avait perdu la garde de son fils au cours du jugement du divorce.

— Il est temps de passer à autre chose, alors, dit Brantley, et j'ai exactement ce qu'il faut.

— Vraiment ?

— Oui. Je veux agrandir énormément le troupeau. Nous avons commencé lentement l'année passée, mais il est temps que nous fassions du ranch une véritable entreprise viable. Donc, engage ceux dont tu as besoin, et nous allons nous y mettre.

— Tu es sérieux, dit Denny.

— Tu ferais mieux de le croire. Tu es plus que capable de diriger une grande exploitation bovine, alors construisons-en une.

Les problèmes financiers de Denny avaient été impossibles à surmonter, donc Brantley avait acheté son ranch plutôt que de le laisser retourner à la banque, et il avait fait de Denny le gérant de tout le terrain. Lui et Nathan étaient restés chez eux, et Brantley avait instantanément fait l'acquisition d'une connaissance experte du bétail. Il avait déjà le sens des affaires nécessaire. C'était une victoire pour tous.

— J'ai entendu dire que Gunther cherche à prendre sa retraite et à vendre. Il a un super cheptel, dit Denny.

— Vois s'il est intéressé pour vendre, et je négocierai un prix, dit Brantley. Il va te falloir plus de mains en dehors de William, alors commence à embaucher en fonction du besoin.

Mack avait pensé qu'il était un peu fou à ce moment-là, mais Brantley avait embauché William Turner, le vétéran qui était arrivé en ville, pour l'aider à remettre de l'ordre dans sa vie, et il s'était avéré qu'il était un travailleur incroyable.

— On pourrait avoir besoin d'un dortoir, dit Denny, puisque William vivait encore en ville dans le logement que l'église l'avait aidé à obtenir.

— Alors, on en construira un, et peut-être une cabane dans les arbres pour ce petit gars pendant qu'on y sera, dit Brantley en chatouillant le ventre de Nathan, qui gloussa avant de lever les bras en l'air en une démonstration de joie et d'excitation. Le dîner sera prêt dans une heure, et je cuisine. Alors, rentrez chez vous pour ranger vos affaires et revenez. Nous devons parler de beaucoup de choses.

Mack lui donna un coup de coude dans le bras et hocha la tête.

— J'ai oublié. J'allais te demander pour une exploitation chevaline. Tu penses qu'on devrait faire quelque chose dans ce sens ?

Denny sembla pensif, et son expression fit comprendre à Brantley tout ce qu'il avait besoin de savoir.

— Pourquoi on ne ferait pas une chose qu'on maîtriserait bien avant de se diversifier.

— Excellent, acquiesça Brantley, alors que Denny emmenait Nathan en le portant jusqu'au pick-up.

Lui et Mack agitèrent la main avant de se diriger vers la maison et d'y entrer.

— Comment diable réussis-tu à faire ça ?

— Quoi ? demanda Brantley.

— Leurs vies ont été brisées en mille morceaux, et tu as réussi à tout rassembler sans même qu'ils se rendent compte de ce que tu as fait. Nathan est heureux, et Denny continue sa vie. Ça ne fait pas si longtemps, et ils sont déjà stables. L'influence de Julie sur eux s'efface rapidement.

— Elle a fait ça elle-même. J'ai juste reconnu le talent et m'en suis emparé quand j'en ai eu l'opportunité.

Brantley ouvrit la lourde porte d'entrée en bois et entra dans ce qui dans son esprit était la perfection : du bois aux tons chauds, de larges fenêtres, plein de lumière, d'épais tapis et des détails rustiques soigneusement conçus qui cachaient le plus moderne de ce qui existait. Brantley aimait son confort.

D'autres choses avaient changé pour lui, y compris l'acquisition de deux gros corniauds qui dansaient autour de leurs jambes, se disputant pour avoir leur attention. Lui et Mack, chacun leur tour, saluèrent Kit et Carson, ainsi que les trois autres chiens, avant qu'ils s'éloignent tous pour voir s'il y avait quelque chose de nouveau dans leurs bols. Brantley avait été surpris par la facilité avec laquelle il s'était habitué à la vie dans l'Ouest. Ses goûts en matière de beaucoup de choses avaient changé.

— Tu as décidé de ce que tu vas faire de l'espace de la galerie que tu as fait construire ? demanda Mack alors qu'ils s'installaient dans un des sofas incroyablement confortables du salon.

Dans la conception de la maison, il avait fait construire une galerie pour pouvoir exposer sa collection d'œuvres d'art. Mais elle n'avait pas semblé s'harmoniser avec l'environnement, donc il les avait toutes vendues aux enchères et voulait commencer quelque chose de nouveau.

— Pas encore. Mais j'en ai vu une que je voulais, dit Brantley en sortant sa tablette et montrant à Mack une photo des ventes aux enchères. Elle fait un mètre vingt de haut, et j'ai pensé construire un piédestal pour l'afficher au centre de la pièce. Elle s'appelle *Le Shérif*, et quand je l'ai vue, elle m'a fait penser à toi.

Brantley montra à Mack la photo de la silhouette en bronze.

— Pour moi, tu seras toujours le shérif, l'homme de loi qui a volé mon cœur.

La réélection de Mack s'était remarquablement bien passée en novembre.

— Et si je décide que je ne veux pas me présenter la prochaine fois ?

Kit sauta sur le sofa et s'installa à côté de Brantley, demandant de l'attention en frottant son nez, tandis que Carson s'étirait sur le sol à leurs pieds.

— Alors tu pourras faire ce que tu veux, dit Brantley. Lew a dit que tu adorais les chevaux avant. Alors peut-être que tu pourras prendre en charge l'élevage de chevaux quand nous y arriverons. Qui sait ? J'ai un million d'idées, et pour l'instant la plupart d'entre elles sont centrées sur des choses indescriptibles que nous pouvons nous faire mutuellement.

Mack se pencha vers Brantley et le poussa en arrière de son poids. Kit sauta au sol en soufflant, et Brantley chercha à tâtons pour poser la tablette sur le sol. Mack glissa sa bouche contre celle de Brantley, tirant sur ses lèvres tout en continuant de le pousser sur les coussins.

— Peut-être qu'on devrait aller dans la chambre, dit Mack, en se tournant sur le côté.

Brantley suivit son regard vers les deux chiens assis à quelques pas d'eux, qui les fixaient du regard.

— Pas une mauvaise idée.

— Et quant aux choses indescriptibles, enchaîna Mack. Tu sais qu'avec moi rien ne l'est. Je te dirai exactement ce que je veux te faire et à quel point je veux que tes cris soient bruyants.

Depuis qu'ils s'étaient rapprochés, Mack donnait de plus en plus de la voix dans la chambre. C'était vraiment excitant, et Brantley n'avait aucun désir de changer ce comportement d'aucune manière que ce soit.

— Et si tu joignais le geste à la parole, dit Brantley avant de se lever, Mack juste derrière lui.

Le temps qu'ils rejoignent la chambre, ils riaient tous deux comme des idiots, même lorsque Mack passa le tee-shirt de Brantley par-dessus sa tête. Des gloussements devinrent des gémissements et des frissons quand Mack se fixa sur un de ses mamelons, lui envoyant de la chaleur à travers le corps.

Brantley passa ses doigts dans les cheveux de Mack, les libérant afin qu'ils puissent tomber presque jusqu'à ses épaules. Il adorait la manière dont ses mèches douces glissaient entre ses doigts.

— Bon sang, je t'aime, siffla Brantley tandis que Mack faisait passer ses dents sur son téton dur puis allait vers l'autre.

Mack resserra sa prise autour de sa taille et le rendit fou avec sa langue. Les jambes de Brantley tremblaient comme le faisaient les chiens quand il les caressait, l'énergie que Mack générait étant trop forte pour qu'il la contienne.

— Je t'aime aussi, lui dit Mack, repoussant Brantley sur le lit. J'ai l'intention de t'aimer et de te donner mon affection pour le reste de ma vie. Donc, accroche-toi et prépare-toi à un sacré rodéo.

Mack le regarda profondément dans les yeux, Brantley lui rendit la passion qu'il voyait en eux – une chose dont il ne se lasserait jamais.

— C'est toujours un sacré rodéo avec toi.

— Moi ? Je faisais allusion à toi. C'est toujours toi qui es plein de surprises.

Mack étouffa d'un baiser les protestations de Brantley, et les étincelles entre eux s'élevèrent à des hauteurs épiques. Mack savait exactement où le toucher et comment le taquiner jusqu'à ce que le cerveau de Brantley court-circuite.

— C'est toi qui as assemblé tout ce ranch en un an et qui as rendu tout le monde heureux d'une manière ou d'une autre.

— Pas tout le monde, parce que tu me rends heureux, dit Brantley, poussant ses hanches en avant afin d'obtenir toute la friction possible.

— Alors que dis-tu de ça, mon cœur ? Je vais entreprendre de te rendre heureux pour toujours, et tu feras la même chose pour moi.

Brantley grogna en réponse quand Mack tira sur son pantalon. C'était l'affaire du siècle, et il pourrait plus que s'en accommoder.

DIRK est véritablement un homme d'extérieur. Il aime voyager et voir de nouvelles choses. Dirk a travaillé beaucoup trop longtemps dans le monde des affaires américaines et passe maintenant ses journées à écrire, à jardiner et à prendre soin de la maison qu'il partage avec le partenaire qu'il a depuis plus de deux décennies. Il a une maîtrise et tous les autres accessoires qui vont de pair avec un travail dans le monde des affaires. Mais ce dont il est le plus fier, ce sont les histoires qu'il raconte et la vie qu'il a construite. Dirk vit en Pennsylvanie dans une maison centenaire et a la chance d'avoir un incroyable cercle d'amis.

Facebook : www.facebook.com/dirkgreyson
E-mail : dirkgreyson@comcast.net

DIRK GREYSON
DAY ET KNIGHT

En tant qu'ancien agent de la N.S.A, Dayton Ingram est formé aux techniques de la Sécurité Intérieure. Il travaille désormais pour Scorpion et n'aspire qu'à une chose : aller sur le terrain. Intelligent, polyglotte, magicien de la technologie, il obtient sa chance en faisant échouer une agression dans une ruelle. Mais cette chance vient avec un inconvénient : un partenaire, Knighton, qui est un vrai mystère. Malgré ses recherches, Day ne trouve aucune information sur lui, pas même son prénom.

Knight, ancien Marine, a sombré dans la boisson après la disparition de sa famille. Il décide d'en sortir et Scorpion lui offre sa chance : une mission visant à arrêter une grave menace terroriste au Yucatan, avec Day, un bleu.

Pour arriver sur place sans attirer les soupçons, les deux hommes embarquent sur une croisière gay. Day, profondément dans son placard, et Knight, tout aussi enfermé, doivent se faire passer pour un couple. Les tensions sont fortes : l'ex Marine ne communique pas et l'ex N.S.A a les poils qui se hérissent face à la tendance au contrôle de son équipier.

Pourtant, après une soirée bien arrosée, ils se réveillent dans le même lit. Alors qu'ils approchent de leur destination, ils doivent apprendre à se faire confiance et à compter l'un sur l'autre, s'ils veulent infiltrer le camp terroriste et neutraliser le complot visant à détruire l'infrastructure informatique américaine. Et surtout s'ils veulent avoir une vie après la mission. Une vie qui pourrait inclure l'autre…

www.dreamspinner-fr.com

Par DIRK GREYSON

Day et Knight
Fuir ou se battre

Publié par DREAMSPINNER PRESS
www.dreamspinner-fr.com

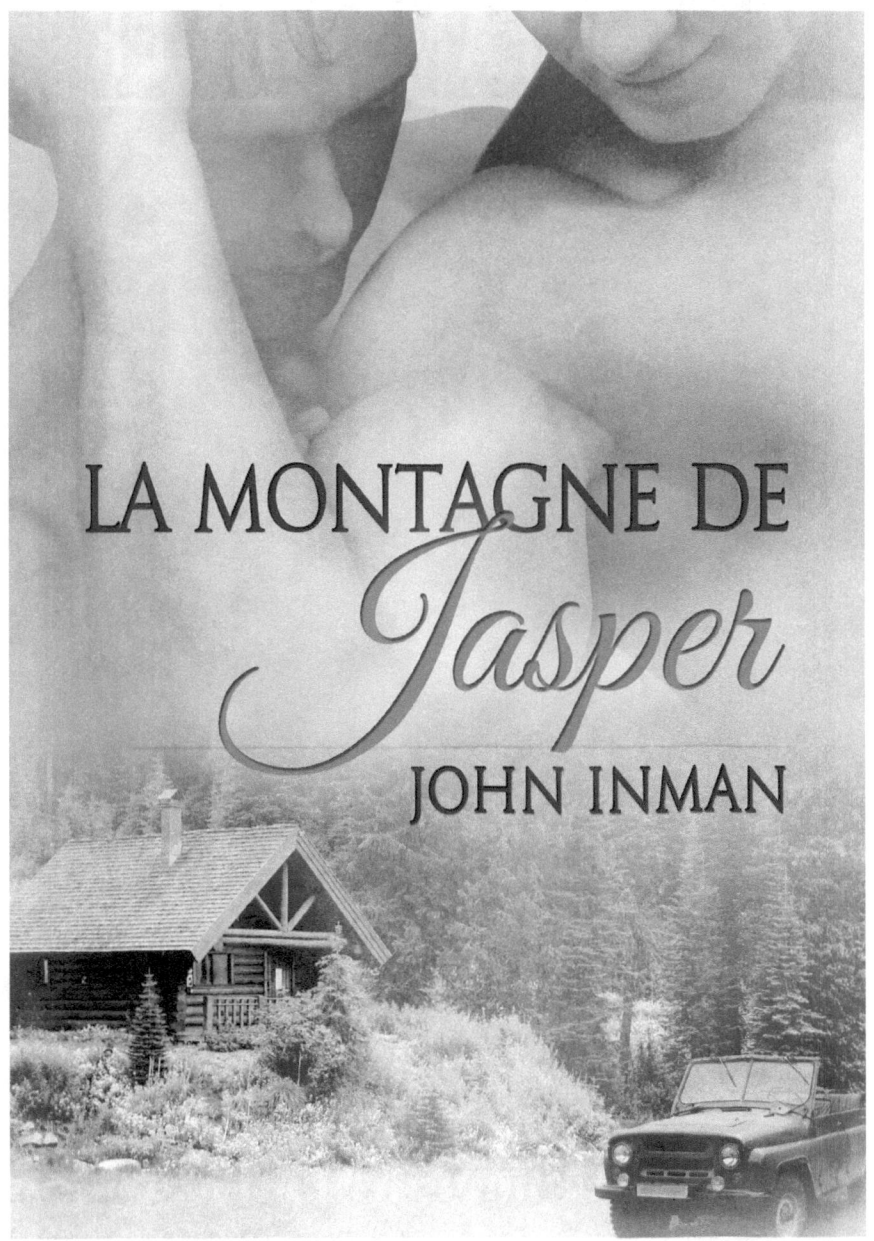

LA MONTAGNE DE
Jasper

JOHN INMAN

Pour les meilleures
histoires d'amour
entre hommes, visitez

www.dreamspinner-fr.com

www.ingramcontent.com/pod-product-compliance
Lightning Source LLC
Chambersburg PA
CBHW022151240626
47153CB00007B/2606